Katrin Zipse

Antonia rettet die Welt
Schildkrötenküsse

Katrin Zipse

26.4.18

In der Reihe »Antonia rettet die Welt« bereits erschienen:
Antonia rettet die Welt – Papageienparty

KATRIN ZIPSE

Antonia rettet die Welt

Schildkrötenküsse

magellan

Anfang

Ich habe nicht geklaut. Das ist wichtig. Auch wenn das jetzt jeder denkt. Oft ist alles nämlich ganz anders, als es aussieht. Und noch mal total anders, als man glaubt. Aber das will dann keiner wissen.

Und plötzlich ist man die Böse. Für alles und jeden, und man kapiert nicht, wie das passiert ist.

Also, ich kapiere es zumindest nicht. Ich weiß nur, dass ich nie, nie mehr in die Schule gehe. Ich gehe überhaupt nie mehr aus der Wohnung. Und noch nicht mal aus meinem Zimmer.

In Japan machen das auch ganz viele Kinder. Die schließen sich jahrelang ein. Hikikomori heißen die. Denen müssen die Eltern sogar ihr Essen vor die Zimmertür stellen, weil sie nicht mal mehr in die Küche gehen.

Nur haben die garantiert einen Computer und können ins Internet, damit sie sich nicht zu Tode langweilen. Ich nicht.

Ich habe überhaupt keinen eigenen Computer, und ich darf nur ins Internet, wenn Valli oder Mama danebensitzen und kontrollieren, welche Seite ich anklicke, damit auch sicher keine falsche dabei ist.

Aber das mit den Hikikomori habe ich doch rausgekriegt, weil

Valli heute Abend mit Leon im Kino ist und ich mir ihren Laptop ausgeliehen habe.

Wenn nämlich keiner in der Wohnung ist, darf man schon mal aus seinem Zimmer raus und sich ein paar Sachen besorgen, auch als Hikikomori. Glaube ich zumindest.

Dass ich Internetverbot habe, liegt übrigens an einer ganz alten Geschichte. Die ist schon ewig her, aber seitdem hat Mama totale Panik, dass ich Mist baue, wenn ich einen Computer in die Finger kriege. Dabei habe ich gar nichts Schlimmes gemacht. Ich habe nur ein paarmal einen Hund übers Internet bestellt, der eine neue Heimat gesucht hat. Doch weil Papa gegen Tierhaare allergisch ist, haben meine Eltern das jedes Mal wieder rückgängig gemacht. Aber ich fand, dass ein Hund ohne Heimat viel schlechter dran war als Papa mit einer Allergie. Deshalb habe ich dem Verein, der die Hunde vermittelt, noch mal geschrieben, dass wir es uns anders überlegt hätten und jetzt doch einen von den Hunden wollten. Ich habe gedacht, die würden ihn vorbeibringen, und wenn er erst mal da wäre, würde sich Papa so freuen, dass ihm seine roten Augen egal wären. Nur leider hat Mama von denen eine Mail gekriegt, in der sie geschrieben haben, wo sie den Hund abholen sollte, und sie hat sich total aufgeregt, weil sie ja gar nicht wusste, dass ich noch mal einen bestellt hatte, und sie hat die Leute am Telefon ziemlich angebrüllt. Und die waren dann auch sauer und haben ihr geschrieben, ob sie es eigentlich lustig fände, ihnen so viel Arbeit zu machen, wo sie das doch alles ehrenamtlich leisten würden, und was Mama denn für eine wäre, dass sie so mit Tierschutzorganisationen umging. Und da hat Mama sich total geschämt und ganz viel Geld an die gespendet, damit die nicht mehr so sauer waren.

Und obwohl das Ganze schon über ein Jahr her ist, regt Mama sich immer noch drüber auf, wenn sie dran denkt, und deshalb habe ich auch immer noch Computerverbot. Und nur wenn ich mich daran halte, kriege ich zum nächsten Geburtstag ein Smartphone, mit dem ich dann auch mal allein ins Internet darf, hat Mama gesagt. Bisher habe ich nämlich nur ein Uralthandy, mit dem man nicht mal Fotos machen kann.

Doch ich konnte mich nicht dran halten. Das ging echt nicht. Und nach allem, was passiert ist, kann ich ein Smartphone sowieso für die nächsten hundert Jahre vergessen, das ist klar.

Ich finde es aber schon seltsam, dass Mama beim Internet dermaßen misstrauisch ist. Die richtig miesen Sachen passieren nämlich gar nicht dort, sondern auf dem Schulhof, und das Internet hängt sich nur dran und macht es dann noch schlimmer.

Nur kapiert das eben keiner.

Und genau deshalb bleibe ich für den Rest meines Lebens in meinem Zimmer, und Valli muss mir was zu essen vor die Tür stellen, wenn sie nicht will, dass ich verhungere.

Und dann schreibe ich auf, was passiert ist. Weil ich es niemandem erzählen kann. Und irgendwie muss es ja raus.

Den ersten Satz weiß ich auch schon:

ICH BIN TONI HIKIKOMORI UND DAS IST MEINE GESCHICHTE.

1. Kapitel

Eigentlich ist alles nur wegen Lazlo passiert. Auch wenn ich ihn da noch gar nicht gekannt habe. Und wegen Paulina natürlich. Weil ich ihr helfen wollte.

Und ein bisschen auch wegen der Läuse.

Doch die sind so winzig klein, die können am wenigsten dafür.

Das Ganze hat am Freitag vor viereinhalb Wochen angefangen. Paulina und ich waren nach der Schule spät dran, weil ich erst noch eine Biene retten musste, die sich in unser Klassenzimmer verirrt hatte. Ich wollte nicht, dass die übers Wochenende verhungerte, so ganz ohne Blumen. Leider blieb die aber nirgends ruhig sitzen, deshalb dauerte es ewig lange, bis ich sie mit meinem Wasserfarbenbecher einfangen und vors Fenster setzen konnte. Wenn Paulina mir geholfen hätte, wäre es bestimmt schneller gegangen, doch die war total damit beschäftigt, auf ihrem Smartphone rumzutippen und Herzchen und küssende Frösche an Bekir zu verschicken.

Der Schulhof war schon fast leer, als wir rauskamen. Nur ein paar aus der Oberstufe saßen noch vor dem Eingang rum und drehten sich Zigaretten.

Und dann war da noch der Junge mit den stoppelkurzen Haaren. Er stand am Rand unseres Pausenhofs, mit einem Pappkarton neben sich, und drückte jedem, der vorbeilief, einen Flyer in die Hand. Eigentlich darf man das gar nicht, weil Flyer Werbung sind, und die ist bei uns in der Schule verboten, aber er machte es trotzdem. Er war nicht viel älter als ich, doch er sah ganz anders aus als die Jungs in unserer Klasse. Die waren fast alle noch so klein. Aber der hier war ziemlich groß und furchtbar dünn. Seine Klamotten waren ihm ungefähr fünf Nummern zu weit. Bestimmt hatte er die von seinem großen Bruder geklaut.

Das sollte ich auch machen, habe ich gedacht. Igor hat nämlich ein paar Pullis, die mir echt gut gefallen. Und weil er ja in Neuseeland ist, kann er gar nichts dagegen sagen, wenn ich mir die mal ausleihe. Er kriegt es ja noch nicht mal mit, weil er nie mit uns skypt. Wahrscheinlich weiß er schon gar nicht mehr, wie ich aussehe. Der schreibt auch nur ganz selten.

Dabei hat er versprochen, mir Bilder zu schicken, von allen Tieren, die dort wild leben. Aber bisher habe ich erst ein einziges Foto gekriegt. Das war von einem Kiwi, und der war ausgestopft, weil man die in echt gar nicht zu sehen kriegt. Das hat Igor zumindest behauptet und dass dort sowieso gar nicht so viele Tierarten leben, wie er geglaubt hatte.

Paulina hat den Jungen mit den zu großen Klamotten gar nicht gesehen, weil sie immer noch mit ihrem Handy beschäftigt war und völlig blind und taub für alles um sich rum über den Schulhof getorkelt ist. Doch ich bin direkt zu ihm hingelaufen, weil ich gehofft habe, dass er Pizzawerbung verteilt. So was gibt's manchmal. Und wenn man sich den Flyer holt und ihn später an der Pizzabude vorzeigt, kriegt man ein Stück umsonst. Das hätte ich super gefunden. Ich hatte nämlich einen irren Hunger.

Aber auf dem Flyer, den der Junge mir gab, war überhaupt keine Pizza drauf, sondern nur ein komisches schwarzes Geschnörkel.

»Das ist ja gar nichts zum Essen«, sagte ich enttäuscht.

»Nee, warum auch«, antwortete der Junge.

So richtig freundlich war er ja nicht.

»Ich habe gedacht, du verteilst Pizzagutscheine.«

»Schön wär's.«

Ich wollte ihm seinen Flyer wiedergeben, aber er nahm ihn nicht mehr zurück.

»Nee, lass mal, ich bin froh, wenn ich einen los bin«, sagte er lässig. »Und vielleicht interessiert dich ja, was draufsteht, auch wenn es nichts mit Essen zu tun hat.«

»Eigentlich interessiert mich nach der Schule nur Essen«, meinte ich.

Der Junge grinste ein bisschen.

»Geht mir auch so«, sagte er. »Das kommt vom Wachsen.«

Ich wollte mir den Flyer gerade genauer anschauen, als Paulina angerannt kam. Anscheinend waren ihr die küssenden Frösche ausgegangen.

»He, Toni! Was machst du?«, rief sie.

»Ich hab uns so einen Zettel geholt. Ich habe gedacht, das wäre Pizzawerbung. Ist aber was anderes.«

»Zeig mal.«

Paulina drängelte sich neben mich. Sie schaute auf den Flyer in meiner Hand und fing an zu kreischen. Direkt in mein Ohr. Das war vielleicht laut.

»Mann, Pauli, spinnst du?«, beschwerte ich mich.

»Toni! Das ist ein Tanzkurs!«, schrie sie.

Ich starrte auf den Zettel in meiner Hand und da begriff ich es auch. Die schwarzen Schnörkel auf dem Bild vorne drauf stellten ein tanzendes Paar dar. Es war ein bisschen komisch gezeichnet, aber wenn man wusste, was es sein sollte, konnte man es so ungefähr erkennen.

Paulina riss mir den Flyer aus der Hand.

»Du kannst gern einen eigenen haben«, sagte der Junge und streckte ihr einen Zettel hin, aber Paulina war so durcheinander, dass sie ihn gar nicht beachtete.

»Das muss ich mir in Ruhe ansehen«, sagte sie und schleppte mich zu den Holzblöcken auf dem Pausenhof. Erst als wir uns dorthin gesetzt hatten, klappte sie meinen Flyer ganz auf.

»Ich glaub's nicht«, hauchte sie.

Ich linste über ihre Schulter.

»TANZ IM PARK« stand in fetten Buchstaben einmal quer über dem Blatt. Und kleiner daneben: »Sommertanzkurs für alle achten Klassen mit Abschlussball im Schlosspark.«

Auf dem Foto darunter waren ein Mädchen in einem langen rosa Kleid und ein Junge im schwarzen Anzug abgebildet. Sie standen unter einem Rosenbogen und hielten sich lächelnd an den Händen. Und hinter ihnen leuchtete der orangenste Sonnenuntergang, den ich je gesehen hatte.

Paulina hypnotisierte den Zettel in ihrer Hand und sagte kein Wort. Ich habe mir schon Sorgen gemacht, dass sie gleich von ihrem Holzblock kippte, weil sie doch einen totalen Tanzschultick hat. Schon seit Ewigkeiten. Das liegt an ihren polnischen Cousinen und man kann gar nichts dagegen machen.

Paulina hat nämlich irre viele Cousinen in Polen, die schon

einen Tanzkurs hinter sich gebracht haben. Die Fotos von ihren Abschlussbällen hängen an jeder Wand im Wohnzimmer von Paulinas Eltern. Egal, wohin man sich dreht, aus jeder Ecke wird man von einer Cousine mit aufgeplusterter Frisur angeschmachtet, die in einem bonbonfarbenen Abendkleid mit riesigem Ausschnitt steckt. Und jede von ihnen steht mitten in einem Blumenbeet und klammert sich an einem Jungen fest. Die Jungs haben immer einen schwarzen Anzug mit Krawatte an und sind viel dünner als die Cousinen und stieren irgendwie verzweifelt in die Kamera. Wenn ich bei Paulina im Wohnzimmer bin, überlege ich mir jedes Mal, ob die Jungs so gucken, weil sie Angst vor dem Fotografen haben oder doch eher vor den Cousinen mit den riesigen Ausschnitten. Ich finde die Fotos ja ein bisschen gruselig, aber Paulina betet sie an.

Als ich mal gesagt habe, dass die Jungs auf den Bildern aussehen wie Spinnenmännchen, die gleich von ihren Weibchen gefressen werden, hat sie mich ultraböse angeschaut und behauptet, dass ich noch zu klein wäre, um so was zu beurteilen. Dabei stimmt das mit den Spinnenmännchen echt. Und außerdem ist Paulina auch nur neun Monate älter als ich, und es liegt gar nicht an meinem Alter, dass wir uns nicht einig sind, sondern an ihrem komischen Geschmack.

Aber das habe ich dann nicht mehr gesagt.

Auf jeden Fall wollte Paulina beim Tanzen alles genau so haben wie ihre Cousinen in Polen, und sie wusste auch schon, an welchen Jungen sie sich klammern würde, wenn es so weit wäre. Nämlich an Bekir. Das war logisch, weil sie ja schon seit dem Kindergarten in ihn verliebt ist. Vor ein paar Monaten habe ich ihm das endlich mal gesteckt, und dabei ist rausgekommen, dass Bekir

Paulina auch schon ewig liebt. Da wäre man echt nicht von allein draufgekommen, weil er immer nur mit einem Fußball rumgerannt ist und so getan hat, als ob Mädchen gar nicht existieren würden. Aber das war eben gar nicht so, und seit sie das mit dem gegenseitigen Verliebtsein kapiert haben, sind sie endlich zusammen.

Paulina war aber trotzdem noch superdeprimiert wegen dem Tanzen, weil es mit den Fotos im blühenden Beet bei ihr und Bekir nicht hinhauen konnte, denn der Abschlussball ist bei uns normalerweise im Dezember.

»In dieser blöden Turnhalle«, hat sie ständig gemeckert. »Das hat gar keine Atmosphäre.«

»Ihr könnt doch fürs Foto rausgehen. Die haben bestimmt Blumen auf den Tischen stehen, die leihst du dir mal kurz und stellst sie fürs Foto neben dich.«

»Aber das ist doch immer noch kein Beet! Das ist dann einfach ein blöder Parkplatz, auf dem eine bescheuerte Blumenvase steht. Und außerdem erfriere ich. Ich habe ein schulterfreies Abendkleid an. Mit tiefem Dekolleté.«

»Zieh deinen Anorak drüber.«

Die Diskussion hatten wir schon mindestens zwanzigmal, und immer endete sie damit, dass Paulina mit den Augen rollte und sagte: »Weißt du, ich mag dich wirklich, aber du spinnst total.«

»Toni!«

Paulina war aus ihrer Hypnose aufgewacht und zerrte wie wild an meinem Arm.

»Wir müssen uns da sofort anmelden«, stammelte sie. »Der Kurs ist bestimmt gleich voll.«

»Ich will aber nicht tanzen«, sagte ich, doch sie hörte gar nicht hin, sondern hing schon am Handy.

»Bekir! Melde dich, wenn du das hörst. Sofort!«, schrie sie in ihr Smartphone. »Es ist superwichtig!«

Hoffentlich kriegte er keinen Hörsturz, wenn er seine Mailbox abhörte.

»Verdammter Mist«, schimpfte Paulina und stopfte ihr Handy in die Jackentasche zurück. »Jetzt geht der nicht ran und nachher sind alle Plätze weg. Ich brauche unbedingt die restlichen Flyer.« Sie sprang auf. »Wo ist der Typ von der Tanzschule abgeblieben, Toni?«

Ich schaute mich um. Der Schulhof war jetzt vollkommen leer.

»Keine Ahnung«, sagte ich und kletterte auf den Holzblock, um besser Ausschau halten zu können.

Ganz am Ende der Straße entdeckte ich ihn. Er hatte seinen Pappkarton unter dem Arm und lief Richtung Park.

»Bitte, Toni, du hast viel längere Beine als ich. Renn ihm hinterher und frag ihn, ob wir alle Flyer haben können«, flehte Paulina. »Damit sich niemand mehr anmelden kann.«

»Okay«, seufzte ich.

Manchmal ist sie ganz schön anstrengend.

Ich rannte los und erwischte den Jungen sogar noch vor der Abzweigung zum Park.

»He, halt mal bitte«, japste ich, als er sich erschrocken nach mir umdrehte, weil ich so laut angekeucht kam. »Kannst du mir vielleicht alle deine Flyer geben? Meine Freundin dreht sonst durch. Die hat Angst, dass sie keinen Platz mehr in deinem Tanzkurs kriegt, wenn du noch weiter Zettel verteilst.«

»Ich hab gar keine mehr«, sagte der Junge. »Den letzten Stapel habe ich in der Mülltonne versenkt. War ja sowieso keiner mehr da, der einen haben wollte.«

»Und was ist dann dadrin?«, fragte ich und deutete auf den Schuhkarton, den er unter seinem Arm trug.

»Das geht niemand was an«, sagte er mürrisch und hielt den Karton fester, während er weiterlief. Als ob er Angst hätte, dass ich ihm den wegnehmen könnte. Dabei war das ein ganz kaputtes Ding mit ein paar fetten Löchern drin. Auf den war ich echt nicht scharf.

Ich hätte nur gern gewusst, was drin war. Schon, weil er es mir nicht sagen wollte.

»Da sind garantiert noch Flyer drin und du willst sie nur nicht hergeben«, sagte ich und kam hinter ihm her.

»Quatsch.«

»Oder stinkende Schuhe. Deshalb hast du auch Luftlöcher reingebohrt. Damit die auslüften können«, behauptete ich.

Ich dachte, jetzt rückte er bestimmt mit der Wahrheit raus, weil er das mit den Schuhen nicht auf sich sitzen lassen wollte. Aber von wegen.

»Klar«, grinste er. »Am allerliebsten trage ich stinkende Schuhe mit mir rum. Damit halte ich mir neugierige Mädchen vom Leib.«

»Weißt du, wenn ich wollte, würde ich sowieso rauskriegen, was drin ist. In so was bin ich nämlich gut. Aber ich will gar nicht«, sagte ich und rannte zu Paulina zurück, weil mir das Ganze jetzt doch ein bisschen peinlich war.

»Also, ich geh da jetzt direkt hin und melde mich an«, erklärte Paulina energisch, als ich ohne Flyer zu ihr zurückkam. »Und Bekir muss das dann eben nachher allein machen, wenn er endlich seine Mailbox abgehört hat.«

Sie stiefelte sofort los.

»Willst du nicht erst deine Eltern fragen, ob sie dir das überhaupt zahlen?«, wollte ich wissen und lief hinter ihr her.

»Nee. Die haben schon gesagt, dass sie mir den Tanzkurs im Herbst schenken. Die haben bestimmt nichts dagegen, wenn ich den jetzt schon im Sommer mache. Aber du kannst das ja jetzt gleich auf dem Weg mit deinen Eltern klären, okay? Damit wir keine Zeit verlieren.«

»Ich mache doch gar nicht mit.«

»Was?« Paulina schaute mich verständnislos an. »Wieso denn nicht? Hast du Angst, dass du mit einem tanzen musst, der kleiner ist als du? Die Jungs kommen doch gar nicht alle von unserer Schule. Da machen bestimmt auch welche mit, die größer sind, und einen von denen reservieren wir gleich für dich.«

Doch darum ging's gar nicht. Es lag an dem Foto mit dem Rosenbogen. Ich konnte mir nicht vorstellen, unter so was zu stehen, in einem Abendkleid mit Dekolleté und einen wildfremden Jungen an der Hand, der panisch guckte.

»Toni, echt, stell dich nicht so an. Der Rosenbogen ist gar nicht wichtig. Der ist nur fürs Foto. Ansonsten tanzt man ganz normal. Das ist nicht viel anders als im Sport. Wie rhythmische Gymnastik oder so.«

Aber da wedelte man mit einer Keule oder schwenkte ein buntes Band rum und keinen Jungen im schwarzen Anzug, der klebrige Hände hatte.

Bei so was klebten einem nämlich immer die Hände. Das wusste ich genau.

»Toni, bitte! Gib dir einen Ruck und mach auch mit!«, flehte Paulina. »Ich will nicht allein hin.«

»Du hast doch Bekir.«

»Das ist doch was ganz anderes. Der ist ein Junge! Komm, Toni, lass mich nicht hängen!«

Aber ich wollte nicht. Und ich wollte auch nicht länger drüber reden.

»Weißt du jetzt eigentlich, was du Bekir zum Sechsmonatigen schenkst?«, fragte ich, um sie endlich von diesem Tanzkursthema wegzukriegen.

»Nein, ich habe immer noch keine Ahnung«, jammerte sie. »Und es sind nur noch zwei Wochen bis dahin. Hätte ich ihm doch bloß keinen Fotokalender zu Weihnachten gebastelt. Dann könnte ich ihm jetzt zu jedem Monatsjubiläum ein Bild von mir schenken und müsste mir nicht immer was Neues ausdenken.«

»Das kannst du doch trotzdem noch machen.«

»Nee. Der kriegt ja wegen dem Kalender schon jeden Monat ein Foto von mir.«

»Na und? Der schenkt dir doch auch immer das Gleiche.«

Paulina schaute mich empört an. »Was soll das denn jetzt heißen?«

»Dass der dir jedes Mal eine Schneekugel schenkt.«

»Pfff«, machte sie beleidigt. »Manchmal bist du echt blöd.«

Dabei stimmte das wirklich. Zum Einmonatigen hat Paulina von Bekir eine Schneekugel mit goldenem Schutzengel gekriegt, zum Zweimonatigen eine mit Schaf, auf der »Winter ohne dich ist doof« steht, zum Dreimonatigen eine mit einem grünen Dinosaurier, der mit den Augen rollen kann, zum Viermonatigen eine mit Leuchtturm, der nachts blau leuchtet, und zum Fünfmonatigen eine mit dem Regenbogenfisch. Oder den Dinosaurier zum Viermonatigen und den Leuchtturm zum Dreimonatigen, da bin ich mir nicht mehr ganz sicher.

Und zum Geburtstag hat sie auch eine bekommen, eine gigantische Riesenschneekugel mit einem Fußballer drin. Wenn man die schüttelt, sieht es aus, als ob Frühstücksflocken auf ihn runterklatschen. Das ist irgendein Berühmter von Galatasaray Istanbul, dem türkischen Fußballklub, von dem Bekir Fan ist. Von denen hat er sogar Bettwäsche, hat Paulina mir erzählt. Die ist ganz rot-orange, weil das die Farben des Fußballklubs sind.

Und außerdem hat Paulina auch noch ihre allererste Schneekugel, die mit den Segelbooten. Die hat Bekir ihr im Kindergarten aus den Ferien mitgebracht und wegen der hat sie sich überhaupt erst in ihn verliebt.

Das waren insgesamt schon sieben Schneekugeln und davon sechs in einem halben Jahr. Wenn Bekir in dem Tempo weitermachte, mussten ihre kleinen Brüder spätestens in drei Jahren auf den Balkon ziehen, weil Paulina ihr Zimmer als Schneekugelablagefläche brauchte.

2. Kapitel

Den ganzen Samstag über schickte Paulina mir eine SMS nach der anderen, um mich zu zwingen, doch noch beim Tanzkurs mitzumachen. Aber ich wollte echt nicht. Erst am späten Nachmittag gab sie auf.

Bis Sonntagabend hörte ich nichts mehr von ihr.

Aber dann klingelte es unten an der Haustür plötzlich Sturm. Ich war gerade am Zähneputzen, weil ich ins Bett wollte. Das Nächste, was ich hörte, war Mama, die zur Wohnungstür ging, und dann ein Keuchen. Ich riss die Badezimmertür auf.

Paulina stand bei uns auf der Fußmatte mit einem riesigen Rollkoffer neben sich und stammelte irgendwas.

»Ist was mit deinen Eltern?«, fragte Mama erschrocken und schob sie in den Flur.

»Pauli, was ist los?«, rief ich und rannte zu ihr hin.

Vor Aufregung verkleckerte ich die ganze Zahnpasta auf meinem T-Shirt und dem Fußboden. Paulina darf eigentlich nur bis neun Uhr abends unterwegs sein, und es war schon nach zehn, deshalb habe ich gedacht, es wäre was ganz Schlimmes passiert.

Aber Paulina sagte nur: »Ist alles okay, echt. Tut mir leid, dass ich so spät noch störe.« Sie schnaufte immer noch ein bisschen vom Treppenlaufen. »Ich wollte fragen, ob ich heute Nacht bei Toni schlafen darf.«

»Ist ja schon ganz schön spät«, antwortete Mama erstaunt. »Aber natürlich darfst du. Wenn deine Eltern einverstanden sind.« Sie schaute auf Paulinas Riesenkoffer. »Du hast aber eine Menge Sachen dabei für eine Nacht.«

»Ist ein Notfall«, murmelte Paulina.

Mama war natürlich sofort neugierig.

»Was ist denn passiert?«, wollte sie wissen.

»Lass mal, Mama, ich mach schon«, sagte ich und zog Paulina in mein Zimmer.

Schließlich war das meine beste Freundin und nicht die von Mama. Ich fragte ihre Freundinnen ja auch nicht, was los war, wenn sie vorbeikamen und den Küchentisch blockierten, weil sie irgendwas mit meiner Mutter besprechen wollten. Ich habe immer in meinem Zimmer gewartet, bis sie endlich wieder weg waren, auch wenn ich manchmal fast vor Hunger gestorben bin. Ich bin nämlich diskret. So nennt man das, wenn man rücksichtsvoll ist und keine Leute belästigt, die ihre Ruhe haben wollen. Das habe ich gegoogelt. Weil Valli nämlich mal behauptet hat, ich wäre die indiskreteste Kreatur, die sie kennen würde, und dass ich mich ständig in irgendwas einmischen würde, was mich nichts anging.

»Genau wie Mama«, hat sie gesagt.

Aber das stimmt echt nicht. Mama ist viel schlimmer als ich. Und außerdem habe ich mich noch nie einfach so in irgendwas eingemischt, ich habe immer nur versucht zu helfen. Und Paulina hat Hilfe echt nötig gehabt, das habe ich gleich gemerkt.

Sie hat sich nämlich sofort aufs Bett fallen lassen, als sie in meinem Zimmer war, und ihren Kopf unter meinem roten Herzkissen versteckt.

Ich setzte mich neben sie und zog ihr das Kissen weg.

»He, Pauli, was ist los?«

»Katastrophe, Toni, voll die Katastrophe«, stöhnte sie und griff sich wieder das Kissen.

»Jetzt sag schon. Lassen deine Eltern dich nicht in den Tanzkurs?«

Paulina schüttelte den Kopf.

»Ich kann nicht mehr nach Hause. Bitte, Toni, darf ich bei dir wohnen? Für den Rest meines Lebens?«

Sie hat ganz dumpf geklungen, weil sie sich wieder unter dem Kissen versteckt hatte.

»Warum? Hast du die Gremlins ermordet?«

Eigentlich heißen Paulinas kleine Zwillingsbrüder ja Matti und Marek. Aber wir nennen sie immer die Gremlins. Das kommt, weil Paulina mal einen Film gesehen hat, in dem die Monster so geheißen haben, und seitdem behauptet sie, dass Matti und Marek gar keine echten Jungs wären, sondern kleine Monster, die sich in ihr Leben geschlichen hätten, um es zu ruinieren. Wir mögen sie aber trotzdem. Also, meistens zumindest.

»Die Gremlins? Das hätte ich mal machen sollen. Aber jetzt ist es zu spät.« Sie setzte sich auf und schaute mich mit aufgerissenen Augen an. »Ich merke es, Toni. Es fängt schon an.«

»Was?«

Sie streckte mir das Kissen hin. »Siehst du da was? Ist da was drauf?«

Ich schaute genau hin. Da war nichts.

»Nö.«

»Krabbelt da nichts?«

Ich schaute noch genauer. »Nö.«

Da war wirklich nichts.

»Und da?«

Sie kam so dicht an mich ran, dass sie ihren Kopf fast in mein Auge rammte, und deutete auf ihren Scheitel.

»Ist da auch nichts? Nissen? Siehst du Nissen?«

Sie quietschte richtig vor Panik.

Jetzt verstand ich endlich, was los war.

»Hast du Läuse?«, fragte ich.

Paulina stöhnte gequält auf. »Die Gremlins haben. Alle beide, den ganzen Kopf voll. Meine Mutter hat sie gerade entdeckt. Ich habe gesagt, dass ich keine Sekunde länger daheimbleibe, und bin sofort zu dir gerannt.«

»Und das haben sie dir erlaubt? So spätabends?«

»Die waren mit den Läusen beschäftigt. Das hättest du sehen sollen. Das ging zu wie auf einer Seuchenstation. Papa hat Marek festgehalten und Mama Matti und dann haben sie Läuseeier gezählt. Bei fünf war ich schon weg. Und jetzt juckt es mich auch!« Sie zog meine Stehlampe neben sich. »Bitte, Toni, guck noch mal nach, nimm eine Lupe!« Sie fuhr sich durch die Haare. »Da! Ist da wirklich nichts? Hinter meinem rechten Ohr?«

Mama klopfte an die Tür. »Alles okay?«, fragte sie.

»Sag ihr bloß nichts!«, flüsterte Paulina panisch. »Sonst wirft sie mich raus.«

»Alles gut!«, rief ich Mama durch die Tür zu.

»Macht aber nicht mehr so lange, ihr zwei, ja? Morgen ist Schule!«, rief sie zurück und verschwand in Richtung Küche.

»Klar, Mama!«, schmetterte ich ihr nach und zeigte Paulina den

Vogel. »Du spinnst ja. Mama würde dich doch nicht rauswerfen, nur weil du Läuse hast. Das sind auch nur kleine Insekten, die Hunger haben. Mama hat nichts gegen die.«

Paulina schaute mich groß an. »Oh Mann, Toni. Ich dachte, du wärst die Einzige in deiner Familie mit einer Tiermeise. Aber es hat anscheinend mehrere von euch erwischt.«

Paulina und ich waren schon seit Ewigkeiten beste Freundinnen, aber das mit den Tieren hat sie bis heute nicht begriffen. Sie findet immer noch, dass ich spinne, weil ich Tiere rette, die in Not sind.

Klar, ich weiß auch, dass das manchmal nerven kann, weil die sich oft so ungeschickt anstellen, wenn man ihnen helfen will. Zum Beispiel Mistkäfer. Wenn man die vom Rücken auf den Bauch gedreht hat, damit sie wieder krabbeln können, werfen sie sich nach ein paar Millimetern Strecke sofort wieder auf den Rücken. Manchmal muss man sie fünfmal hintereinander umdrehen. Das dauert natürlich schon lange, und Paulina hasst es, wenn sie deshalb auf mich warten muss. Aber nur weil manche Tiere nicht so superintelligent sind, kann ich sie ja nicht sterben lassen. Und es würde ja auch viel schneller gehen, wenn Paulina mir helfen würde. Doch das begreift sie einfach nicht. Genauso wenig wie meine Familie übrigens. Die finden auch alle, dass ich es mit der Tierrettung übertreibe, und helfen mir gar nicht.

Ehrlich gesagt war ich mir jetzt auch nicht hundertprozentig sicher, dass Mama Läuse wirklich gern mochte und nichts dagegen hatte, wenn die bei uns wohnten. Aber ich wollte Paulina nicht noch unglücklicher machen. Sie lag schon wieder auf dem Bauch, mit meinem Herzkissen über dem Kopf, und jammerte vor sich hin.

»Ich kann Bekir nie mehr unter die Augen treten. Ich bin tot, wenn er das erfährt. Und unser Sechsmonatiges kann ich sowieso komplett vergessen. Und den Tanzkurs! Oh mein Gott. Den Tanzkurs! Der tanzt niemals mehr mit mir! Für den bin ich jetzt für ewig das Mädchen, das seine Familie mit Läusen infiziert hat.«

»Ach, Quatsch, Pauli. Jetzt spinn nicht rum. Das ist nicht schlimm. Jeder hat mal Läuse!«

»Also habe ich doch welche? Toni, gib es zu! Du hast welche entdeckt!«, kreischte Paulina.

»Nein, ehrlich nicht. Ich schwör's. Ich meine nur, selbst wenn du welche hättest, wäre es kein Drama. Das ist alles.«

»Aber mein Kopf juckt!« Paulina pfefferte das Kissen zur Seite und drehte sich zu mir um. »Sag mal, weißt du überhaupt, wie Läuse aussehen? Und Nissen?«

Ich nickte. »Klar. Läuse sind braun und krabbeln rum und Nissen sind eher so durchsichtig und kleben fest.«

Wir hatten das mal in Bio. Daran sollte sie sich eigentlich auch noch erinnern. Aber wenn sie nicht gerade Angst vor Läusen hatte, interessierte sich Paulina nicht so besonders für Biologie.

»Und wie lange hat man die Dinger? Wann sind die tot? Sterben die von allein?«

»Das weiß ich auch nicht mehr, Pauli. Gib mir dein Handy, dann schaue ich nach.«

Paulina zog sich wieder mein Herzkissen übers Gesicht und brummelte in den Stoff: »Ich kann nicht ins Internet. Hab kein Guthaben mehr. Die letzten Cents gingen gestern für die ganzen Nachrichten an dich drauf, weil man dir ja immer SMS schreiben muss. Deshalb hab ich mich doch auch nicht mehr gemeldet.«

Paulinas Handyguthaben war irgendwie immer alle. Sobald sie

es aufgeladen hatte, telefonierte sie dermaßen viel mit Bekir oder mir, dass es gleich wieder aufgebraucht war.

»Wir warten, bis meine Mutter schläft. Dann besorge ich den Laptop von Valli. Die übernachtet heute bei Leon.«

Schon klar, Vallis Computer war verbotene Zone. Aber hier ging es ja gar nicht um mich, sondern um Paulina. Also lieh eigentlich sie sich den Laptop aus und nicht ich. Es waren ja auch ihre Läuse. Selbst wenn sie gar keine hatte.

Leider dauerte es eine Ewigkeit, bis wir an den Laptop rankonnten. Mama rannte noch stundenlang durch die Wohnung und telefonierte mit Papa, und ich saß die ganze Zeit neben Paulina und suchte ihre Haare nach unsichtbaren Nissen ab, während sie auf dem Bett lag und ohne Unterbrechung jammerte.

»Sag mir, wie ich tanzen soll, wenn ich Läuse habe, Toni. Nimm doch bloß mal an, es juckt mich plötzlich wie blöd am Kopf, und ich kann mich nicht kratzen, weil ich mit Bekir mitten in einem Walzer bin. Da werde ich doch verrückt. Bestimmt fange ich dann an, wie irre rumzuzucken, weil ich verzweifelt versuche, mich mit der Schulter am Kopf zu kratzen, ohne Bekir loszulassen. Stell dir das mal vor.«

Sie stöhnte. Dann war sie plötzlich still und schaute ins Leere.

»Oder – oh mein Gott!« Sie rappelte sich auf. »Toni! Wenn die meine Läuse entdecken, wenn die sehen, dass welche auf mir rumkrabbeln, werfen die mich doch sofort aus dem Kurs. Ich schwöre dir, ich falle tot um vor Peinlichkeit. Aber ein schneller Tod wäre dann sowieso das Beste. Denn ich müsste denen bestimmt riesig viel Schadenersatz zahlen, weil alle meine Läuse abgekriegt hätten, und die ganze Tanzschule müsste wegen mir geräumt werden. Die hätten einen immensen Verdienstausfall. Die müssten womöglich sogar einen Insektenvernichter holen. Oh Gott. Ich muss mich sofort abmelden, unbedingt, Toni, ich melde mich –«

Sie unterbrach sich mitten im Satz und schaute mich erschrocken an.

»Aber das geht ja gar nicht«, stammelte sie. »Dann tanzt Bekir ja mit einer anderen. Was meinst du, wie sich alle um den reißen. Bestimmt tanzt er dann mit Jana, die hat sich nämlich auch gleich angemeldet. Oder mit Kristin, noch schlimmer, der tanzt mit Kristin unter dem Rosenbogen. Die ist tausendmal hübscher als ich. Toni, mach was, sonst sterbe ich. Ich bin tot, Toni.«

Sie warf sich rücklings aufs Bett und starrte an die Decke.

»Blödsinn.« Ich rüttelte sie an der Schulter, damit sie aufhörte, so zu stieren. »Die ist überhaupt nicht hübscher. Und Bekir meldet sich doch niemals dort an, wenn du nicht mit ihm hingehst.«

Paulina seufzte und setzte sich wieder auf. »Toni. Das ist ja das Problem. Der ist schon angemeldet. Das habe ich gleich bei meiner Anmeldung mitgemacht, weil sie in der Tanzschule gesagt haben, dass man den Kurs als Mädchen zehn Prozent billiger kriegt, wenn man seinen eigenen Jungen mitbringt.«

Ich dachte, ich höre nicht richtig.

»Hä? Was soll das denn? Das ist ja voll ungerecht. Das heißt, ich muss zehn Prozent mehr zahlen als du, nur weil ich keinen Jungen dabeihabe? Spinnen die?«

Ich regte mich richtig auf.

»Aber du gehst doch gar nicht hin. Oder doch? Hast du es dir anders überlegt?« Paulina schaute mich flehend an. »Bitte, Toni, meld dich an. Bitte! Dann kannst du auf Bekir aufpassen. Du darfst auch mit ihm tanzen. Nur nicht so eng.«

»Quatsch, ich geh da doch nicht hin, ganz bestimmt nicht«,

sagte ich ungeduldig. »Und selbst wenn ich da mal hingewollt hätte, würde ich jetzt auf keinen Fall mehr wollen. Niemals.«

»Warum denn nicht? Was ist so schlimm dran, mit Bekir zu tanzen?«, fragte Paulina beleidigt und rückte ein Stück von mir weg.

»Ich meine doch nicht wegen Bekir. Sondern weil es total fies ist, wenn man mehr zahlen muss, nur weil man keinen Freund hat, der mit einem hingeht. Das ist die totale Diskriminierung.«

»Jetzt häng dich doch daran nicht so auf«, sagte Paulina genervt. »Die machen das ja nur, weil es in den Kursen zu wenig Jungs gibt. Damit mehr von denen kommen und man nicht mit anderen Mädchen tanzen muss.«

»Was hast du denn plötzlich gegen Mädchen?«

»Mann, Toni, stell dich nicht so dumm. Mit Mädchen tanzen ist todlangweilig. Dafür geh ich doch nicht in die Tanzschule. Und man lernt auch voll die falschen Schritte, wenn man den Mann spielen muss. Ich weiß nicht mal, ob man dann überhaupt ein Kleid zum Abschlussball anziehen darf oder ob man einen Anzug braucht. Das wäre ja das Letzte. Deshalb haben alle was davon, wenn ein paar Mädchen ihren eigenen Jungen mitbringen. Weil es dadurch insgesamt mehr Jungs gibt, sodass auch die Mädchen noch einen abkriegen, die ohne Tanzpartner gekommen sind.« Paulina redete sich richtig in Fahrt. »Ich finde, die könnten den Tanzkurs eigentlich sogar ganz umsonst anbieten für die, die ihren eigenen Jungen anschleppen. Also, so eine Art Pärchenrabatt, dass man nur einmal zahlt und dafür zu zweit tanzen darf. Das fände ich voll gerecht.«

Das wurde ja immer schlimmer.

»Klar«, sagte ich böse. »Die, die keinen Freund haben, sollen zur Strafe so richtig blechen.«

»Ach, Toni! Du verstehst das völlig falsch«, sagte Paulina ungeduldig. »Man braucht dafür doch gar keinen richtigen Freund, sondern nur jemand zum Tanzen. Aber so einen muss man auch erst mal auftreiben. Das ist nicht so einfach. Die meisten Jungs stellen sich voll zickig an, wenn's ums Tanzen geht.« Sie boxte mich gegen den Arm. »Aber deshalb müssen wir doch nicht streiten.«

»Okay«, sagte ich, weil ich auch nicht weiterstreiten wollte, und vielleicht war es ja nicht ganz so ungerecht, wie ich gedacht hatte. »Und Bekir hat echt gleich Lust gehabt mitzumachen?«

Ich konnte mir nämlich nicht so richtig vorstellen, dass Bekir scharf aufs Tanzen war, weil er eigentlich nur Fußball mag. Und Paulina natürlich. Aber ich glaube, Paulina mag er auch am liebsten, wenn sie mit zu seinen Fußballspielen kommt.

»Der weiß das noch gar nicht. Der hat am Samstag ewig nicht zurückgerufen, weil sein Akku leer war. Deshalb bin ich ja allein zur Tanzschule gegangen und habe uns angemeldet. Ich habe mir überlegt, dass ich ihm das einfach zum Sechsmonatigen schenke, auch wenn es schweineteuer war. Dafür ist fast mein ganzes Geburtstagsgeld draufgegangen.«

Das war jetzt aber blöd.

Mit dem Geld hatte sie doch was ganz anderes vorgehabt. Davon hatte sie ein Skateboard kaufen wollen.

»Oh. Das habe ich ganz vergessen«, sagte Paulina, als ich sie danach fragte, und schaute mich betreten an. »Sorry, Toni.«

Oh Mann. Wir hatten schon vor Ewigkeiten ausgemacht, dass wir uns ein Skateboard zum Geburtstag wünschen wollten. Und seit Mama mir gesagt hatte, dass ich ein Smartphone zum Geburtstag kriegen würde, war ich ganz krank vor schlechtem Gewissen, weil ich mir das Skateboard dann doch nicht auch noch wünschen konnte. Das wäre zu teuer geworden. Die ganze Zeit hatte ich mir überlegt, wie ich Geld verdienen könnte, um es mir selber zu kaufen, damit ich Paulina nicht hängen ließ. Und jetzt stellte sich raus, dass sie ihr Geburtstagsgeld für Bekirs Tanzkurs verschleudert hatte.

»Komm, Toni, sei nicht böse«, sagte Paulina unglücklich. »Bitte. Ich halte es nicht aus, wenn wir Krach haben. Mein Leben ist doch sowieso schon verpfuscht. Ich wünsche mir das Skateboard einfach zu Weihnachten, das sind doch nur noch ein paar Monate.«

»Na gut. Dann mache ich das auch so, damit wir es gleichzeitig haben«, erklärte ich und war ehrlich gesagt sogar ein bisschen erleichtert, weil ich jetzt kein schlechtes Gewissen mehr wegen meinem Smartphone haben musste. »Und übrigens ist dein Leben gar nicht verpfuscht. Du kannst Bekir doch wieder vom Tanzkurs abmelden. Dann geht ihr zusammen im Herbst hin. Oder, wenn du unbedingt in einem Blumenbeet stehen willst, eben im nächsten Sommer.«

Paulina zog ihre Beine an den Bauch und schaukelte schweigend hin und her.

»Der Tanzkurs im Herbst fällt aus, weil sie die Turnhalle renovieren. Deshalb gibt es doch den Sommerkurs«, sagte sie nach einer Weile, und ihre Stimme war ganz heiser. »Den bieten sie nur in diesem Jahr an. Und ich glaube auch nicht, dass Bekir nächstes Jahr noch mit mir zusammen ist. Der macht bestimmt Schluss, sobald er das mit den Läusen erfährt.«

Sie legte die Stirn auf ihre Knie und fing an zu weinen. So doll, dass ihre Schultern richtig wackelten.

Warum wurde alles eigentlich so irre kompliziert, wenn man einen Freund hatte?

»Ach, Pauli, so blöd ist der bestimmt nicht«, flüsterte ich und lehnte meinen Kopf gegen ihren. »Und du kriegst doch auch gar nicht unbedingt Läuse.«

Paulina schluchzte einfach weiter.

»Ich verspreche dir, du gehst mit Bekir in diesen Sommertanzkurs«, sagte ich, weil ich es nicht aushielt, dass sie so verzweifelt war.

»Sicher?« Sie hob ihren Kopf ein kleines bisschen und schaute mich traurig an.

»Ganz sicher«, sagte ich und strich ihr ein paar Haare aus dem Gesicht, die an ihrer nassen Backe klebten.

Als Mama endlich ins Bett gegangen war, schlich ich in Vallis Zimmer. Ich brauchte ewig, bis ich ihren Laptop fand, weil er unter jeder Menge Klamotten begraben war. Valli hängt ihre Sachen nämlich nie auf, wenn sie sie ausgezogen hat, sondern schmeißt sie nur auf den Boden, wo sie zu einem riesigen Haufen anwachsen. Wenn ich mir ihren Laptop ausleihe, muss ich mir immer merken, was alles auf ihm draufgelegen hat, damit ich ihn nachher wieder genau so zumülle. Denn vielleicht hat Valli ja doch irgendeine seltsame Ordnung in ihrem Chaos und weiß, was sie wohin geworfen hat. Und wenn sie mitkriegte, dass ich in ihrem Haufen gewühlt hatte, wäre ihr sofort klar, dass ich hinter ihrem Laptop her gewesen war. Und dann würde sie sich ein richtig schweres Passwort für ihn ausdenken.

Bisher sind die immer supereinfach gewesen. Das erste war LEON. Das hatte ich schon nach zwei Versuchen rausgekriegt. Danach kam LEON2, dann LEON3, LEON4 und so weiter. Zurzeit waren wir bei LEON7.

Paulina und ich saßen im Bett und arbeiteten uns durch mindestens zwanzig Läuseseiten, die wir im Internet gefunden hatten. Danach las Paulina auch noch die polnischen Artikel. Überall stand das Gleiche: dass eine Behandlung mit Antiläusemittel alle Tiere sofort abtötete, und wenn man sie nach acht Tagen wiederholte, konnte man auch die Läuse ermorden, die beim ersten Mal noch in ihren Eiern versteckt gewesen waren.

Paulina war danach ziemlich beruhigt, aber ich war total am Ende. Das war doch furchtbar. Es ging immer nur darum, wie man Läuse am besten töten konnte. Dabei waren es auch Lebewesen wie wir. Warum schrieb denn niemand, wie man sie loswerden konnte, ohne sie zu ermorden?

Paulina lachte sich schlapp, als ich sie danach fragte.

»Toni, du spinnst. Wer will denn, dass Läuse überleben? Und außerdem sterben die sowieso nach zwei Tagen, wenn die kein Blut kriegen. Dann kannst du sie auch gleich töten. Das macht für die doch keinen Unterschied, nur für uns.«

Das fand ich aber schon. Vielleicht waren zwei Tage für eine Laus so viel wie für uns achtzig Jahre. Das konnte man gar nicht wissen. Und außerdem hätte ich sie zur Not auch gefüttert, damit sie ohne Paulinas Kopf nicht verhungern mussten. Die brauchten bestimmt nur ganz wenig Blut, um satt zu werden.

Paulina hatte aufgehört zu lachen und stupste mich an.

»Komm, Toni, jetzt mach nicht so ein Gesicht. Wenn ich bei dir bleibe, bis die Gremlins ihre zweite Läusebehandlung hinter sich haben, kriege ich ja überhaupt keine. Und wir müssen uns gar nicht überlegen, wie ich sie wieder loswerde. Dann ist die Seuche doch vorbei.« Sie seufzte glücklich und kuschelte sich unter meine Bettdecke. »Und jetzt schlafen wir, okay? Ich bin todmüde.«

Ich trug den Laptop in Vallis Zimmer zurück und vergrub ihn wieder unter ihren Klamotten.

Als ich ins Bett zurückkam, war Paulina schon eingeschlafen. Aber ich lag noch ewig wach, weil ich die Läuse nicht vergessen konnte. Ich dachte daran, dass in acht Tagen das nächste Massaker auf Mattis und Mareks Köpfen stattfand. Dann starben alle frisch geschlüpften kleinen Babyläuse.

Ich musste sie von den Köpfen der Gremlins weglocken, bevor sie massakriert wurden. Aber wie?

Womit lockte man Läuse? Nur mit frischem Blut? Oder vielleicht auch mit Zucker? Oder funktionierte es ganz anders? Mit Musik womöglich? Das könnte doch sein, auch wenn nichts davon im Internet stand. Vielleicht hatte es einfach nur noch niemand ausprobiert.

Immerhin hörten ja auch andere Tiere gerne Musik. Mr Bond zum Beispiel. Der fing bei Mozart immer an zu schnarchen. Das habe ich selber mitgekriegt, als ich ihn mal bei Jonas zum Spazierengehen abgeholt habe. Der schnarchte so laut, wie man es bei einem Hund, der einem nicht mal bis zum Knie geht, niemals erwartet hätte. Das klang mindestens nach einem Riesenmonster. Aber voll gemütlich.

Und was die Läuse anging: Es gab ja sogar einen Flohwalzer. Vielleicht war der wirklich für Flöhe komponiert worden, und die ernährten sich doch auch von Blut, wie die Läuse. Früher konnte Igor den Flohwalzer sogar fast auf der Flöte spielen und hat furchtbar damit angegeben. Aber ich hatte keine Ahnung, wo seine Flöte abgeblieben war, und etwas Walzerähnliches hätte ich darauf sowieso nicht zustande gebracht.

Ich musste eine andere Methode finden.

Leise schlich ich mich in Vallis Zimmer zurück und grub den Laptop wieder aus. Ich schaufelte ihr Bett so weit frei, dass ich mich reinsetzen konnte, und suchte nach neuen Läuseseiten. Vielleicht hatte ich vorhin welche übersehen, und irgendwo entdeckte ich doch noch etwas darüber, was Läuse so gerne mochten, dass sie sich aus den Haaren locken ließen.

Ich suchte wieder über eine Stunde, aber nur in einem einzigen Forum fand ich etwas dazu. Dort behauptete jemand, dass man Läuse mit Salat anlocken könnte. Ich war mir nicht sicher, ob er mit »Läusen« nur Blattläuse meinte oder auch die von den Gremlins, aber es schadete bestimmt nichts, wenn ich es mal ausprobierte. Und schließlich stieß ich noch auf zwei Artikel, in denen stand, was Läuse total eklig fanden: blondierte Haare und Teebaumöl.

So rum musste es ja auch funktionieren, habe ich mir überlegt. Falls sich die Läuse nicht mit Salat weglocken ließen, würde ich sie eben verjagen. Ich musste es nur hinkriegen, die Haare von Matti und Marek rechtzeitig mit Teebaumöl einzuschmieren. Am besten sofort nachdem die Läusebabys geschlüpft waren und auf jeden Fall bevor die Giftkeule auf sie niederging.

Eigentlich hätte ich jetzt beruhigt einschlafen können, aber es klappte nicht, weil es plötzlich überall auf meinem Kopf anfing zu jucken. Vielleicht waren Paulinas Läuse ja direkt zu mir rübergewandert, um ihre Eier abzulegen, und deshalb hatte ich keine bei ihr gefunden.

Also bin ich wieder aufgestanden und habe im Bad mit Mamas Kosmetikspiegel und Igors Taschenlampe nach Gremlinläusen in meinen Haaren gesucht, doch ich habe keine entdeckt.

Zur Sicherheit legte ich aber schon mal ein Läuseprotokoll an, weil ich meine Salatmethode ja wissenschaftlich belegen musste, damit man sie ernst nahm. Ich habe gedacht, ich mache das ungefähr so wie beim Bohnentagebuch, das wir in der Fünften schreiben mussten. Da haben wir zwei Wochen lang beobachtet, wie aus einem Samen eine Bohnenpflanze wurde. Und jetzt beobachtete ich eben, wie Salat bei der Läuserettung funktionierte. Damit ich die Methode später auch ins Internet stellen konnte, wenn sie geklappt hatte. Und dann hörten die Leute hoffentlich auf, ihre Läuse zu massakrieren.

Das war mein erster Eintrag in mein Läuseprotokoll:

Tag 1 nach Ausbruch der Epidemie, 23:55 Uhr
Heute wurden bei intensiver Untersuchung
von Eigen- und Fremdhaar (Paulina) keine
Läuse oder Nissen gesichtet.
Deshalb konnte die Salatmethode nicht
eingesetzt werden.
Die Untersuchungsreihe wird fortgeführt.

3. Kapitel

Wir wachten auf, weil es klingelte.

»Oje, das ist meine Mutter«, stöhnte Paulina und ging an ihr Handy.

Ich verzog mich müde zu Mama in die Küche, damit sie in Ruhe telefonieren konnte.

Aber so ruhig wurde es dann gar nicht.

Mama und ich saßen am anderen Ende der Wohnung, und ich hatte extra die Tür hinter mir zugemacht, als ich aus meinem Zimmer ging, aber wir hörten sie trotzdem. Paulina brüllte dermaßen laut »Nein!«, dass es bestimmt sogar Jonas im Stockwerk drunter mitkriegte. Mr Bond war wahrscheinlich bei Ben, sonst hätte er garantiert gebellt.

»Auweia«, sagte Mama. »Hat Paulina Krach mit ihren Eltern?«

»Geht nur um Kleinigkeiten«, antwortete ich und kratzte mich am Kopf. Der juckte schon wieder.

»Na dann.« Mama stand auf. »Ich geh mal ins Bad. Vergesst nicht, den Tisch abzuräumen, wenn ihr mit Frühstücken fertig seid.«

»Ich will aber nicht!«, brüllte es aus meinem Zimmer.

Danach war es still.

Irgendwann rauschte Paulina in die Küche, knallrot vor Wut, und warf sich auf den Stuhl neben mir.

»Meine Mutter spinnt«, schimpfte sie und starrte finster auf die Tischplatte. »Die besteht darauf, dass ich nach der Schule heimgehe.«

»Was? Soll ich deiner Mutter sagen, dass es Mama bestimmt nicht stört, wenn du hierbleibst?«

Vielleicht war ihre Mutter ja genau wie meine und dachte, dass ihr Kind nervte, wenn es länger als fünf Minuten bei anderen Leuten war.

»Hat keinen Sinn«, meinte Paulina mit dumpfer Stimme. »Ich muss die Gremlins hüten. Weil die wegen der Drecksläuse nicht in den Kindergarten dürfen.«

Aber das war ja totaler Quatsch.

»Doch! Die dürfen! Das haben wir doch im Internet gelesen. Man muss Kinder mit Läusen gar nicht mehr daheim behalten, sag das deiner Mutter. Das war nur früher so. Die können sofort wieder in den Kindergarten gehen, wenn man sie mit einem Läusemittel behandelt hat.«

Paulina winkte ab. »Darum geht's gar nicht. Meine Mutter lässt sie nicht in den Kindergarten, damit sie sich nicht noch mal anstecken. Die müssen mindestens eine Woche zu Hause bleiben.« Sie vergrub ihren Kopf zwischen den Armen. »Ich sterbe«, murmelte sie. »Eine Woche in einer Läusebude, eingesperrt mit zwei irren kleinen Brüdern, die mir garantiert jede einzelne ihrer verdammten Läuse vermachen.« Sie kratzte sich am Kopf und stöhnte auf. »Ich werde verrückt, Toni. Ich werde echt verrückt.«

Ich legte meinen Arm um ihre Schulter.

»Du kriegst keine Läuse, Pauli. Versprochen. Ich habe im Internet noch Mittel gefunden, die helfen. Wenn du die gleich benutzt, sobald du daheim bist, gehen sie erst gar nicht an dich ran. Dann machen die einen Riesenbogen um dich.«

»Echt jetzt?« Paulina schielte misstrauisch zwischen ihren Armen durch. »Und was muss ich dafür machen? Mir Schuhcreme auf den Kopf schmieren? Oder das Zeug, mit dem sie Straßen asphaltieren?«

»Nein. Teebaumöl! Damit reibst du deine Haare ein. Den Geruch hassen sie.«

»Den Geruch hasst jeder«, brummte Paulina. »Außerdem krieg ich dann total fettige Haare. Ich kann doch nicht mit stinkendem Fettkopf in die Schule.«

»Dann soll dir deine Mutter eben eine Entschuldigung schreiben.«

Paulina hob den Kopf. »Mir. Eine Entschuldigung«, sagte sie trocken. »Toni, du redest von meiner Mutter. Die würde mir nicht mal eine Entschuldigung schreiben, wenn ich Lepra hätte.«

Ich seufzte. Sie hatte ja recht. Ihre Mutter hatte einen noch größeren Schulwahn als meine. Weil sie als Kind nur sieben Jahre zur Schule gehen durfte und danach arbeiten musste, hat mir Paulina mal erklärt. Und dass ihr das immer noch was ausmachte. Deshalb konnte sie es überhaupt nicht aushalten, wenn ihre Tochter mal nicht so scharf auf Unterricht war.

Aber dann blieb ja immer noch das Blondieren.

Und das fand Paulina richtig klasse.

»Du meinst, wenn ich meine Haare blond färbe, krieg ich keine Läuse? Toni, Mann, das ist ja so was von genial! Blond wollte ich schon immer, nur Mama hat es mir verboten. Aber wenn ich das jetzt wegen der Läuse mache, kann sie gar nichts dagegen sagen!«

Als wir zur Schule gingen, war Paulina schon wieder richtig gut gelaunt. Wir zogen abwechselnd ihren Rollkoffer hinter uns her, und sie meckerte nicht mal, als ich anhielt, um einen Regenwurm aufzuheben, der mitten auf der Straße gestrandet war.

»Jetzt muss ich nur noch Bekir anrufen und ihm klarmachen, dass wir uns diese Woche nicht sehen können«, sagte sie, während ich den Regenwurm auf dem Grünstreifen absetzte. »Nicht dass er auf die Idee kommt, mich im Seuchenzentrum zu besuchen. Ich sage, ich habe Hausarrest und es darf auch niemand zu mir kommen. Nur du, weil wir zusammen Hausaufgaben machen. Und wenn er mich dann wiedersieht, habe ich blonde Haare. Da staunt er bestimmt.«

»Meinst du, der glaubt das mit dem Hausarrest? Das ist doch voll altmodisch«, fragte ich, während wir weitergingen.

Paulina zuckte mit den Schultern. »Meine Eltern sind doch auch voll altmodisch. Die bestehen sogar darauf, dass ich die Tür offen lasse, wenn Bekir da ist. Hausarrest traut der denen sofort zu.«

Vor der Schule setzte Paulina sich auf eine der Holzbänke neben dem Haupteingang und lieh sich mein Handy, um Bekir anzurufen.

»Nachher hole ich mir endlich wieder Guthaben«, meinte sie.

Ich nahm ihren Koffer und ging schon mal in Richtung Klassenzimmer, um rechtzeitig in Mathe zu sein. Morgens war ich meistens zu spät dran, weil immer so viele Tiere Hilfe brauchten. Wenn ich jetzt ausnahmsweise pünktlich war, weil heute nur ein einziger Regenwurm gerettet werden musste, wollte ich das ausnutzen.

»Ich komme gleich hinterher«, rief Paulina.

Doch sie kam nicht. Sie tauchte einfach nicht auf. Nach fünf Minuten nicht und nach zehn noch immer nicht und irgendwann regte ich mich auf.

Vielleicht war sie auf dem Schulhof umgekippt, dachte ich, weil sie ja auch gar nichts gefrühstückt hatte wegen der Läuse und dem Streit mit ihrer Mutter. Aber irgendwer hätte es doch bestimmt mitgekriegt, wenn Paulina ohnmächtig geworden wäre, und wäre in unsere Klasse gekommen, um Bescheid zu sagen, oder? Und wir hätten das Martinshorn vom Krankenwagen gehört.

Nein. Irgendetwas anderes musste passiert sein. Etwas viel Schlimmeres. Plötzlich war ich mir ganz sicher: Paulina war gekidnappt worden. Bestimmt hatten irgendwelche Verbrecher sie mit Selena Gomez verwechselt, weil sie der so ähnlich sieht, und sie angesprochen und gefragt, ob sie ein Foto mit ihr machen dürften. Und weil Paulina immer so nett ist, wenn jemand was von ihr will, hat sie natürlich Ja gesagt. Und dann haben sie behauptet, dass der Hintergrund für das Foto bei den Büschen besser wäre, und dort haben sie sie dann gefesselt und in einen Teppich gewickelt, um sie unauffällig forttragen zu können, weil sie ja dachten, sie hätten Selena Gomez und würden ein fettes Lösegeld für sie kriegen. Ich konnte es richtig vor mir sehen, wie nur noch Paulinas Füße hinten aus der Teppichrolle rausschauten und wie sie verzweifelt versuchte, mit den Füßen zu wackeln und zu schreien, aber weil sie geknebelt und gefesselt war, ging das nicht richtig, und durch den dicken Teppich drang ihr ersticktes Stöhnen sowieso nicht durch.

Weil ich mir das so voll echt vorgestellt habe, habe ich vor lauter Schreck einen irren Schluckauf gekriegt. Also bin ich zu Frau Sommerhalder vorgegangen und habe gesagt, dass mir furchtbar schlecht wäre, und wegen meinem Schluckauf hat sie mir gleich geglaubt und mich aufs Klo gelassen. Normalerweise sagt sie immer erst Nein, und man muss furchtbar betteln, bis sie einen gehen lässt.

Ich habe den ganzen Schulhof nach Paulina abgesucht. Und danach das komplette Gebäude. Als Allerletztes schaute ich in dem ekligen Waschraum unserer alten Gymnastikhalle hinten auf dem Hof nach.

Und da war sie tatsächlich.

Mann, war ich froh.

Sie saß unter einem der Waschbecken, mitten in all dem Dreck, der sich dort immer ansammelte. Zum Glück hatte sie ihren Kopf zwischen den Armen vergraben, sodass sie die dicke schwarze Spinne nicht bemerkte, die sich direkt neben ihr vom Waschbecken abseilte. Die hätte ihr bestimmt nicht gefallen.

Ich pflückte die Spinne von ihrem Faden und setzte sie aufs Fensterbrett, weit weg von den Waschbecken. Dann hockte ich mich vor Paulina hin.

»Pauli, was ist los? Warum sitzt du hier? Hast du Läuse gekriegt?«

Sie schaute hoch. Ihre Augen waren ganz rot.

»Der will nicht, Toni. Der sagt, das geht nicht«, flüsterte sie und schob mir mein Handy hin.

Ich steckte es in die Hosentasche.

»Was geht nicht?«

»Ich habe Bekir gesagt, dass ich eine Überraschung für ihn habe. Und dass er sich ab Juni die Dienstagabende freihalten muss. Ich wollte, dass er was hat, auf das er sich freuen kann. Weil wir uns doch jetzt eine Woche nicht sehen können. Als Trost, weißt du. Und was sagt der Blödmann? Dass er gar nicht mitkommen kann.

Weil er sein Training nicht verschieben will.« Sie schnaufte empört. »Dabei hat er erst noch gesagt, dass er fragt, ob sie das Training im Juni vielleicht auf den Mittwoch legen können. Aber als ich ihm dann verraten habe, dass es bei meiner Überraschung um einen Tanzkurs geht, hat er plötzlich behauptet, dass er doch nicht fragen kann, weil sein Trainer dann knallsauer werden würde. ›Ich werde auch knallsauer‹, habe ich zu ihm gesagt. Und dass er nichts zum Sechsmonatigen kriegt, überhaupt gar nichts, wenn er das, was ich ihm schenken wollte, so mit Füßen tritt.«

»Und was hat er geantwortet?«

»Dass es keinen Sinn hat, mit mir darüber zu reden, weil ich ein Mädchen wäre und das sowieso nicht kapieren würde. Hast du schon mal so was Blödes gehört? Und dann hat er aufgelegt. Obwohl ich ihn gar nicht so doll angeschrien habe.« Sie schlug mit der Faust auf den Boden. »So ein riesengroßer, komplett bescheuerter Vollidiot.«

»Und was wäre, wenn du mit einem anderen tanzt?«, fragte ich vorsichtig.

»Nein«, sagte Paulina grimmig.

»Aber das wäre sogar billiger für dich, weil der ja für sich selber zahlen würde, und du kriegst das Geld für Bekir wieder zurück.«

»Ich will aber mit Bekir.«

Sie klang genauso trotzig wie Matti und Marek, wenn sie was nicht bekamen und kurz davor waren, sich brüllend auf dem Boden zu wälzen oder sich gegenseitig auf den Kopf zu hauen.

Aber Paulina brüllte nicht und sie wälzte sich auch nicht auf dem Boden. Sie blieb ganz still sitzen und das war eigentlich viel unheimlicher. Weil sie die ganze Zeit so superböse vor sich hin starrte.

Irgendwann wurde ich ein bisschen unruhig wegen Mathe. Wahrscheinlich dachte die Sommerhalder, ich wäre ins Klo gekippt, und hatte schon einen Suchtrupp nach mir losgeschickt.

Ich wollte Paulina gerade fragen, ob wir nicht vielleicht doch mal in die Schule zurückgehen könnten, als sie ganz plötzlich aufstand, ihre Jeans glatt strich und sagte: »Okay. Ich sag dir, was ich mache. Ich suche mir wirklich einen anderen. Das mache ich. Und Bekir kann sehen, was er davon hat. Und wenn er es sich dann doch noch anders überlegt und mit mir tanzen will, tja, dann hat er eben Pech gehabt.«

Sie schaute sich im Spiegel an und atmete ein paarmal tief ein und aus. Dann warf sie ihre Haare mit einem Schwung über die Schulter und marschierte aus dem Klo.

4. Kapitel

Schon gleich als wir wieder in Mathe waren, legte Paulina los und schrieb allen Jungs in unserer Klasse den gleichen Brief. »Willst du mit mir den Sommertanzkurs machen?« stand darin, und man konnte »Ja«, »Nein« oder »Vielleicht« ankreuzen. Das hatte sie extra so vorbereitet, damit sie die Antworten ganz schnell bekam, auch von den Jungs, die nicht so scharf drauf waren, Briefe zu schreiben. Am Ende der Stunde hatte sie schon alle Zettel fein säuberlich gefaltet zurückbekommen. Wir verzogen uns damit in unser Versteck hinter den Ginsterbüschen, weil wir sie in Ruhe anschauen wollten.

»Wenn jetzt alle ›Ja‹ angekreuzt haben, musst du aber schon einen übernehmen«, sagte Paulina. »Was ich dann mit den anderen mache, weiß ich noch nicht. Ich kann ja leider auch nur mit einem tanzen.«

Sie machte einen Zettel nach dem anderen auf und pfefferte ihn zur Seite. Ihr Blick wurde immer finsterer. Denn blöderweise hatte jeder der Jungs »Nein« angekreuzt. Wirklich jeder. Noch nicht mal ein »Vielleicht« war dabei. Aber Paul und Yannick hatten wenigstens ein »Leider« vor das »Nein« geschrieben und Paul hatte sogar noch ein Herzchen dazugemalt.

»Der will was von dir«, sagte ich, um sie ein bisschen aufzumuntern.

Ich dachte, weil sie sich doch mit Bekir verkracht hatte, wäre sie vielleicht froh, wenn sie sich jetzt in Paul verlieben konnte. Der war auch okay. Aber Paulina fand das nicht so gut.

»Das ist mir so was von egal«, sagte sie patzig. »Der soll nichts von mir wollen, der soll mit mir tanzen.«

Ich habe nichts mehr gesagt, weil ich sie nicht noch saurer machen wollte, aber eigentlich hätte es ihr schon vorher ziemlich klar sein müssen, dass ihre Umfrage nicht so irre gut ausgehen würde. Das liegt an der Zusammensetzung unserer Klasse. Wir sind nämlich vierzehn Mädchen und nur neun Jungs. Manchmal ist das super, weil wir die Jungs immer überstimmen können, wenn es wichtig ist, doch für Paulina war es jetzt natürlich doof. Von den Mädchen in unserer Klasse wollten nämlich fast alle den Sommertanzkurs machen und von den Jungs nur Yannick, Paul und Cem, und die waren schon vergeben. Die waren gleich am Freitag von Sina, Lena und Amivi gekrallt worden.

Doch Paulina gab nicht auf. Noch in der Pause knöpfte sie sich jeden der Jungs, die noch keinem Mädchen gehörten, einzeln vor und versuchte, einen von ihnen doch noch zum Tanzen zu kriegen. Aber leider klappte es nicht.

»Die spinnen total«, beschwerte sie sich, als wir zum Klassenzimmer zurückgingen. »Die behaupten, sie bräuchten die Zeit zum Computerspielen, weil sie ihr Team nicht im Stich lassen könnten. Oder sie hätten irgendein bescheuertes Training an dem Abend. Aber das sind doch nur blöde Ausreden. Von den Mädchen haben auch welche am Dienstagabend Sport, Sina und Lena haben sogar Fußballtraining, und die gehen trotzdem zum Tanzkurs. Nur die Jungs kriegen das nicht geregelt.« Sie stöhnte. »Echt. Ich hasse Jungs.«

»Und trotzdem willst du einen zum Tanzen«, sagte ich.

»Ja, klar. Den, der mit mir tanzt, würde ich natürlich nicht hassen«, sagte sie. »Aber mich hasse ich sowieso noch viel mehr. Wenn ich gleich am Freitag rumgefragt hätte, hätte ich noch einen abgekriegt. Aber ich Schaf hab ja auf Bekir gewartet. Jetzt fehlen sieben Jungs, Toni, sieben, allein für unsere Klasse!«

»Nein, nur vier. Nora und Dilara und Greta haben sich einen von außerhalb geholt. Das haben sie vorhin erzählt, als du versucht hast, einen von den Übrigen zum Tanzen zu zwingen.«

»Vier sind immer noch vier zu viel.«

Den Rest des Schultags war Paulina mit allen sauer, auch mit mir, obwohl ich gar nichts dafürkonnte, und es war sterbenslangweilig, neben ihr zu sitzen.

5. Kapitel

Irgendwas war mit dem Tag los. Daheim war nämlich auch schlechte Stimmung. Ich hörte schon im Flur, dass Mama und Valli in der Küche stritten. Als ich reinkam, waren sie plötzlich still und schauten sich nur böse über den Küchentisch hinweg an. Ich schenkte mir ein Glas Orangensaft ein und setzte mich zu ihnen.

»Hallo, Süße«, sagte Mama. »Wie war's in der Schule?«

»Ganz okay«, antwortete ich. »Warum streitet ihr?«

»Geht dich nichts an«, blaffte Valli.

»Also bitte!«, sagte Mama. »Nur weil du sauer bist, musst du deine Schwester nicht anpöbeln, Valentina.«

Valli sprang vom Stuhl auf und stürmte aus der Küche. Als Mama in Ungarn gewesen war, hatte sie echt bessere Nerven gehabt. Also, meistens zumindest.

»Was hat sie denn?«, fragte ich.

»Sie sieht nicht ein, dass sie ihren Freund vielleicht mal ein bisschen weniger sehen sollte, wenn sie sich anständig auf ihr mündliches Abi vorbereiten will«, schimpfte Mama und stand kopfschüttelnd auf. »Als ob ich nicht schon genug Probleme am Hals hätte.«

Sie ging zur Spüle und fing an, die Kartoffeln zu waschen, die dort lagen.

»Welche Probleme denn? Wirst du mit deinen Übersetzungen nicht fertig?«, fragte ich.

Seit Mama aus Ungarn zurück war, arbeitete sie nämlich die ganze Zeit. Sie saß bis spätabends an ihrem Schreibtisch im Schlafzimmer und übersetzte für irgendwelche Firmen Gebrauchsanleitungen und Produkthinweise aus dem Englischen und Französischen ins Deutsche.

»Meine Arbeit ist nicht das Problem«, erklärte Mama. »Sondern das Abitur deiner Schwester. Sie fängt einfach nicht an, für Geschichte zu lernen. Den ganzen Tag hängt sie nur mit ihrem Freund rum und macht gar nichts.«

»Jetzt entspann dich doch mal, Mama«, brüllte Valli aus ihrem Zimmer. »Die mündliche Prüfung ist überhaupt nicht mehr so wichtig wie früher, wie oft soll ich dir das denn noch sagen? Ich habe das Abi doch schon so gut wie bestanden.«

Mama schnaufte empört und rannte in den Flur.

»Was heißt hier ›nicht mehr so wichtig‹?«, schrie sie zurück. »Wie naiv kann man eigentlich sein? Es geht doch auch um die Note und nicht nur ums Irgendwie-Bestehen. Du willst schließlich eine Zukunft haben! Dann nimm das endlich mal ernst und fang an zu lernen.«

Wenn Mama so wütend war, ging ich immer lieber in Deckung. Aber Valli schaffte es jedes Mal, noch wütender zu werden als sie und auch noch viel lauter.

»Mensch, Mama!«, tobte sie. »Jetzt kapier das doch mal! Ich weiß überhaupt noch nicht, welches Thema ich in Geschichte kriege! Was soll ich denn da lernen?«

»Mein Gott, dann schau dir eben den ganzen Stoff vom letzten Schuljahr noch mal an. Man stirbt nicht, wenn man aus Versehen mal was umsonst lernt!«, brüllte Mama zurück und kam wieder in die Küche. »Ist doch wahr«, sagte sie zu mir und war immer noch ziemlich laut. »Sie hat ihr ganzes Leben lang Zeit, sich um irgendwelche Liebesgeschichten zu kümmern, aber Abi hat sie nur ein Mal.«

Sie ging zum Kühlschrank und holte drei riesige Pastinaken aus dem unteren Fach. Ausgerechnet Pastinaken. Das absolute Ekelgemüse. Aber ich hielt lieber den Mund. Mama wirkte nicht so, als ob sie eine Diskussion über unessbare Lebensmittel gerade gut verkraften würde.

Außerdem stürmte Valli schon wieder den Flur entlang.

»Spinnst du, Mama?«, fragte sie und baute sich in der Küchentür auf. »Das mit Leon ist nicht irgendeine Liebesgeschichte. Der ist meine große Liebe! Und die lass ich mir ganz bestimmt nicht vom Abi kaputtmachen. Und auch nicht von dir.«

Mama schmetterte die Pastinaken ins Spülbecken und giftete zurück: »Ein paar Wochen, in denen ihr euch weniger seht, wird eure große Liebe ja wohl noch aushalten. Und wenn ihr das nicht hinkriegt, dann schieß den Typ besser in den Wind.«

Valli schnappte nach Luft wie ein Fisch an Land und sagte böse: »Wie wär's, wenn du dich mal um deine eigene Beziehung kümmerst? Vielleicht wären deine Telefonate mit Papa dann auch ein bisschen netter.«

Und damit drehte sie um und marschierte wieder aus der Küche. Ihre Zimmertür knallte so laut zu, dass Mama und ich zusammenzuckten.

»Puuh«, machte Mama und hackte die Pastinaken mit solcher Wucht klein, dass sie mir richtig leidtaten.

»Was ist denn, wenn du mit Papa telefonierst?«, fragte ich.

»Gar nichts«, meinte Mama.

»Und warum hat Valli das dann gesagt?«

Mama drehte sich zu mir um und funkelte mich zornig an. »Mach mich nicht verrückt, Toni. Es ist gar nichts. Und jetzt hätte ich gern meine Ruhe, sonst wird das heute nichts mehr mit dem Essen.«

Ich stand auf und verdrückte mich aus der Küche.

Heute waren ja echt alle schlecht gelaunt. Und mich hatten sie auch bald so weit.

Als ich an Vallis Zimmer vorbeikam, blieb ich stehen und klopfte vorsichtig an.

»Was ist?«, fragte Valli genervt.

»Ich bin's. Kann ich kurz reinkommen?«

»Von mir aus.«

Ich schlüpfte in ihr Zimmer und machte die Tür hinter mir wieder zu, damit Mama mich nicht hörte. Valli saß auf ihrem Bett und schaute sich irgendwas im Internet an. Das hätte ich auch gern gemacht. Aber ich durfte ja nicht.

»Mamas Telefonate mit Papa sind doch gar nicht komisch«, sagte ich.

»Doch«, sagte Valli grimmig. »Die streiten sich total.«

»Das stimmt nicht. Die streiten nicht.«

»Klar doch. Wenn du in der Schule bist. Damit du es nicht mitkriegst.«

Plötzlich war mir ganz kalt.

War Mama deshalb aus Ungarn zurückgekommen? Weil sie sich nicht mehr mit Papa vertrug?

»Und warum streiten die?«

Valli zuckte mit den Schultern. »Wegen Ungarn, denke ich. Mama möchte, dass Papa wieder bei uns wohnt, aber der will nicht. So irgendwie.«

Ich wollte was fragen, aber die Wörter hingen in meinem Hals fest, ich kriegte sie nicht raus.

»War's das, Toni?«, fragte Valli ungeduldig. »Ich würde jetzt gern meinen Film weiterschauen.«

»Glaubst du, Papa will für immer in Ungarn bleiben und gar nicht mehr heimkommen? Weil Mama und er so viel streiten?«, krächzte ich endlich.

»Weiß ich nicht«, meinte Valli pampig. »Ich weiß nur, dass ich von denen echt keine Beziehungsratschläge brauche.«

Ich ging direkt zu Mama in die Küche zurück. Sie stand am Herd und versteckte die Pastinaken unter einer dicken weißen Soße.

»Essen ist fertig«, sagte sie.

»Warum hast du immer Streit mit Papa?«, fragte ich.

Mama drehte sich zu mir um. »Wer behauptet denn so was? Valentina? Die soll sich mal lieber um ihre eigene Beziehung kümmern. Deckst du bitte den Tisch?«

»Und warum habt ihr Streit?«

»Wir streiten nicht«, erklärte Mama und stellte die Schüssel mit den getarnten Pastinaken auf den Tisch. »Wir diskutieren. Und es wäre leichter, wir müssten das nicht am Telefon tun, sondern könnten uns sehen. Aber das geht ja wegen deiner Schwester nicht. Wenn ich kein Auge auf sie habe, verschläft sie wahrscheinlich ihr Abitur.«

Sie ging in den Flur und rief nach Valentina, aber die wollte nicht mitessen. Ich ja auch nicht. Aber ich musste.

Am Abend war Mama im Yoga, um sich von Valli zu erholen, und Valli war bei Leon, um über Mama zu lästern. Ich ging in ihr Zimmer und grub ihren Laptop aus, weil ich wissen wollte, wie gefährdet Mamas und Papas Ehe wirklich war. Man kann im Internet nämlich auch solche Sachen rauskriegen.

Ich habe »Wie schlimm ist Streit in einer Ehe« ins Suchfeld eingegeben und ganz viele Seiten gefunden, auf denen Psychologen oder so geschrieben haben, dass es gut für eine Beziehung ist, wenn man auch mal streitet, weil man sich dadurch besser kennenlernt.

Mann, war ich froh.

Doch dann habe ich weitergelesen, und leider stand da auch noch, dass man sich dabei aber auf keinen Fall anbrüllen sollte. Und da war ich mir bei Mama und Papa jetzt nicht so sicher, weil bei uns eigentlich alle immer ganz schön laut sind, wenn sie streiten. Ich auch. Sonst hört mich ja keiner.

Ich habe dann auch noch eine Seite gefunden, auf der man einen Test machen konnte, wie gefährdet die Ehe von einem ist. Bei den Antworten habe ich so getan, als ob ich Papa wäre, und als Ergebnis ist Alarmstufe Orange rausgekommen, und das fand ich dann schon ziemlich blöd. Aber immerhin gab es noch eine Stufe, die schlimmer war, die war ganz rot. Bei Rot war die Ehe extrem gefährdet, und es konnte gut sein, dass sich einer von beiden in jemand anders verliebte, um aus der Ehe auszubrechen. Bei Rot sollte man dringend zur Eheberatung. Orange bedeutete, dass man seine Ehe vielleicht auch noch allein retten konnte, aber dafür musste man sich echt ins Zeug legen.

»Nehmen Sie sich Zeit füreinander«, rieten sie einem da und dass man beim Frühstück miteinander reden sollte und nicht nur Zeitung lesen. Aber wie sollten Mama und Papa das hinkriegen, wenn Papa nicht herkommen wollte und Mama wegen Vallis Abi nicht zu ihm fliegen konnte?

Und dann habe ich weiter unten noch was gelesen, und das hat mich richtig fertiggemacht: »Vielleicht haben Sie Ihre Ehe wegen Ihrer Kinder vernachlässigt, dann ist es jetzt höchste Zeit, sich Inseln zu zweit zu schaffen« stand da.

Das mit den Inseln klang schön, aber das mit den Kindern war natürlich der Hammer. Ich habe das auch erst gar nicht geglaubt, nur habe ich dann leider noch ganz viele Seiten gefunden, auf denen auch stand, dass man höllisch auf seine Ehe aufpassen musste, wenn man Kinder hatte.

Deshalb habe ich den Test auch noch für Mama gemacht, die hatte ja gerade mehr mit uns Kindern zu tun.

Und leider war es bei Mama noch schlimmer. Ihre Ehe war noch viel mehr gefährdet als die von Papa. Das Signal war bei ihr schon auf Knallrot.

Es gab gar keine andere Möglichkeit: Sie musste so schnell wie möglich zu Papa, bevor einer der beiden beschloss, sich in jemand anders zu verlieben.

Ich hatte auch fast sofort eine Idee, wie ich Mama nach Ungarn kriegte: Wenn jemand auf Valli aufpassen musste, dann würde ich das einfach übernehmen. Ich würde dafür sorgen, dass sie fürs Abi lernte, und ich wusste sogar schon, wie.

Es gibt nämlich eine Methode, mit der man lernt, wie man richtig lernt. Die haben sie uns in der Fünften beigebracht. Damals fand ich das komisch, weil ich immer gedacht hatte, lernen ginge von ganz allein, aber anscheinend war das nur in der Grundschule so, und wenn man größer wurde, mussten sie einem das Lernen extra beibringen.

Die Methode, wie man richtig lernt, ist eigentlich ziemlich einfach. Man muss dafür nur Zeitpläne schreiben, für jeden Tag einen und immer schon mindestens eine Woche im Voraus. Darin trägt man ein, was man an welchem Tag um wie viel Uhr machen will. Und zwar nicht nur die Sachen, die man für die Schule erledigen muss, wie Hausaufgaben und so, sondern auch alles Private. Zum Beispiel, wann man abendessen will und wann man fernsieht. Das muss alles im Zeitplan stehen.

Ein paar der Jungs haben sogar reingeschrieben, wann sie aufs Klo gehen wollten, aber unser Klassenlehrer meinte, dass sie das lassen sollten, weil man das im Voraus gar nicht so genau sagen kann. Wir haben uns kaum mehr eingekriegt vor Lachen, aber das war leider auch das Einzige, was an den Zeitplänen lustig war.

Die haben nämlich überhaupt nicht funktioniert. Also, zumindest bei mir nicht, obwohl ich mir superviel Mühe gegeben habe, weil ich Pläne mag. Aber die anderen in meiner Familie haben sich überhaupt nicht dran gehalten und deshalb ist alles durcheinandergekommen. Jeden Abend hat Mama mich gezwungen, die Spülmaschine auszuräumen, obwohl bei mir im Zeitplan »lesen« stand, und Igor hat mir verboten fernzusehen, obwohl ich das bei mir in den Plan eingetragen hatte. Und das musste ich dann später nachholen und dadurch hat sich wieder was anderes verschoben. Das war vielleicht ein Stress. Außerdem störte Paulina mich immer, weil bei ihr »telefonieren« im Plan stand, wenn bei mir »Hausaufgaben machen« dran war, und ich wollte sie dann nicht hängen lassen, weil sie mit ihrem Zeitplan wegen der Gremlins sowieso noch viel schlechter klargekommen ist als ich.

Ich glaube, so ein Plan funktioniert nur, wenn man ganz für sich allein wohnt und überhaupt keine Freunde hat. Selbst Tiere retten kann man vergessen. Ich kann ja nicht eine Woche vorher wissen, wann ich einen Mistkäfer treffe, den ich umdrehen muss, weil er auf dem Rücken liegt. Was soll ich denn bitte machen, wenn ich dem zur falschen Zeit begegne? Soll ich den verkehrt rum liegen lassen und einfach vorbeilaufen, »Tut mir leid, Mistkäfer, bei mir steht was anderes im Plan, aber warte noch bis übermorgen, dann ist ›Käfer retten‹ dran«?

Ich habe irgendwann aufgegeben und immer erst hinterher was in meinen Zeitplan geschrieben, wenn der Tag schon gelaufen war, und nach der Fünften war das mit dem Lernenlernen zum Glück auch schon wieder vorbei.

Aber jetzt wäre es gut, es noch mal damit zu versuchen. Bei Valli würde so ein Zeitplan bestimmt besser funktionieren. Erstens rettete sie nur selten Tiere und zweitens waren wir beide ja allein und ich würde sie bestimmt nicht stören. Ich würde einfach nur dann mit ihr reden, wenn ich in ihrem Plan stand. Und Leon dürfte auch erst zu uns kommen, wenn er dran war, und in dem Plan würde auf jeden Fall auch stehen, wann er wieder gehen müsste, damit Valli genug Zeit zum Lernen hatte.

Ich wusste nicht, ob ich Mama von meiner Lernenlernmethode für Valli erzählen sollte, als sie aus dem Yoga kam. Ich hatte Angst, sie würde damit gleich zu Valli gehen und die würde dann aus Trotz nicht mitmachen, weil sie dachte, das wäre eine Idee von Mama. Dabei war die ja von mir.

Deshalb habe ich Mama erst mal nur gesagt, dass sie ganz unbedingt zu Papa fliegen soll. Und dass sie sich überhaupt keine Sorgen um Vallis Abi machen bräuchte, weil ich ihr helfen würde.

»Wie willst du das denn schaffen?«, hat Mama gefragt und mich superungläubig angeschaut, und deshalb habe ich es ihr dann doch erzählt.

»Mir ist eine tolle Methode eingefallen. Die mit den Zeitplänen, die ich in der Fünften gelernt habe.«

»Oha«, sagte Mama. »An die erinnere ich mich auch noch. Ein Wunder, dass unsere Familie die überlebt hat. Und damit willst du jetzt auf Valentina los?«

»Ja, aber die funktioniert nur, wenn du nicht da bist. Sonst macht Valli bestimmt nicht mit. Und du kannst solange zu Papa auf die Insel.«

»Ungarn ist keine Insel«, sagte Mama. »Das liegt noch nicht mal am Meer. Deine Erdkundekenntnisse sind eine Katastrophe.«

Aber dann hat sie noch gesagt, dass sie es sich überlegen würde. Und dass sie froh wäre, dass sie mich hätte, weil ich nicht so anstrengend wäre wie andere hier.

Das hat mich gefreut.

So was sagt sie nämlich auch nicht immer.

Noch am selben Abend habe ich versucht, Paulina anzurufen. Ich wollte sie fragen, ob sie mir die Zeitplantabelle in die Schule mitbringen könnte, die wir in der Fünften gekriegt hatten. Paulina hebt nämlich immer alles auf. Sie hat sogar noch ihre Schreiblernübungen aus der ersten Klasse, dabei sehen die schrecklich aus. Die will bestimmt nie mehr irgendjemand anschauen oder höchstens ihre Enkel, wenn sie dafür Geld von ihr kriegen.

Ich habe ewig oft Paulinas Nummer gewählt, aber sie ist nie an ihr Handy gegangen. Deshalb habe ich ihr die ganze Mailbox vollgequatscht.

Ich hoffte, sie hörte sie ab.

Zweiter Eintrag in meinem Läuseprotokoll:

Tag 2 nach Ausbruch der Epidemie, 22:25 Uhr
Heftiges Kopfjucken, aber bei Selbstkontrolle weder Laus noch Nissen gesichtet.
Die Untersuchungsreihe wird fortgeführt.

6. Kapitel

Ich erkannte Paulina gar nicht. Ich wunderte mich nur, warum jemand Fremdes an unserem Tisch saß, als ich ins Klassenzimmer kam. Erst als ich näher dran war, kapierte ich, dass das Paulina war, nur mit anderen Haaren. Die waren jetzt nämlich hellblond. Irre. Ich brauchte ewig, um mich daran zu gewöhnen. Den ganzen Vormittag über zuckte ich jedes Mal zusammen, wenn ich mich zu ihr hindrehte. Zu allem Überfluss hatte sie nämlich nicht nur superblonde Haare, sondern war auch noch ganz braun im Gesicht. Als ob sie acht Wochen lang im Urlaub gewesen wäre.

»Das ist bloß Make-up«, erklärte sie mir. »Das war eine Probepackung. Ich habe vielleicht ein bisschen viel genommen. Aber braune Haut sieht besser aus zu Blond.«

»Und deine Mutter hat das erlaubt?«, fragte ich ungläubig.

»Ach, Quatsch. Die weiß das gar nicht.« Paulina grinste. »Das Make-up habe ich mir erst auf dem Schulklo draufgemacht. Mama ist wegen der Gremlins doch sowieso schon stinksauer auf mich.«

»Warum denn?«

»Ich hab die auch blondiert, damit Schluss ist mit den Läusen«, sagte Paulina. »Aber die haben voll die komischen Haare, die sind nicht blond geworden, sondern grün. Mama ist ganz schön ausgerastet, als sie das gesehen hat. So schlimm ist es jetzt aber auch wieder nicht. Die sehen nur ein ganz kleines bisschen aus wie Orks. Warte mal, ich hab ein Foto von ihnen gemacht.«

Leider kriegte die Sommerhalder sofort einen Anfall, als sie sah, dass Paulina an ihrem Handy rumfummelte, und sie musste sich in die andere Ecke des Klassenzimmers setzen, bevor ich das Foto sehen konnte.

Das mit dem Grün konnte natürlich schon ein Problem werden, überlegte ich, während ich den Rest von Mathe ohne Paulina ertragen musste. Vielleicht hielten die neuen Läuse die Haare der Gremlins dann für Salat und wollten gar nicht mehr runter, noch nicht mal, wenn ich Teebaumöl draufschmierte. Womöglich musste ich dann extraviel Öl nehmen, und das wäre blöd, weil das nämlich ganz schön teuer war.

»Ich habe mir was überlegt. Ich gehe zur b«, sagte Paulina, als es zur ersten großen Pause geläutet hatte.

»Und was willst du da?«, fragte ich erstaunt.

»Da stehen die Chancen besser. Erstens bin ich jetzt blond und zweitens haben die genauso viele Jungs wie Mädchen. Da finde ich bestimmt ganz schnell einen Tanzpartner.«

Oh, stimmte. Den Tanzkurs gab es ja auch noch. Wegen der Läuse und Mamas und Papas Ehekrise hatte ich den ganz vergessen.

»Du musst mitkommen, Toni, sonst traue ich mich nicht«, sagte Paulina und schleppte mich zum Fahrradständer, wo sich die Jungs aus der Parallelklasse in den Pausen immer rumdrückten. Sie standen in einem Pulk zusammen und machten Krach. Keine Ahnung, warum Jungs sofort anfangen rumzubrüllen, wenn sie mehr als zwei sind.

»Hoffentlich sind die nicht genauso gestört wie unsere und haben Lust zu tanzen«, sagte Paulina, als wir schon fast bei ihnen waren.

»Man ist nicht gestört, nur weil man nicht tanzen will«, sagte ich beleidigt.

Paulina schaute mich erschrocken an. »Oh, Toni, tut mir leid, so habe ich das nicht gemeint. Ich meine nur, die Jungs, die nicht mit mir tanzen wollen, die sind gestört. Aber du doch nicht.«

Bei den Jungs aus der b hatte Paulina tatsächlich mehr Glück. Sie waren zwar nicht gleich irre begeistert, als Paulina fragte, ob einer von ihnen mit ihr tanzen wollte, aber als Lorentz schließlich meinte, dass er es sich vielleicht schon vorstellen könnte, sagten plötzlich auch Gregor, Vincent und Arthur, dass sie drüber nachdenken würden.

»Wenn ihr alle tanzen wollt, kann ich euch auch weitervermitteln«, bot Paulina ihnen großzügig an. »Bei uns gibt es noch mehr Mädchen, die jemanden brauchen.«

Doch das war den Jungs nicht so recht.

»Nee, lass mal. Die suchen wir uns dann lieber selber aus«, meinten sie.

Aber dann ging es sowieso total in die Hose.

Denn als wir nach der nächsten Stunde aus dem Klassenzimmer kamen, warteten schon Janine und Lea aus der b vor unserer Tür und fingen Paulina ab.

»Wir müssen mit dir reden«, sagte Janine. »Es geht nicht, dass du unsere Jungs wegen dem Tanzkurs fragst.«

»Aber ihr seid viel weniger Mädchen«, verteidigte sich Paulina.

»Na und? Wir haben trotzdem nicht genug Jungs zum Tanzen.

Die meisten wollen nämlich nicht. Und wenn Lorentz oder einer von den anderen es sich jetzt doch noch überlegt und mitmacht, dann kriegt den eine von uns.«

»Die haben aber gesagt, sie wollen selber aussuchen«, bemerkte Paulina spitz.

»Vergiss es«, sagte Janine.

Und Lea meinte: »Davon träumen die bloß.«

»Da kannst du so blond sein, wie du willst. Das läuft trotzdem nicht«, schob Janine noch hinterher.

Und dann zogen sie wieder ab.

Paulina setzte sich entmutigt auf den Boden, direkt vor die Tür unseres Klassenzimmers.

»Jetzt weiß ich, was ich noch mehr hasse als Jungs und mich«, erklärte sie verbittert. »Mädchen aus der b.«

Nach der Schule ging ich mit Paulina nach Hause, um die Zeitplantabelle für Valli abzuholen. Vor lauter Blondieren hatte sie ganz vergessen, sie mir mitzubringen. Außerdem wollte ich die Salatmethode schon mal an den Gremlins ausprobieren. Vielleicht waren ja ein paar Läusebabys früher dran mit Schlüpfen. Ich habe extra Igors Becherlupe dabeigehabt und ein Salatblatt. Das hatte ich von Yannicks Pausenbrot geklaut, weil wir keinen Salat daheim hatten. Sein Brot war ganz allein auf der Mauer rumgelegen, während er sich in der Pause mit den anderen Jungs versteckte, um Panini-Sticker zu tauschen, ohne dass wir Mädchen es mitkriegten. Der hatte gar keine Zeit zum Essen. Und das Salatblatt war sowieso nur ganz klein. Und ich habe auch nur den Käse gegessen, der noch an ihm dranhing. Das war höchstens eine Scheibe, und ich hatte so doll Hunger, weil ich nur ein halbes Pausenbrot gehabt hatte. Die andere Hälfte musste ich auf dem Weg zur Schule einem Labrador geben. Der war vor einem Zeitungsladen gesessen und hatte mich so furchtbar hungrig angeschaut.

Matti und Marek klebten am Fenster, als wir die Straße entlangkamen, und hielten nach Paulina Ausschau. Kaum waren wir im Haus, hörten wir sie die Treppe runtertrampeln. Wir waren noch nicht mal im ersten Stock, da waren sie schon bei uns angekommen. Sie sahen ganz schön übel aus mit ihren grünen Haaren. Echt ein bisschen wie Orks, nur mit besseren Zähnen. Wenn ich ihre Mutter gewesen wäre, hätte mir das auch nicht so gefallen.

»Toni, ich hab Läuse!«, brüllte Marek, obwohl er direkt neben mir stand.

»Und ich noch viel mehr!«, kreischte Matti. »Und jetzt sind die grün.«

»Ruhe!«, schrie Paulina und scheuchte sie nach oben.

Wir gingen langsam hinter ihnen her und kratzten uns am Kopf.

»Jetzt weiß es das ganze Haus«, seufzte Paulina.

Oben habe ich mir gleich die Gremlins geschnappt, weil ich so neugierig war, ob meine Salatmethode funktionierte. Ich habe mir vorgestellt, wie genial das wäre, wenn man wirklich nur ein paar Salatblätter brauchte, um seine Läuse loszuwerden. Die Blätter legte man sich einfach auf den Kopf und wartete ein paar Minuten, bis es alle Läuse geschafft hatten draufzuklettern. Und dann konnte man die Läuse auf den Blättern ganz bequem in den nächsten Wald tragen und dort wieder freilassen. Oder wenigstens zum nächsten Baum, wenn kein Wald in der Nähe war.

Ich war echt begeistert von meiner Idee, aber leider funktionierte sie nicht, weil die Gremlins nicht richtig mitmachten.

Marek holte das Blatt, das ich auf Mattis Kopf gelegt hatte, nämlich sofort wieder runter und aß es auf. Das ging so schnell, dass ich gar nichts dagegen machen konnte. Und ich hatte ja nur das eine Blatt. Da war ich schon ein bisschen sauer.

»Mann, das war doch für die Läuse, Marek! Das hätte auf Mattis Kopf bleiben müssen, damit die draufklettern und ich sie dann wegtragen kann. Jetzt klappt das nicht«, schimpfte ich, und er fing natürlich sofort an zu schreien, weil er dachte, er hätte die Läuse von Matti verschluckt. Und Matti hat geschrien, weil er Angst hatte, dass er seine Läuse jetzt nie mehr loskriegte. Manchmal frage ich mich schon, wie Paulina es mit den beiden aushält.

Ich habe die Gremlins ins Badezimmer geschleppt und mich auf den Wannenrand gesetzt, um sie nach Nissen zu untersuchen. Das Licht in ihrem Kinderzimmer ist dafür viel zu funzelig. Leider sind sie die ganze Zeit rumgeturnt und haben sich gegenseitig nasse Waschlappen unters T-Shirt gestopft. Erst als ich sie bestochen habe, hielten sie endlich still.

»Wir machen das so«, sagte ich zu ihnen. »Am Freitag habe ich Mr Bond. Dann hole ich euch ab und wir gehen zusammen mit ihm spazieren. Und der, der die meisten Läuseeier hat, darf ihn die ganze Zeit an der Leine führen. Aber dafür müsst ihr jetzt Ruhe geben, damit ich mich nicht verzähle. Okay?«

Und da waren sie plötzlich lammfromm. Marek setzte sich sogar auf meinen Schoß, damit ich ihn besser untersuchen konnte. In den grünen Haaren waren die weißen Nissen wenigstens gut zu erkennen. Ich fand ganz schön viele bei den beiden. Nur eine richtige Laus lief mir leider nicht über den Weg.

»Wie viele Eier habe ich?«, fragte Matti, als ich mit Zählen fertig war.

»Viele«, antwortete ich. »Zwanzig bestimmt.«

»Und ich?«, wollte Marek wissen.

»Auch zwanzig.«

»Ich habe gewonnen!«, schrie Matti. »Ich habe als Erster zwanzig gehabt.«

Marek fing an zu weinen.

»Das stimmt ja gar nicht«, schluchzte er und schlug mit seinem nassen Waschlappen nach seinem Bruder. »Bei mir hat Toni zuerst gezählt. Ich hab als Erster zwanzig gehabt.«

»Aber zu mir hat sie es als Erstes gesagt!«, brüllte Matti und haute mit seinem Waschlappen zurück.

Ich zerrte sie auseinander. Das war gar nicht so leicht.

»Schluss jetzt! Ihr dürft beide Mr Bond ausführen. Immer abwechselnd. Und dann machen wir auch noch mal das mit dem Salatblatt auf dem Kopf, und ich fange bei Matti an, damit es gerecht ist.«

Damit waren sie zum Glück zufrieden und ich konnte in Ruhe das Badezimmer aufräumen.

Paulina war immer noch dabei, die Zeitplantabelle zu suchen, als ich in ihr Zimmer kam. Sie lag unter dem Bett und nur ihre Beine schauten noch raus. Aber irgendwann tauchte plötzlich ihre Hand auf und wedelte mit etwas Weißem.

»Endlich«, schrie sie. »Das war ganz hinten in der Kiste. Ich hab nicht damit gerechnet, dass ich an den Mist noch mal ranmuss.«

Ächzend schob sie sich unter dem Bett vor und gab mir das Blatt.

In der Zeitplantabelle waren die Wochentage und die Uhrzeiten schon eingetragen. Sie gingen von 6:00 Uhr bis 22:00 Uhr und jede Viertelstunde hatte ein extra Kästchen. Wie bei einem Stundenplan, aber in kleineren Zeitabständen. Nur für die Zeit von 22:00 Uhr bis 6:00 Uhr gab es keine Kästchen, weil man dort ja sowieso nur »schlafen« reingeschrieben hätte.

»Mir wird ganz schlecht, wenn ich das sehe«, sagte Paulina und machte Würgegeräusche. »Das war so ziemlich das Bescheuertste, was mir die Schule bisher angetan hat. Das hat überhaupt nicht funktioniert. Willst du damit jetzt echt deine Schwester foltern?«

»Das mache ich doch nur wegen ihrem Abi. Damit meine Mutter nach Ungarn fliegen kann und Valli trotzdem genug lernt«, verteidigte ich mich.

»Da gibt es aber bessere Methoden«, meinte Paulina. »Bekir hat das mit dem Lernenlernen nämlich auch in der Fünften gehabt, aber der hat da was ganz anderes gemacht.«

Ich wollte wissen, was das gewesen war, aber sie konnte sich nicht mehr dran erinnern. Und fragen wollte sie ihn auch nicht, weil sie immer noch knallsauer auf ihn war.

»Redest du denn gar nicht mehr mit ihm?«

»Nein«, sagte Paulina. »Erst wenn er nachgibt und mit mir tanzt. Bis dahin beantworte ich keine einzige der Nachrichten, die er mir ständig schickt.«

»Aber ihr müsst doch zuerst streiten, bevor er nachgeben kann. Streit ist wichtig in einer Beziehung.«

Paulina schüttelte den Kopf. »Blödsinn. Der hat doch selber gesagt, dass es nichts bringt, mit mir drüber zu reden. Also. Dann sag ich eben gar nichts mehr, bis er kapiert, dass es so nicht läuft. Das hat er jetzt davon.«

Plötzlich tat mir Bekir fast ein bisschen leid. Ich konnte nämlich schon verstehen, dass er keine Lust auf den Tanzkurs hatte. Ich wollte ja auch nicht hin. Und ich hätte es auch doof gefunden, wenn mein Freund deshalb sauer auf mich gewesen wäre. Also, wenn ich einen gehabt hätte, meine ich. Ob ich tanzen wollte oder nicht, wäre ja eigentlich schon meine Sache gewesen.

»Du brauchst Bekir gar nicht zu verteidigen«, sagte Paulina, als ich ihr das erklären wollte. »Du verstehst das mit dem Tanzkurs ja selber nicht. Ich glaube, ihr seid einfach noch zu jung.«

Ich war mir zwar ganz sicher, dass ich auch in hundert Jahren noch keine Lust zum Tanzen haben würde, und Bekir war sowieso drei Monate älter als sie, also konnte das gar nichts mit seinem Alter zu tun haben, aber ich hielt den Mund, weil ich Paulina nicht noch mehr reizen wollte. Außerdem musste ich schnell zum Copyshop, um die Tabelle für Valli siebenmal zu kopieren, damit sie für die Wochen bis zu ihrem Abi reichten. Nicht dass sie vorher mit Lernen aufhörte, nur weil ihr die Tabellen ausgegangen waren. Bei Valli wusste man so was nie.

Dritter Eintrag
in meinem Läuseprotokoll:

Tag 3 nach Ausbruch der Epidemie, 20:33 Uhr
Salatmethode an zwei Fünfjährigen mit
Nissenbefall zur Anwendung gekommen;
keine Laus gesichtet.
Die Untersuchungsreihe wird fortgeführt.

7. Kapitel

In der großen Pause am nächsten Tag war Paulina schon wieder verschwunden. Ich saß in unserem Versteck und wartete, aber sie kam einfach nicht.

Dabei war Mittwoch. Da hat sie in den ersten beiden Stunden Religion, und ich habe Ethik, und danach treffen wir uns immer hinter den Ginsterbüschen, damit wir in Ruhe über alles Wichtige reden können, was seit gestern passiert ist. Das vergisst keine von uns. Nie.

Und Paulina war auch nicht krank, das wusste ich genau, weil ich sie nämlich schon gesehen hatte. Sie hatte am Fenster ihres Klassenzimmers gestanden und mich angefeuert, als ich über den Schulhof gerannt war. Man konnte sie gar nicht übersehen, weil ihre Haare so doll leuchteten.

Leider habe ich es trotzdem nicht rechtzeitig in mein Klassenzimmer geschafft und meine Ethiklehrerin war sauer. Sie denkt immer, dass ich ihr Fach unwichtig finde und deshalb auf dem Schulweg trödle, aber das stimmt nicht. Ich war nur so spät dran, weil ich unterwegs vier Nacktschnecken und drei Regenwürmer retten musste. Es war doch nicht meine Schuld, dass die alle unterwegs waren, ich habe den Regen in der Nacht ja schließlich nicht gemacht. Ich habe versucht, ihr das zu erklären, aber sie wollte nichts davon wissen.

»Keine faulen Ausreden, Antonia, bitte«, sagte sie nur. Und dass ich mich hinsetzen sollte.

Hallo? Wir hatten Ethik. Da hätte sie sich schon dafür interessieren müssen, dass ich sieben Leben gerettet hatte. Ich überlegte ernsthaft, ob ich nicht lieber zu Paulina in Reli wechseln sollte. Vielleicht nahmen die dort das Leben von Tieren ernster. Immerhin gab's in der Bibel ja auch die Arche Noah und mit der wurden jede Menge Tiere gerettet.

Ich wollte Paulina das alles in der Pause erzählen, weil es langweilig ist, sich allein über Lehrer aufzuregen. Aber sie ist eben einfach nicht gekommen.

Als die Pause schon halb vorbei war, machte ich mich auf die Suche nach ihr. Es dauerte ziemlich lange, bis ich sie fand, weil ich erst im Waschraum der alten Gymnastikhalle nachschaute, wo sie das letzte Mal gewesen war, und danach an den Fahrradständern bei den Jungs aus der b, aber gefunden habe ich sie schließlich in der allerletzten Ecke des Hofs, wo wir nie hingehen, weil es da wegen der Mülltonnen so stinkt. Ich habe mich gewundert, dass sie dort gestanden hat und dann noch mit Jana, Leyla und Kristin. Die sind auch aus unserer Klasse, aber wir haben eigentlich nicht so viel mit ihnen zu tun. Und Nico war noch dabei. Der ist aus der b. Deshalb habe ich erst gedacht, dass die b-Mädchen ihnen doch noch einen von ihren Jungs abgegeben hätten und dass sie sich jetzt einigen müssten, wer ihn kriegte. Ganz schön blöde Situation.

Aber es war ja noch viel schlimmer.

Ich war noch gar nicht richtig bei ihnen angekommen, da brüllte Nico mir schon entgegen: »Was ist, Toni? Willst du auch einen?«

»Was einen?«

Ich dachte, er verteilte vielleicht was zu essen. Schokoriegel oder so. Da hätte ich nicht Nein gesagt. Aber von wegen.

»Tanzpartner«, sagte er. »Ich habe genug. Für dich ist garantiert auch einer dabei.«

»Wie jetzt?«

Ich kapierte es nicht.

»Toni will doch gar nicht tanzen«, sagte Paulina schnell.

»Ach so«, sagte Nico. »Na dann. Aber falls du's dir noch anders überlegst, melde dich bei mir. Ich hab genug Jungs an der Hand, die ich euch vermitteln kann. Und ich habe gehört, du bist gut in Bio.«

»Hä?«

Nico grinste mich nur an und schlenderte davon.

»Und wann kriegen wir jetzt die Fotos?«, rief Jana hinter ihm her.

»Noch in dieser Woche!«, rief Nico zurück. »Aber nur wenn ihr euch ranhaltet. Und erst müsst ihr mir eure schicken.«

»Was meint der damit?«, fragte ich. »Und welche Fotos?«

»Na, Fotos von uns«, erklärte Leyla. »Und dann kriegen wir welche von denen.«

»Von wem?«

Ich schaute Paulina an, aber die reagierte überhaupt nicht, sondern hypnotisierte ihre Füße.

»Warum will der Fotos von euch?«, fragte ich noch mal.

Paulina blieb immer noch stumm, deshalb erklärte es mir Kristin.

»Nico hat eine Tanzpartneragentur aufgemacht«, sagte sie. »Er kennt eine ganze Menge Jungs, die den Sommertanzkurs machen wollen, und die vermittelt er jetzt an interessierte Mädchen. Dafür braucht er unsere Fotos. Und wir kriegen dann welche von den Jungs.«

»Das Blöde ist nur, dass es nicht umsonst ist. Das ist so typisch Nico. Ich muss dafür bis zu den Sommerferien seine beknackten Französischhausaufgaben machen«, schimpfte Leyla.

»Und ich seine Matheaufgaben. Der kann echt gar nichts«, sagte Kristin.

Jana stöhnte. »Seid froh, dass ihr gut genug in der Schule seid. Ich muss dem jeden Morgen ein Pausenbrot mitbringen. Wie soll ich bitte meiner Mutter klarmachen, dass ich ab jetzt immer doppelt so viel esse? Und der besteht auch noch auf Nutellabrote, das kriege ich daheim nie durch.«

»Kauf doch selber ein Glas und streich dem heimlich ein Brot«, schlug Kristin vor. »Da bist du auf jeden Fall schneller fertig als ich mit den blöden Matheaufgaben von der b. Die Sommerhalder macht mit denen ganz andere Sachen als mit uns.«

»Der kriegt Nutellabrote und gemachte Hausaufgaben von euch, nur für das Foto von einem Jungen?«, fragte ich nach, weil ich dachte, ich hätte vielleicht falsch gehört.

»Nein, für den ganzen Jungen«, sagte Kristin. »Das Foto ist nur zum Aussuchen.«

Ich stieß Paulina mit dem Ellenbogen an. »Machst du da etwa auch mit, Pauli?«

Sie sah mich immer noch nicht an und murmelte nur was von Erdkundehausarbeit vor sich hin.

Ich schnappte nach Luft. »Was? Spinnst du?«

»Wieso?« Endlich schaute sie hoch. »In Erdkunde bin ich echt gut!«

»Ihr kauft Jungs!«

»Quatsch!«

»Doch! Ihr zahlt für Jungs.«

Paulina seufzte. »Ich habe mir schon gedacht, dass du das nicht verstehst, aber das Angebot bestimmt eben den Preis.«

Als wir von der Schule nach Hause liefen, regte ich mich immer noch auf.

»Das kannst du nicht machen, das ist Erpressung«, redete ich auf Paulina ein.

»Ist es überhaupt nicht«, sagte sie. »Du bist immer so absolut.«

»Doch! Klar! Wenn man nur dann einen Jungen abkriegt, wenn man für ihn zahlt, ist das Erpressung. Eiskalte Erpressung.«

Ich verstand nicht, warum sie das nicht kapierte. Immerhin war sie doch diejenige, die nächtelang Krimiserien schaute. Aber wahrscheinlich war selbst da noch nie so was Krasses vorgekommen.

»Ich mache das doch freiwillig«, wehrte sich Paulina. »Ich habe sogar ankreuzen können, wie mein Junge ungefähr aussehen soll. Das ist dann keine Erpressung. Also, ich finde das richtig gut. Ich schreibe Nico seine blöde Hausarbeit über boreale Nadelwälder oder was auch immer und dafür kann ich den Sommertanzkurs mitmachen. Das ist ein fairer Handel.«

Wir waren am Park angekommen. Ab da hatten wir verschiedene Heimwege. Paulina musste noch durch den ganzen Park laufen, bis sie zu Hause war, und ich wohnte schon gleich hier um die Ecke.

»Willst du es dir nicht noch mal überlegen?«, fragte ich, als wir uns Tschüs sagten. »Was ist zum Beispiel, wenn der dir einen total Bescheuerten andreht, mit dem du überhaupt nicht tanzen willst?«

»Deshalb gibt es doch vorher die Fotos. Dann kann man ihn noch umtauschen, wenn er einem nicht gefällt. Nico meint, er hat genug Auswahl.«

»Genug Auswahl an Bescheuerten wahrscheinlich.«

Paulina verdrehte die Augen und stöhnte. »Ach, Toni. Ich weiß, dass du nichts vom Tanzen hältst. Aber kannst du nicht wenigstens versuchen, dich ein bisschen für mich zu freuen?«

Das hätte ich ja gern. Ehrlich. Aber ich fand es einfach zu seltsam. Fast alle Jungs, die wir kannten, wollten nicht tanzen. Wie hatte Nico es geschafft, in so kurzer Zeit so viele Tanzwillige aufzutreiben, dass man sie sogar umtauschen konnte? Und warum suchten diese Typen sich nicht selber ein Mädchen, sondern ließen das jemand anders für sie erledigen?

»Keine Ahnung. Und es ist mir auch egal«, antwortete Paulina, als ich sie das fragte. »Hauptsache, ich kriege einen zum Tanzen.«

Sie ging in Richtung Parkeingang, aber direkt am Tor drehte sie sich noch mal zu mir um und rief: »Und weißt du, was das Beste ist, Toni? Falls Bekir jetzt eifersüchtig wird und doch mit mir tanzen will, geb ich den, den ich von Nico kriege, einfach weiter. Wenn ich Glück habe, kann ich den dann gegen Mathehausaufgaben tauschen. Das wäre doch super, oder?«

Und damit verschwand sie im Park.

Die ganze Sache hat mich so beschäftigt, dass ich im Treppenhaus mit Jonas zusammengestoßen bin. Volle Lotte. Ich hatte irgendwie gar nicht mitgekriegt, dass er aus seiner Wohnung gekommen war.

»Was ist denn mit dir los?«, fragte er erstaunt und rieb sich den

Arm, wo ich mit meinem Rucksack dagegengeknallt war. »Und was hast du überhaupt in deiner Tasche? Backsteine mit Eisenkanten?«

»Menschenhandel«, sagte ich düster. »Kannst du dir das vorstellen?«

»Was soll dadrin sein? Ein Mensch? Hast du den aus Stahlrohren gebastelt oder wie?«, fragte Jonas und lachte.

Aber ich fand das gar nicht witzig.

»Nein«, sagte ich ungeduldig. »Da sind nur ganz normale Bücher drin. Aber in meiner Schule wird mit Menschen gehandelt. Das kann man doch kaum glauben, oder?«

Jonas schaute mich erstaunt an. »Macht ihr gerade ein soziales Projekt oder so was?«

»Nein, das ist echt. Erst habe ich gedacht, es ist Erpressung, weil die Mädchen ja praktisch gezwungen werden, die Jungs zu kaufen. Aber eigentlich ist es Menschenhandel. Die Jungs sind nämlich noch viel schlimmer dran als die Mädchen. Weil die verkauft werden. Und die haben ja gar nichts davon. Verstehst du?«

Jonas sah nicht so aus, als ob er es kapierte.

Ich versuchte es noch mal.

»Einer in unserer Parallelklasse verkauft Jungs an Mädchen, die jemanden zum Tanzen brauchen. Also, die Jungs sind praktisch Tanzsklaven. Das ist doch ganz klar ein Verbrechen. Ben und du, ihr müsst unbedingt eine Reportage darüber machen, damit das auffliegt. Das kann man ja nicht einfach so hinnehmen.«

Die Schlagzeile wusste ich auch schon: »Menschenhandel zwischen Sport und Algebra.« Das klang richtig aufrüttelnd.

Aber Jonas wollte nicht. Auch nicht, als ich ihm alles noch mal von vorne erzählte.

»Das ist kein Sklavenmarkt, sondern eher eine Art Partnerbörse«, meinte er. »Die Jungs gehören euch ja nicht, ihr kriegt die doch nur zum Tanzen. Dieser Nico lässt sich einfach für seine Vermittlungsdienste bezahlen, das machen alle Partneragenturen so. Ich finde das zwar auch ein bisschen schräg für einen Achtklässler, aber solange niemand gezwungen wird, bei seiner Tanzpartneragentur mitzumachen, ist das kein Verbrechen. Wahrscheinlich sind die Jungs zu schüchtern, um selber ein Mädchen zu fragen, ob es mit ihnen tanzt, und sind deshalb sogar froh, dass das jemand für sie übernimmt. Und deine Mädchen sind doch auch zufrieden damit. Toni, glaub mir, da steckt nichts Schlimmes dahinter. Das reicht nicht für eine Reportage.«

Mit dieser Antwort hatte ich nicht gerechnet. Als wir den Handel mit den gestohlenen Papageien aufgedeckt hatten, wollten Jonas und Ben unbedingt eine Reportage dazu machen. Und jetzt ging es eben um Menschen. Wo war da der Unterschied? Warum interessierte ihn das denn nicht? Ob Nicos Tanzpartneragentur in Ordnung war, konnte man doch erst wissen, wenn man alles untersucht und richtig recherchiert hatte.

»Dann ist es eben kein Menschenhandel, was Nico macht, sondern doch Erpressung«, probierte ich es noch mal. »Weil die Mädchen nämlich gar nicht anders an Jungs rankommen, die mit ihnen tanzen. Das weiß er genau und das nutzt er total aus.«

»Wieso? Die können sich doch selber einen Tanzpartner suchen«, meinte Jonas. »Wir leben schließlich nicht mehr im neunzehnten Jahrhundert.«

Kapierte er es wirklich nicht?

»Nein! Das können sie eben nicht«, beharrte ich. »Weil die meisten Jungs nicht tanzen wollen. Die sitzen entweder vor ihrem

Computer oder sie rennen zum Sport. Die kriegt man nicht in einen Tanzkurs.«

»Das ändert sich«, sagte Jonas tröstend. »Bei den Erwachsenen wollen seltsamerweise viel mehr Männer tanzen als Frauen. Dann laufen alle den Frauen hinterher.«

»Aber Paulina und die anderen können doch nicht warten, bis sie erwachsen sind! Dann sind sie ja gar nicht mehr auf der Schule. Die haben jetzt ein Problem.«

»Auch wieder wahr.« Plötzlich schaute mich Jonas ganz forschend an. »Aber warum regt dich das eigentlich so auf? Musst du auch für einen Tanzpartner bezahlen?«

»Ich gehe da doch nicht hin«, antwortete ich empört. »Und bevor ich für einen Jungen zahle, stecke ich Mr Bond in einen Anzug und schwenke ihn rum. Aber echt.«

Jonas fing an zu grinsen. »Das trifft sich gut«, meinte er. »Könntest du am Freitag schon mal mit ihm üben? Ben und ich sind den ganzen Tag wegen einer Recherche unterwegs. Es wäre klasse, wenn du mit ihm rausgehen würdest.«

Das war es also. Deshalb wollte Jonas nichts über Nicos Tanzpartneragentur machen. Ben und er saßen längst an einer anderen Geschichte, die anscheinend noch wichtiger war als der Sklavenhandel von Achtklässlern.

Das musste ja eine Riesenstory sein.

»Um was geht es denn bei euch?«, fragte ich.

Jonas winkte ab. »Nur um den BSC. Nichts Spannendes. Und ich muss jetzt auch mal weiter, Toni.«

»Welchen BSC denn?«

»Kennst du doch. Den Fußballklub.«

Klar kannte ich den. Das war unser Fußballverein. Der spielte in der Regionalliga. Ich wäre nur nicht drauf gekommen, dass Jonas und Ben sich damit beschäftigten. Das war überhaupt nicht ihr Gebiet. Jonas war Fotograf und lichtete am liebsten Tiere ab und Ben schrieb vor allem über Politik und so was. Und seit sie sich versöhnt hatten, machten sie auch wieder zusammen tolle Reportagen, die in teuren Zeitschriften abgedruckt wurden. Manchmal gingen Jonas' Fotos über eine ganze Doppelseite. Auf einem stand eine riesige Zebraherde im Sonnenuntergang an einer Wasserstelle. Wunderschön. Und einmal hatte er ein Eichhörnchen mitten im Sprung fotografiert. Das Foto gab es sogar als Plakat. Und die Fotos von den knallbunten Blaumaskenamazonen, die in ihrer Geschichte über die geklauten Papageien abgedruckt waren, die waren auch supergut. Für die Reportage hatten Ben und er sogar einen Preis gekriegt.

Zu Nicos Tanzpartneragentur hätte Jonas bestimmt auch tolle Fotos machen können. Unser Schulhof ist nämlich schön, der war sogar mal fast Schulhof des Jahres, weil er so viele Sträucher hat und Holzblöcke zum Draufsitzen und jede Menge Vögel.

»Fußball interessiert euch doch überhaupt nicht«, sagte ich. »Über was wollt ihr denn da schreiben?«

»Ach, das wissen wir selber noch nicht so genau«, rief Jonas und rannte die Treppe runter, so schnell, dass er fast hingefallen wäre.

8. Kapitel

Mama telefonierte in der Küche, als ich in die Wohnung kam.

»Ich will ja auch zu dir«, hörte ich sie sagen. »Aber nur wenn du es durchziehst. Wir beide haben ein Problem, das musst du endlich begreifen, und so ein ewiges Hin und Her mache ich nicht mehr mit. Ich hoffe, das ist dir klar.«

Mit wem redete sie denn? Mit Papa? Welches Problem begriff er denn nicht? Und was war das für ein Hin und Her, von dem Mama sprach?

Ich schlich mich vorsichtig Richtung Küche, um mehr von ihrem Telefonat mitzukriegen. Aber leider stolperte ich über Vallis blöde Tasche, die mitten im Flur lag, und krachte gegen die Wand. Das donnerte ein bisschen.

»Moment«, sagte Mama. »Ich glaube, Toni ist gekommen.«

Sie ging mit dem Telefon in den Flur.

»Hallo, Süße, es dauert noch einen Moment«, rief sie mir zu und lief mit dem Telefon am Ohr an mir vorbei ins Schlafzimmer.

»Jetzt bin ich wieder da«, flüsterte sie und machte leise die Tür hinter sich zu.

Ich stand auf und drückte mich ein bisschen im Flur rum, aber viel verstand ich nicht mehr, weil Mama jetzt ganz leise sprach.

Nur einmal wurde sie lauter. »Aber natürlich ist das ein Problem«, schimpfte sie. »Ist ja schön für dich, dass du das anders siehst, aber das ändert nichts an der Tatsache. Vielleicht versetzt du dich auch mal in meine Lage.«

Und danach machte sie nur noch »mmh« und »hm« und mehr nicht.

Ich habe mich in die Küche gesetzt und gewartet, dass sie aufhörte zu telefonieren.

»Wenn sie zu Papa fliegt, wird alles gut«, habe ich mir die ganze Zeit vorgesagt. »Sie muss nur unbedingt zu ihm hin.«

Ich wurde immer ungeduldiger und mein Kopf fing auch wieder an zu jucken. Aber ich konnte nicht ins Bad und nachsehen, ob ich jetzt doch Läuse hatte. Ich wollte nicht, dass Mama was davon mitkriegte, wenn sie plötzlich aus dem Schlafzimmer kam. Mit Läusen würde sie Valli und mich bestimmt nicht allein hierlassen.

Das Telefonat dauerte ewig. Irgendwann hielt ich es nicht mehr aus und platzte einfach ins Schlafzimmer rein.

»Was ist los, Toni?«, fragte Mama. »Ich bin so gut wie fertig.«

»Bitte flieg zu Papa«, flehte ich. »Ich schwör dir, dass Valli und ich es supergut allein hinkriegen. Du kannst von mir aus auch jeden Tag mit uns skypen, um zu kontrollieren, ob Valli lernt.«

»Das ist lieb, dass du das sagst«, meinte Mama. »Damit machst du es mir auf jeden Fall ein bisschen leichter. Ich muss nämlich wirklich noch mal nach Ungarn, das gibt sonst die totale Katastrophe. Dein Vater und ich haben gerade einen Flug rausgesucht. Und leider geht der schon heute Abend. Die anderen waren alle zu teuer.« Sie streckte mir das Telefon hin. »Willst du auch noch kurz mit deinem Vater sprechen?«

Ich nahm das Telefon und hielt es mir ans Ohr.

»Hallo, Kleine«, sagte Papa. »Wie geht's?«

Er hörte sich müde an.

»Mir geht's gut«, sagte ich. »Und Mama kann gern so lange bei dir bleiben, wie ihr wollt. Aber ihr müsst zusammen frühstücken und es euch richtig schön machen, ja?«

»Na ja, mal sehen, ob uns das gelingt.« Papa lachte gequält.

Das klang nicht gut.

Ich wollte ihm zur Sicherheit noch das mit der Insel zu zweit erklären, aber Papa meinte, dass er jetzt leider keine Zeit mehr zum Telefonieren hätte, weil er noch was erledigen müsste.

Er sagte nur noch: »Tschüs, Kleine«, und dann hatte er aufgelegt.

Am Abend stand Mama nervös am Küchenfenster und hielt nach ihrem Taxi zum Flughafen Ausschau. Ich saß am Tisch und machte Mathehausaufgaben, nur ging das nicht so gut, weil sie sich ständig zu mir umdrehte und jedes Mal ungefähr das Gleiche sagte: »Ich muss wahrscheinlich schon ein paar Tage in Ungarn bleiben, bis wir alles geregelt haben, Toni. Aber wenn ihr merkt, dass ihr mich hier braucht, dann sag bitte sofort Bescheid, dann komme ich mit dem nächsten Flieger zurück. Das versprichst du mir, ja?«

»Mach ich, Mama. Aber wir schaffen es ganz bestimmt super allein«, versicherte ich ihr ungefähr hundertmal. »Hauptsache, Papa und du kriegt es auch wieder hin.«

Sie wuschelte mir durch die Haare.

»Mach dir mal keinen Kopf um uns, meine Süße. Das wird schon.«

Und als ich das mit den Hausaufgaben schon fast aufgegeben hatte, schnappte sie sich endlich ihren Rollkoffer und rannte die Treppe runter, weil ihr Taxi gekommen war.

Sobald Mama weg war, schlappte Valli in die Küche. Sie schenkte sich ein Riesenglas Orangensaft ein und setzte sich zu mir an den Tisch.

»Das wäre geschafft«, stöhnte sie. »Endlich wieder sturmfrei.«

Ich zog mein Matheheft zu mir her, damit sie es nicht mit Orangensaft vollkleckerte.

»Und jetzt?«, fragte ich.

»Was ›Und jetzt‹?«, fragte Valli zurück.

»Wie geht's jetzt weiter?«

»Wie schon. Pfingstferien sind doch erst in anderthalb Wochen. Bis dahin geht es bei dir weiter wie immer.«

»Ich meine bei dir. Fängst du jetzt an, fürs Abi zu lernen?«

Valli runzelte die Stirn und schaute mich finster an.

»Bist du Mamas Sprachrohr oder was? Das kannst du aber knicken. Und hör mal bitte auf, dich ständig am Kopf zu kratzen, das wird noch ein richtiger Tick von dir.«

Sie schnappte sich die Orangensaftflasche und verzog sich in ihr Zimmer.

Ich hatte mir ja schon gedacht, dass es mit ihr und dem Lernenlernen nicht leicht werden würde, deshalb ließ ich mich davon gar nicht drausbringen. Ich rannte in mein Zimmer und holte die Zeitplantabellen.

Valli saß mit ihrem Laptop im Bett, als ich zu ihr reinkam. Bestimmt wollte sie gleich wieder eine von ihren Internetserien schauen. Da war ich ja gerade noch rechtzeitig gekommen.

»Was soll ich denn mit denen?«, fragte sie, als ich die Tabellen neben sie aufs Bett legte.

»Die sind für dein Abi.«

Ich habe ihr das mit dem Zeitplan und dem Lernenlernen erklärt, falls sie sich nicht mehr daran erinnerte, dass ich das in der Fünften gehabt hatte, und ihr vorgeschwärmt, wie genial die Pläne wären, weil sie ihren Tag damit viel besser ausnutzen könnte. Und Leon dürfte sie ja trotzdem noch sehen, wenn sie ihn in die Tabelle eingetragen hätte. Aber sie müsste auch reinschreiben, wann er wieder heimging.

»Sag mal, geht's noch?«, war so ziemlich das Einzige, was Valli darauf sagte, und dass ich mich doch bitte um meine eigenen Angelegenheiten kümmern sollte.

Sie drückte mir die Pläne wieder in die Hand und drehte sich einfach von mir weg, so als ob ich gar nicht mehr da wäre. Und als ich aus ihrem Zimmer ging, knallte sie die Tür extralaut hinter mir zu.

Ich habe eine Weile im Flur gewartet und dann habe ich ihr die Tabellen vorsichtig unter der Zimmertür durchgeschoben. Bestimmt brauchte sie noch ein bisschen Zeit, um sich ans Lernenlernen zu gewöhnen, habe ich gedacht.

Mir war es damals ja auch nicht leichtgefallen. Aber wenn ich mich als Geschwister gehabt hätte und nicht Igor und Valli, hätte ich es bestimmt besser hingekriegt.

Vierter Eintrag
in meinem Läuseprotokoll:

Tag 5 nach Ausbruch der Epidemie, 19:38 Uhr
Salatmethode im Eigenversuch wiederholt,
aber immer noch keine Laus gesichtet.
Die Untersuchungsreihe wird fortgeführt.

9. Kapitel

Glaubst du, dass eher die Frauen oder eher die Männer in einer Ehe recht haben?«, fragte ich Paulina, als wir in der großen Pause wieder zu den Ginsterbüschen gingen. »Also, ich meine, angenommen, die Frau findet, dass es Probleme in der Beziehung gibt, und der Mann findet das nicht so. Wer hat dann eher recht?«

»Die Frau, ganz klar«, sagte Paulina.

Mist. Der Mann wäre mir lieber gewesen. Bei Papa war der Ehetest immerhin orange ausgegangen.

»Und warum?«, wollte ich wissen.

»Weil Frauen mehr über ihre Beziehung nachdenken. Und auch viel mehr dafür tun. Die Männer wursteln sich immer nur durch. Klar sehen die weniger Probleme.«

»Meinst du echt?«

»Ja! Guck dir doch nur mal Bekir an. Der schenkt mir jeden Monat das Gleiche, und tanzen will er auch nicht, und trotzdem bildet er sich immer noch ein, es wäre alles in Ordnung.«

»Aber die Schneekugeln gefallen dir doch.«

»Na und? Deshalb könnte er sich trotzdem mal was Neues ausdenken. Ich wollte ihm schließlich auch was Besonderes zum Sechsmonatigen schenken. Und das hat er nicht mal angenommen«, murmelte sie grimmig und kickte einen kleinen Stein weg, der auf dem Schulhof lag. »Mistkacke.«

»Ich glaube aber, bei meinen Eltern hat mein Vater mehr recht als meine Mutter«, sagte ich vorsichtig.

»Dein Vater?« Paulina blieb stehen und schaute mich finster an. »Der ist doch nicht mal mehr da. Wie soll der denn recht haben?«

»Ich habe einen Ehetest gemacht. Also, wie gefährdet die Ehe von meinen Eltern ist. Und bei meinem Vater war sie nur orange und bei Mama schon rot. Ich glaube, das liegt daran, dass sie so von Vallis Abi gestresst ist. Deshalb findet sie auch alles andere viel schlimmer, als es eigentlich ist, und Papa hat genau deswegen mehr recht, weil er nicht da ist und Valli ihn nicht deprimieren kann. Kinder sind nämlich richtig gefährlich für eine Beziehung.«

»Fußball aber auch«, sagte Paulina. »Fußball ist das Letzte.«

Weiter kam sie nicht, weil Nico uns voll in den Weg latschte. Er wollte wissen, wie weit Paulina mit seiner Erdkundehausarbeit war. Und ein Foto von ihr wollte er auch.

»Aber ich hab dir doch schon ein Passfoto gegeben«, protestierte Paulina. »Ich hab extra neue gemacht, weil ich jetzt blond bin.«

»Ich brauche aber von jedem Mädchen ein Foto im Abendkleid«, sagte Nico. »Also so richtig mit allem Drum und Dran. Ein Passfoto ist nicht aussagekräftig genug.«

»Und was kommt als Nächstes?«, fragte ich genervt. »Willst du vielleicht auch noch ein Video, auf dem sie rumhüpfen, oder was?«

»Lass mal, Toni«, sagte Paulina. »Ich kläre das schon.«

Sie zog Nico ein Stück weg, und dann redeten sie so leise miteinander, dass ich gar nichts verstehen konnte. Das heißt, es war vor allem Nico, der redete, und plötzlich wedelte er mit seinem

Smartphone und hielt es Paulina hin, aber immer wenn sie danach greifen wollte, zog er es wieder weg. Das ging endlos hin und her, völlig bescheuert, und die ganze Zeit redete er immer noch auf sie ein, und Paulina nickte ununterbrochen.

Irgendwann habe ich die Geduld verloren. Ich geh da jetzt hin, habe ich gedacht, und reiß dem das blöde Smartphone aus der Hand, jetzt ist mal gut, jetzt will ich mich vielleicht auch mal wieder mit meiner Freundin unterhalten.

Aber genau da hörte er auf zu quatschen und tippte irgendwas in sein Handy. Er zeigte es Paulina und danach kam sie endlich zurück. Sie hatte knallrote Backen, echt, die leuchteten richtig, und sie starrte beim Gehen die ganze Zeit auf ihr Handy und lächelte vor sich hin.

»Der kriegt jetzt aber kein Abendkleidfoto von dir, oder?«, fragte ich sie, als sie wieder bei mir war.

Aber sie hörte mir gar nicht zu.

»Stell dir vor, ich hab ein Foto von ihm«, hat sie nur gesagt und weiter ihr Handy angeschmachtet. Ich glaube, am liebsten hätte sie es geküsst. »Der ist genauso blond wie ich.«

Ich habe versucht, auf ihr Display zu schauen, aber sie hat das Handy an sich gedrückt und sich von mir weggedreht.

»Jetzt zeig doch mal!«

»Das geht nicht.«

»Wieso? Ist der so hässlich?«

»Nein! Der sieht voll süß aus.« Sie rollte mit den Augen und wurde noch röter im Gesicht. »Richtig toll. Aber Nico hat gesagt, ich darf das Foto niemandem zeigen, sonst platzt der Deal. Dann muss ich ihn wieder hergeben.«

Ich tippte mir an die Stirn. »Der spinnt ja.«

Paulina zuckte mit den Schultern. »Ist eben so.«

Sie schob ihr Handy in die Hosentasche. »Jetzt sei nicht sauer, Toni. Ich zeig dir doch dann die Fotos vom Abschlussball. Wie wir unter dem Rosenbogen tanzen. Nico will nur jetzt noch nicht, dass wir die Fotos rumzeigen. Damit keine neidisch wird, weil ihrer vielleicht nicht ganz so gut aussieht. Das kann ich schon verstehen. Er meint, es ist besser, wenn man erst in der Tanzschule sieht, welches Mädchen welchen Jungen gekriegt hat. Sonst hat er im Vorfeld womöglich jede Menge Reklamationen, weil so viele ihren noch mal umtauschen wollen. Das gibt dann das totale Chaos.«

Aber damit hatte ich doch nichts zu tun. Das galt doch wohl nur für die, die bei seiner bescheuerten Tanzpartneragentur mitmachten. Wie sollte ich denn bitte einen Jungen umtauschen wollen, wenn ich gar keinen bestellt hatte?

»Glaubst du echt?«, fragte Paulina, als ich ihr das erklärte. »Aber du darfst es niemandem erzählen, ja? Ich will den nämlich auf keinen Fall wieder hergeben müssen.«

»Ich sage nichts. Ganz bestimmt nicht.«

»Okay, ich zeig ihn dir«, sagte Paulina, aber begeistert sah sie nicht gerade aus. »Komm mit aufs Klo.«

Auf der Mädchentoilette standen ein paar Neuntklässlerinnen an den Waschbecken und schmierten sich irgendwas ins Gesicht, was so ähnlich wie Sahne war, aber viel besser roch. Das wurde bestimmt lustig, wenn sie damit in den Unterricht gingen, sie sahen nämlich ganz schön eklig aus. So zombiemäßig und mit gelben Zähnen. Das kam von dem Weiß drum rum.

Paulina zog mich in eine Klokabine. Sie hatte echt eine Riesenangst, dass uns irgendein Mädchen bei Nico verpetzen könnte und zur Belohnung ihren Jungen kriegte.

»Aber der kann den doch nicht einfach weitergeben«, sagte ich, um sie zu beruhigen. »Du machst dem schließlich seine blöde Hausarbeit dafür.«

»Das ist ein heiß umkämpfter Markt«, flüsterte Paulina. »Du hast ja keine Ahnung, Toni.«

Also quetschten wir uns neben die Kloschüssel und dort zog sie endlich ihr Handy aus der Hosentasche und zeigte mir das Bild.

Der Junge auf dem Foto sah ganz schön alt aus, aber schon ziemlich hübsch mit seinen superblonden Haaren. Sie fielen ihm in die Stirn, doch nur so weit, dass seine blauen Augen noch zu erkennen waren. Er hatte eine kleine Narbe am Kinn und breite Schultern. Man konnte ihn nur bis zur Brust sehen, aber schon bis dahin wirkte er voll sportlich. Vielleicht lag das aber auch an seinem T-Shirt mit den roten und weißen Streifen, das wie ein Trikot aussah.

»Warum darf der auf seinem Foto ein Trikot anhaben und du musst Nico eins im Abendkleid geben?«

»Ist doch logisch«, meinte Paulina. »Jungs sehen in Sportsachen am besten aus und Mädchen in Abendkleidern.«

»Find ich nicht. Ich find mich auch besser in Sportsachen.«

Paulina schaute mich stirnrunzelnd an. »Woher willst du das denn wissen? Du hast doch noch nie ein Abendkleid angehabt. Und jetzt sag endlich, ist der nicht irre süß? Der sieht genau so aus, wie ich ihn haben wollte!«

»Ist der nicht zu alt? Der kriegt ja schon Bart.«

»Echt?« Paulina zog ihr Handy weg und hielt es vor ihre Nase. »Na ja, ein bisschen vielleicht. Manche sind eben früh dran. Aber das ist doch egal, der sieht trotzdem gut aus! Mann, das ist so cool, dass ich den gekriegt habe.«

Vor lauter Begeisterung küsste sie jetzt tatsächlich ihr Handy. Echt wahr. Ich stand stumm daneben und wusste nicht recht, was ich davon halten sollte.

Paulina boxte mich in die Seite. »Warum guckst du denn so komisch, Toni?«, fragte sie, als sie sich endlich wieder eingekriegt hatte. »Was ist denn?«

»Ich finde das seltsam. Ich meine, der sieht überhaupt nicht verklemmt aus. Warum macht der bei Nicos Tanzpartneragentur mit und sucht sich nicht einfach selber ein Mädchen, das mit ihm tanzt?«

Paulina steckte das Handy wieder in ihre Hosentasche.

»Mann, Toni«, sagte sie genervt. »Ich mach ja auch mit und bin nicht verklemmt. Vielleicht hat er keine Zeit gehabt, selber ein Mädchen zu fragen. Oder er wollte eine größere Auswahl.«

»Welche Auswahl denn? Der hat doch noch gar kein Foto von dir gekriegt. Der weiß ja gar nicht, wie du aussiehst.«

Paulina stöhnte.

»Der hat sich doch schon zum Tanzkurs angemeldet, hat Nico gesagt. Da wird er ihm vorher wohl irgendein Foto von mir gezeigt haben.« Plötzlich stutzte sie und schaute mich entsetzt an. »Oder glaubst du, das ist noch gar nicht sicher, dass das meiner ist? Glaubst du, Nico gibt dem mehrere Mädchen zur Auswahl, und der nimmt dann die, die ihm im Abschlussballkleid am besten gefällt? Nein, Toni, oder?«

»Nee, der ist bestimmt für dich«, sagte ich, um sie zu beruhigen. Aber Paulina hörte mir gar nicht mehr zu. Sie lehnte mit geschlossenen Augen an der Klowand und murmelte die ganze Zeit: »Das

Kleid muss es reißen, das Kleid muss es unbedingt reißen. Ich brauche das ultimative Abschlussballkleid.«

Ich verstand gar nicht, warum sie sich so aufregte. Das war doch nur irgendein Junge. Sie kannte den ja noch nicht mal.

Paulina schlug die Augen wieder auf und stöhnte. »Ich muss sofort mit den anderen reden. Nicht dass wir alle denselben haben. Den will nämlich ich.«

»Und was ist jetzt mit Bekir?«, wollte ich wissen, weil ich mich wunderte, dass der andere Junge mit einem Mal so wichtig war. »Weiß der das mit der Tanzpartneragentur?«

»Bekir? Nö. Warum?«, fragte Paulina spitz. »Der will ja immer noch nicht mit mir tanzen. Wenn ich jetzt einen kriege, der keinen Fußballtick hat, ist er selber schuld. Und außerdem hab ich grade gar keine Lust, an Bekir zu denken.«

Sie schloss die Klokabine wieder auf und ging raus. Sie wartete nicht mal, bis ich hinterherkam.

In der nächsten großen Pause saß Paulina mit Jana, Leyla und Kristin draußen auf den Holzblöcken und ich stand ungeduldig daneben. Ich wollte endlich noch mal in Ruhe mit Paulina reden und wissen, ob sie nicht doch auch fand, dass Papa mehr recht haben konnte als Mama, weil er in Ungarn war.

Aber sie kümmerte sich überhaupt nicht um mich. Sie reagierte nicht mal, als ich sie anstupste. Jana, Leyla und Kristin hatten nämlich auch ihre Fotos gekriegt. Anscheinend hatte wirklich jede einen anderen Jungen von Nico bekommen, und jetzt war eine Art Wettbewerb ausgebrochen, wer den tollsten ergattert hatte.

»Meiner ist schwarzhaarig!«, behauptete Leyla. »Und er hat grüne Augen. Und voll die Muskeln.«

»Hast du etwa ein Foto, wo er ganz drauf ist?«, fragte Paulina sofort. »Meiner geht nur bis zur Schulter.«

Man konnte richtig hören, wie neidisch sie war.

»Nö, mehr ist bei mir auch nicht drauf«, antwortete Leyla. »Aber seine Schultern sind irre muskulös. Und der Hals.«

»Bei meinem auch!«, sagte Paulina sofort.

»Muskeln am Hals finde ich gar nicht so schön«, mischte sich Jana ein. »Aber so Sehnen. Bei meinem sieht man voll die Sehnen. Und den Adamsapfel.«

»Was ist das denn?«, unterbrach sie Kristin.

»Das Ding am Hals. Das beim Sprechen auf und ab hüpft. Aber nur bei Männern.«

Leyla und Kristin machten große Augen und Jana schwärmte weiter. »Und meiner hat auch ganz süße Ohren. Überhaupt ist der wahnsinnig hübsch.«

»Meiner auch. Wahnsinnig hübsch und wahnsinnig muskulös!«, sagte Kristin.

Bestimmt übertrieben sie ganz furchtbar. Es konnte gar nicht sein, dass Nico lauter Superjungs im Angebot hatte. Wobei der von Paulina ja schon gut aussah. Aber sogar wenn alle Jungs in echt so irre toll gewesen wären, war das noch lange kein Grund, so ein Getue um ihre Fotos zu machen.

»Kannst du jetzt nicht endlich mal mitkommen?«, zischte ich Paulina zu, als die Pause schon fast rum war.

»Kann ich mich nicht mal kurz mit anderen unterhalten?«, zischte Paulina zurück. »Ich komme doch gleich. Ich muss ja nicht die ganze Zeit hinter irgendwelchen Büschen hocken.«

Aber als ihnen endlich nichts mehr zu ihren Fotos einfiel, reichte die Zeit nicht mehr, um mit Paulina in unser Versteck zu gehen.

Und mitten auf dem Schulhof wollte ich nicht über Mamas und Papas Ehe reden.

Außerdem war ich dann sowieso sauer, weil Paulina noch mit den anderen ausmachte, dass sie am nächsten Nachmittag zusammen ihre Abendkleider kaufen gingen. Mich fragte sie gar nicht, ob ich mitkommen wollte. Hätte ich ja auch nicht gewollt, aber fragen hätte sie schon können, fand ich. Und eigentlich hatte ich gedacht, sie würde morgen mitgehen, wenn ich mit den Gremlins und Mr Bond zum Spazierengehen verabredet war.

Aber als ich sie darauf ansprach, meinte sie nur: »Oh, das habe ich ganz vergessen, dir zu sagen: Das klappt morgen nicht. Die Gremlins dürfen diese Woche nicht raus wegen ihrer grünen Haare. Mama lässt sie erst wieder unter Leute, wenn sie sie umgefärbt hat. Aber das macht sie erst nach der Haarkur am Sonntag.«

»Welcher Haarkur denn?«

Paulina verdrehte die Augen und kratzte sich ein bisschen am Kopf, und da kapierte ich es.

»Ach so, du meinst das Massaker mit dem Antiläusemittel«, sagte ich.

»Mann, Toni! Leise! Das muss doch nicht die ganze Schule erfahren!«, hat sie mich voll gereizt angezischt, obwohl ich gar nicht laut geredet hatte.

Manchmal ist Paulina so was von blöd. Aber das habe ich ihr nicht gesagt, weil ich am Sonntag ja noch bei ihr vorbeikommen wollte, um die Läuse der Gremlins zu retten, bevor ihre Mutter alle ermordete. Und wenn wir jetzt gestritten hätten, hätte sie mich vielleicht nicht reingelassen.

Ich war froh, als die Schule vorbei war, doch daheim war es auch nicht viel besser. Erst freute ich mich ja noch, weil Valli Spaghetti mit Tomatensoße gekocht hatte, aber das ging auch in die Hose. Die Spaghetti schmeckten ganz komisch, irgendwie glibberig und nach Fisch, obwohl gar kein Fisch drin war. Ich hätte nicht gedacht, dass das geht. Valli war voll beleidigt, als ich ihr das gesagt habe. Deshalb hat sie auch gleich Streit angefangen und die Zeitplantabellen auf den Tisch geknallt, mitten rein in die Spritzer der Tomatensoße.

»Da hast du deinen Kram zurück«, sagte sie.

»Aber du musst doch was reinschreiben«, erklärte ich ihr. Nur für den Fall, dass sie es immer noch nicht kapiert hatte.

»Da habe ich aber keinen Bock drauf, stell dir vor. Heb die für dein eigenes Abi auf oder fang am besten sofort damit an. Ich erinnere mich an gewisse Beschwerden vor ein paar Monaten wegen nicht gemachter Hausaufgaben.«

Ich fand es doof, dass sie jetzt damit anfing. Und außerdem war das damals ganz anders gewesen.

»Ich konnte wegen der geklauten Papageien keine Hausaufgaben machen, das weißt du genau«, wehrte ich mich. »Das war nur deshalb. Und seitdem mache ich sie immer.«

Okay, fast immer. Manchmal kam was dazwischen, aber das war dann wirklich wichtig. Und außerdem ging es gerade überhaupt nicht um mich, sondern um Valli. Ich hatte schließlich noch ein paar Jahre Zeit bis zum Abi. Wenn ich mich jetzt schon so verausgabte, hielt ich nie bis dahin durch.

Valli war einfach superstur, aber irgendwie musste ich sie zum Lernen kriegen. Deshalb habe ich ihr erzählt, dass es auch noch andere Methoden gab, mit denen man das Lernen lernen konnte.

»Ich komme da nur gerade nicht dran. Aber das kriege ich schon noch hin«, versprach ich ihr.

»Verschon mich«, sagte Valli. »Kein Bedarf. Und keine Zeit. Leon wird nämlich ab sofort öfter hier sein. Solange Mama da war, konnte ich den ja kaum sehen.«

»Aber das geht nicht! Ich habe Mama versprochen, dass du lernst! Sonst wäre sie gar nicht nach Ungarn geflogen. Jetzt musst du das auch machen, sonst …«

»Sonst was?«

»Sonst … sonst geh ich auch nicht mehr zur Schule. Dann bleib ich den ganzen Tag in der Wohnung und geh euch auf die Nerven.«

»Tust du nicht!«

»Tu ich wohl!«

Valli starrte mich wütend an.

»Also gut«, sagte sie schließlich und zog die Zeitplantabellen zu sich her. »Ich füll sie aus. Und jetzt verschwinde.«

»Du musst aber auch ›lernen‹ reinschreiben. Und du musst den Plan irgendwohin hängen, wo ich ihn sehen kann.«

»Von mir aus nagle ich ihn an meine Tür, aber nur wenn du mich dann in Ruhe lässt. Okay?«

Ich nickte.

Es war ganz schön anstrengend, mit Valli zusammen eine Ehe zu retten.

10. Kapitel

Bei Jonas lagen überall Fußballhefte rum, als ich am nächsten Tag Mr Bond abholte.

»Wollt ihr echt immer noch über Fußball schreiben?«, habe ich ihn gefragt, während wir auf seinem Sofa gesessen und Mate-Tee getrunken haben. Das ist die neue Teesorte, die Jonas jetzt meistens kauft, und bevor ich mit Mr Bond rausgehe, trinken wir immer noch eine Tasse zusammen und reden ein bisschen. Das mag ich besonders gern.

»Ja. Wieso nicht?«, wollte Jonas wissen.

»Das interessiert doch höchstens ein paar Männer«, sagte ich enttäuscht. »Und zu fotografieren gibt's dabei auch nichts. Nur immer irgendwelche langweiligen Fouls, wo sie dann so tun, als ob ihnen was wehtäte.«

»Täusch dich mal nicht. Fußball interessiert eine ganze Menge Leute«, sagte Jonas. »Da geht es nicht nur um Sport, sondern auch um einen Haufen Geld. Und beim BSC laufen ein paar schwarze Schafe rum, die wir uns mal näher anschauen wollen.«

»Was für schwarze Schafe?«, fragte ich, aber Jonas winkte ab.

»Egal«, sagte er nur. »Nicht wichtig. Und ich glaube, Mr Bond sollte jetzt mal raus.«

Das kannte ich schon von Jonas. Und Ben war genauso. Seit der Sache mit den Papageien wollten sie mir so gut wie nichts mehr über ihre Recherchen verraten. Nur weil es damals ein bisschen gefährlich geworden ist, als ich ihnen geholfen habe. Dabei ist es total gut ausgegangen und ich habe sogar Igor und die Papageien gerettet. Oder zumindest habe ich mit dem Retten angefangen und Jonas und Ben haben dann weitergemacht. Jetzt tun alle so, als ob ich damals einfach nur ein Riesenglück gehabt hätte, aber das ist totaler Schwachsinn. Sie selber haben viel mehr Glück gehabt, weil die Gremlins und ich da gewesen sind.

Wenn Igor mit mir bei Jonas gewesen wäre, hätte er ihm das bestimmt auch gesagt. Dass er mir ruhig mehr erzählen könnte, weil man sich echt auf mich verlassen kann. Das hat er auch zu Mama gesagt, als sie mich nach Ungarn holen wollte, und deshalb durfte ich mit Valli und ihm dann doch zu Hause bleiben.

Und wenn Igor jetzt hier wäre, müsste ich auch nicht hungrig in meinem Zimmer sitzen und ein Hikikomori sein. Er würde es garantiert verstehen, wenn man plötzlich einen Riesenmist am Hals hat und jeder auf einen sauer ist, obwohl man nur ganz wenig dafürkann. Und er würde mich nicht so anschreien wie Valli vorhin.

Aber er ist ja nicht da. Voll blöd.

Ich hab nur Valli, und die brüllt mich bestimmt gleich wieder an, wenn sie mit Leon aus dem Kino zurück ist.

Als ich mit Mr Bond vom Spaziergang gekommen bin, war Jonas noch nicht wieder da. Aber ich habe sowieso immer einen Schlüssel von seiner Wohnung dabei, wenn ich mit seinem Hund unterwegs bin, damit ich ihn jederzeit wieder zurückbringen kann, wenn er zu müde wird. Mr Bond ist ja schon alt und hat nicht grade die Riesenkondition.

Ich bin immer total gern allein bei Jonas, weil er die coolste Wohnung hat, die ich kenne. Sie ist supermodern eingerichtet und immer aufgeräumt und es stehen nur schicke Sachen drin. Das ist nicht so wie bei uns, wo überall was rumliegt und die Möbel angeschrammt sind, weil Igor früher immer mit dem Skateboard durch die Wohnung gerast ist, wenn Mama und Papa weg waren. Die Türrahmen bei uns bestehen eigentlich nur noch aus Macken, bis ganz nach oben, weil Igor mit seinem Board auch Ollies und so was geübt hat. Meine Eltern behaupten ständig, dass sie bald alles streichen werden, aber dann machen sie es doch nicht. Jonas wohnt noch gar nicht lange hier, und bei seinem Einzug ist alles renoviert worden, deshalb sieht es noch so schön neu aus. Es riecht sogar noch nach Farbe. Wenn Jonas nicht da ist, tue ich immer so, als ob das alles mir gehörte und ich ganz allein hier leben würde. Nur Mr Bond wäre natürlich noch da. Der wäre dann ja auch meiner.

Ich habe mich auf das riesige graue Sofa mitten im Wohnzimmer gesetzt und mir vorgestellt, dass ich gleich interviewt werden würde. Ich wäre nämlich auch Fotografin, und gerade wäre eine Reportage von mir in einer großen Illustrierten erschienen, und jetzt käme ein Journalist, um mit mir über meine Arbeit zu reden. Auf dem Sofatisch lag die Fußballzeitschrift von letzter Woche, und die habe ich mir genommen und so getan, als ob das die Illustrierte mit meiner Reportage drin wäre.

»Wie sind Sie auf Ihre außergewöhnlichen Motive gekommen?«, würde mich der Journalist fragen.

Ich habe ganz lässig in dem Fußballheft geblättert und auf ein paar Spielerfotos gezeigt und was von Bildachse und Brennweite erzählt. Die Wörter kannte ich von Jonas.

»Und welches ist Ihr absolutes Lieblingsmotiv?«, wollte der Journalist wissen.

Ich blätterte weiter im Heft. Es waren immer nur Spieler abgebildet. Spieler, Spieler, Spieler, Spieler.

Noch mehr Spieler.

Spie...

Was??

Oben auf der Seite war das Foto eines Spielers mit knallblonden Haaren, blauen Augen und einer Narbe am Kinn.

Das war Paulinas Tanzpartner. Ganz bestimmt.

Es war sogar das gleiche Foto, das Paulina von ihm hatte.

»Der Nachwuchs startet durch« stand als Schlagzeile über seinem Bild. Und darunter: »Robin Schneider, die neue Hoffnung beim BSC – Steht der Kapitän der A-Jugend bald bei den Bayern unter Vertrag?«

Das war doch nicht zu fassen.

Paulina kriegte garantiert die Vollkrise, wenn sie das erfuhr. Jetzt tauschte sie Bekir gegen einen anderen Fußballverrückten ein. Bestimmt hatte den seine Mutter zum Tanzkurs gezwungen, und der ließ den Kurs mindestens jedes zweite Mal ausfallen, weil er doch lieber zum Training ging.

Wie konnte man nur so ein Pech haben.

11. Kapitel

Zum Glück war Paulina wieder besser gelaunt, als ich am Sonntag kam. Ich wollte eigentlich gleich zu den Gremlins gehen, aber sie zog mich in ihr Zimmer, um mir ihr Abschlussballkleid zu zeigen. Sie hatte es hinten im Schrank in dem Karton mit den alten Puppenkleidern versteckt, damit ihre Mutter es nicht entdeckte.

»Ich muss Mama erst noch drauf vorbereiten«, sagte sie. »Aber bis zum Abschlussball bin ich ja schon fast drei Monate älter, vielleicht rastet sie dann weniger aus, wenn sie es sieht.«

Als sie es aus dem Karton zog, wusste ich, was sie meinte.

Ihr Abschlussballkleid war winzig klein und komplett durchsichtig. Zumindest sah es so aus, als sie es ans Fenster hielt. Es war vor allem rosa mit viel silbernem Glitzerfaden drin und einem enorm tiefen Ausschnitt, nicht nur vorne, sondern auch hinten.

»Wie findest du es?«, fragte Paulina begeistert. »Also, jetzt ist es natürlich ein bisschen zerknittert, aber das kriege ich schon wieder glatter.«

»Das ist so dünn«, meinte ich. »Was ziehst du denn noch drunter?«

Paulina kicherte. »Mann, Toni, da zieh ich doch nichts drunter. Es ist doch warm beim Abschlussball.«

»Aber man sieht durch.«

»Das soll so. Und außerdem hat es ja einen Unterrock. Der ist nur ein bisschen kurz.«

Na ja. Der war so kurz, dass ich ihn gar nicht gesehen hatte.

»Komm, Toni, sag schon. Findest du, es steht mir?« Paulina hielt das Kleid vor sich hin und schaute in den Spiegel. »Jetzt bin ich noch ein kleines bisschen zu rund dafür, aber fürs Foto zieh ich einfach den Bauch ein.«

Sie drehte sich mit dem Kleid in der Hand hin und her. Es schwang irre weit in alle Richtungen und das Rosa sah toll aus zu ihren blonden Haaren.

»Das sieht wunderschön aus«, sagte ich ehrlich. »Und du musst deinen Bauch überhaupt nicht einziehen.«

Sie rannte zu mir und gab mir einen Kuss auf die Backe.

»Du bist süß, Toni. Also meinst du, wenn er mich in dem Kleid sieht und unter mehreren Mädchen wählen darf, dann entscheidet er sich für mich?«

»Hundertprozentig«, sagte ich und fühlte mich schlecht, weil ich ihr nicht erzählte, dass ihr Neuer mindestens genauso fußballverrückt war wie Bekir. Wahrscheinlich sogar noch mehr, weil er schon in der A-Jugend spielte. Aber vielleicht entschied er sich ja doch für ein anderes Mädchen, und es war völlig unnötig, Paulina jetzt wegen seines Fußballticks unglücklich zu machen. Das konnte ich ihr immer noch erzählen, wenn er mit einer anderen tanzen wollte, damit sie nicht so traurig darüber wäre.

Und wenn ich jetzt den Mund hielt, konnten wir endlich auch mal wieder über was anderes reden als über Jungs. Zum Beispiel über die Lernenlernmethode von Bekir, die ich wirklich brauchte, weil ich bei Valli mit den Zeitplantabellen nicht gut weiterkam.

Die funktionierten nämlich schon deshalb nicht richtig, weil Valli kein einziges Mal »Toni« in ihren Plan eingetragen hatte, sondern immer nur »Leon«, »lernen«, »chillen«, »essen« oder »schlafen«. Und immer wenn ich in ihr Zimmer gekommen bin, um zu kontrollieren, ob sie lernte, oder weil ich sie irgendwas Wichtiges fragen musste, hat sie mich rausgeschmissen, weil ich nicht in ihrem Plan gestanden habe.

»Dann schreib mich doch endlich rein«, habe ich zu ihr gesagt, aber sie hat behauptet, dass das nicht ginge, weil schon alles voll wäre.

Und dabei hat sie gar nicht gelernt, selbst wenn es in ihren Plan eingetragen war. Sie hat nur auf dem Bett gelegen und Filme geschaut. Und Leon auch. Doch um den konnte ich mich nicht auch noch kümmern.

Aber ich hatte Glück. Paulina redete zwar immer noch nicht wieder mit Bekir, doch ihr war seine Methode aus Versehen wieder eingefallen. Die war viel einfacher als die mit den Zeittabellen, weil man nicht extra was dafür tun brauchte. Man musste nur wissen, welcher Lerntyp man war. Es gab nämlich verschiedene und genau darum ging es.

»Jeder Lerntyp lernt anders«, hat Paulina mir erklärt. »Der eine muss zum Beispiel alles malen und der andere muss rumhüpfen. So genau weiß ich das auch nicht mehr, aber Bekir hat gesagt, dass er in der Fünften immer im Klassenzimmer rumlaufen und alles anfassen durfte, weil er eben so ein Rumlauf-und-anfass-Lerntyp war.«

Also, der Lerntyp war Valli schon mal nicht. Die bewegte sich nur, wenn es sich absolut nicht vermeiden ließ. Vielleicht gab es ja auch einen Lerntyp, der nur im Liegen lernen konnte.

Ich fragte Paulina, doch sie kriegte es nicht mehr richtig zusammen. Aber weil sie nicht mehr mit Bekir schrieb, hatte sie wenigstens mal genügend Guthaben auf ihrem Handy, sodass wir ins Internet kamen. Wir fanden raus, dass es vier verschiedene Lerntypen gab, und man konnte sogar wissenschaftliche Tests machen, die einem sagten, welcher davon man war. Für Valli brauchte ich so was aber gar nicht, weil ich es bei ihr sofort wusste. Der Lerntyp, der durchs Hören lernte und am liebsten alles erzählt kriegte, was er wissen musste, war sie auf keinen Fall, sie hörte mir nämlich ganz oft überhaupt nicht richtig zu. Der Rumlauf-und-alles-anfass-Lerntyp schied sowieso aus, und dann gab es noch den Typ, der sich alles am besten merken konnte, wenn er mit anderen redete. Aber besonders gesprächig war Valli jetzt auch nicht, ich fand, das passte eher zu mir. Vielleicht sollte ich das mal der Sommerhalder sagen. Dann dürfte ich in Mathe mehr mit Paulina reden.

Valli war ganz eindeutig der vierte Lerntyp. Der lernte durch Anschauen.

Ich las noch ein bisschen weiter, was bei ihrem Lerntyp stand, und mit Anschauen waren nicht nur Filme gemeint, wie ich zuerst gedacht hatte, sondern auch Bilder zum Beispiel. Das war praktisch, weil ich ihr dabei wenigstens richtig gut helfen konnte.

Ich hätte gern noch mehr gelesen, aber ich hatte Angst, dass ich mit den Gremlinläusen nicht rechtzeitig fertig werden würde, bevor ihre Mutter heimkam, und bei denen ging es schließlich um Leben und Tod.

Diesmal fing ich mit der Salatmethode bei Matti an, und zum Glück half mir Paulina, sonst hätte ich es nie geschafft. Denn sobald Matti ein Salatblatt auf dem Kopf hatte, wackelte er so lange rum, bis es wieder runterrutschte. Es klappte erst, als wir die Salatblätter mit Spangen in seinen Haaren festmachten. Das dauerte unglaublich lange.

Danach gingen Paulina und ich in die Küche, um frischen Salat für Marek zu holen, doch kaum waren wir dort, fing ein Riesengeschrei im Kinderzimmer an. Wir rasten zurück, aber es war schon zu spät. Die Gremlins lagen auf dem Boden und wälzten sich zeternd in Mattis Salat.

»Marek hat mich in den Kopf gebissen«, brüllte Matti empört, als er uns sah.

»Ich habe nur Gras gegessen«, verteidigte sich Marek. »Weil ich nämlich eine Ziege bin.«

»Du bist ein Esel«, sagte Paulina und zerrte Marek auf die Beine. »Und du bist jetzt still«, sagte sie zu Matti und zog auch ihn hoch.

Sie hielt die beiden mit ausgestreckten Armen auf Abstand.

»Das klappt nicht mit denen«, sagte sie entmutigt zu mir und deutete mit dem Kopf auf die Salatmatsche auf dem Teppichboden. In Mattis Haar klemmten nur noch ein paar grüne Fetzen. »Bei den Gremlins funktioniert nur die Giftkeule, glaub's mir, Toni.«

»Noch ein Versuch, Pauli, bitte! Denk an die Läuse.«

»Ich denk an nichts anderes«, sagte Paulina genervt.

Sie schleppte die Gremlins zu ihren Betten.

»So. Jetzt bleibt jeder auf seinem Bett sitzen und rührt sich nicht, sonst kriegt er eine Extraportion gigantischer Riesenläuse angehext, so groß wie mein Fuß«, hat sie behauptet.

Ich weiß ja, dass man so was nicht zu kleinen Kindern sagen soll, weil sie dann Angst kriegen, aber das Komische ist, dass es funktioniert.

Die Gremlins waren sofort still.

»Stell dir mal vor, wie genial es wäre, wenn das mit dem Salat klappen würde«, sagte ich zu Paulina, um sie aufzumuntern, weil sie immer noch so genervt guckte. »Kein Mensch müsste sich dann noch Gift auf die Haare klatschen, um seine Läuse loszuwerden. Jeder würde Salat nehmen, weil das tausendmal gesünder wäre. Und viel billiger. Pauli, damit werden wir reich, ganz bestimmt. Wir müssen nur beweisen, dass es klappt.«

Das wirkte. Paulina lief sofort in die Küche zurück, um neue Salatblätter zu holen.

»Das ist der ganze Rest«, sagte sie, als sie mit einem halben Salatkopf zurückkam. »Ich hoffe nur, dass meine Mutter den nicht für heute Abend eingeplant hat.«

Ich schlug ihr vor, die Läuse nachher draußen abzuschütteln, damit ihre Mutter den Salat noch mal benutzen konnte, aber Paulina meinte, dass sie lieber nichts von dem essen würde, was bei den Gremlins auf dem Kopf gelegen hatte, doch für ihre Eltern wäre es okay, weil die ja nichts davon wüssten.

Bei unserem neuen Versuch haben wir die Gremlins vor den Fernseher gesetzt und irgendeinen Blödsinn für kleine Kinder eingeschaltet und diesmal klappte es viel besser. Schon weil Paulina damit drohte, dass sie den Fernseher aus dem Fenster schmeißen würde, wenn sie sich auch nur ein Mal bewegten. Wir hatten allen Salat ruck, zuck auf ihren Köpfen, mitsamt den ungefähr hundert Haarklammern, die wir zum Festmachen brauchten.

Danach bewunderten wir unser Werk.

Die Gremlins sahen nämlich irre cool aus, wie sie mit ihren grün gefärbten Salatköpfen stocksteif auf dem Sofa saßen und in den Fernseher starrten.

»Wie zwei Orks beim Friseur«, flüsterte ich Paulina zu, und danach mussten wir uns eine Viertelstunde lang hinter dem Sofa verstecken, weil wir nicht mehr aufhören konnten zu lachen.

Irgendwann dachten wir, dass es jetzt eigentlich reichen müsste. Weil die Köpfe von Matti und Marek ja auch nicht grade riesig waren, und außerdem lag fast überall Salat drauf. Auf irgendein Blatt musste es in der Zeit ja sogar die verschlafenste Laus geschafft haben.

Aber von wegen.

Wir suchten jedes Salatblatt ab und fanden keine einzige Laus. Nur drei Käfer, aber die nützten uns ja nichts. Paulina holte sogar die Leselupe, die ihre Oma bei ihrem letzten Besuch vergessen hatte. Die war richtig stark und die Gremlinhaare sahen darunter riesengroß aus. Aber Läuse entdeckten wir trotzdem nicht.

»Mist«, sagte Paulina. »Ich wäre gern reich geworden.«

»Vielleicht müssen wir ja zwei Sachen machen«, überlegte ich. »So wie beim Haarewaschen. Erst das Shampoo und danach die Spülung.«

»Shampoo und Spülung funktionieren nicht bei Läusen.«

»Ich meine nur als Beispiel. Wir schmieren ihnen Teebaumöl in die Haare, aber lassen noch was vom Salat drauf. Dann sind die Salatblätter so was Ähnliches wie Rettungsinseln, auf die die Läuse flüchten können, wenn sie vom Teebaumöl vertrieben werden.«

Ich fand meine Idee echt gut und Paulina auch, aber leider ging die Aktion voll daneben, obwohl wir uns enorm Mühe gaben.

Zuerst pflückten wir die Hälfte der Salatblätter von den Gremlinköpfen runter, und das ging gar nicht so leicht, weil die ja alle festgeklemmt waren und wir nicht so doll dran reißen durften, damit Matti und Marek keine Krise kriegten. Und auf die freien Stellen tröpfelten wir dann Teebaumöl.

Ich hatte ja gedacht, Paulina würde übertreiben, als sie gesagt hatte, dass Teebaumöl so stinken würde. Hatte sie aber nicht. Es stank wirklich ganz schlimm, und die Gremlins fanden das leider auch und wollten nicht mehr still sitzen, als wir es ihnen in die Haare schmierten. Deshalb ist auch ganz schön viel Öl danebengegangen und hat das Sofa versaut. Und ein bisschen auch den Teppich davor.

Und Läuse haben wir trotzdem keine gesehen.

Dafür ist Paulinas Mutter früher heimgekommen, als Paulina gedacht hatte, und war knallsauer, weil es überall gestunken hat. Die Flecken hatte sie da noch gar nicht entdeckt. Die hat sie erst gesehen, als sie schimpfend aus der Küche gerannt kam, weil so viel matschiger Salat in der Biotonne lag. Und dann sind eben noch die Flecken dazugekommen und dass die Haare der Gremlins vor lauter Teebaumöl trieften, sodass sie kein Gift mehr draufmachen konnte, und obwohl sie sich sonst eigentlich immer freut, wenn ich da bin, hat sie gemeint, dass es besser wäre, wenn ich sie jetzt mal allein ließe, weil sie in Ruhe ein paar Takte mit Paulina reden müsste. Deshalb bin ich heimgegangen.

Ich glaube, Paulina wäre gerne mit.

Als ich durch den Park nach Hause gelaufen bin, habe ich den Jungen wiedergesehen, der die Flyer an unserer Schule verteilt hatte. Er saß unter einem Baum mitten auf der Liegewiese und guckte düster vor sich hin. Ich erkannte ihn gleich, weil sein löchriger Pappkarton neben ihm stand und weil er immer noch dieselben ausgeleierten Klamotten anhatte. Vielleicht hatte er gar keine anderen, und es ging ihm gar nicht darum, cool auszusehen, sondern er war einfach nur arm. Oder vielleicht wollte er gegen die Ausbeutung der Erde protestieren.

Das hatte Igor vor ein paar Monaten auch gemacht. Der hatte sich keine Klamotten mehr gekauft, sondern nur noch die abgelegten von seinen Freunden angezogen, und gewaschen hatte er sich nur noch alle paar Tage, weil zu viel Seife die Gewässer belastet. So besonders toll habe ich das nicht gefunden, weil er ganz schön gemuffelt hat, und eigentlich hätte er sich zwischendrin ja auch mal ohne Seife waschen können. Aber am meisten hat es mir damals um die Tiefkühlpizza leidgetan. Die hat Igor nämlich auch nicht mehr gekauft, weil die in Plastik eingepackt ist und das der Umwelt total schadet. Das habe ich ja eingesehen, aber blöd war es trotzdem, weil wir dann jeden Tag Spaghetti essen mussten, bis Mama aus Ungarn zurückkam. Und weil Spaghetti ja auch in Plastik eingepackt sind, habe ich das gar nicht so richtig kapiert.

Aber gemuffelt hat der Junge auf jeden Fall nicht. Ich bin nämlich zu ihm hingelaufen und da hätte ich das ja gemerkt. Ich wollte mich ein bisschen mit ihm unterhalten und doch noch rauskriegen, was in seinem Pappkarton drin war. Das hat mich nämlich immer noch beschäftigt.

»Ist hier frei?«, habe ich gefragt, weil ich auch nicht so richtig wusste, was man zu einem wildfremden Jungen sagte, für dessen Pappkarton man sich interessierte. Aber ein bisschen blöd war die Frage schon, denn auf der Wiese war natürlich jede Menge Platz und neben dem Jungen sowieso.

»Klar ist hier frei«, hat er gesagt und sogar ein bisschen gelächelt.

Ich dachte, wenn ich ihn in ein Gespräch verwickle, kann ich zwischendurch vielleicht mal unauffällig in den Karton spicken.

Deshalb habe ich mit der Tanzschule angefangen. Mit der hatten wir ja beide zu tun.

»Mit deinen Flyern hast du vielleicht was angerichtet«, sagte ich. »Die ganzen Mädchen in meiner Klasse drehen total durch deswegen. Die suchen wie blöd nach Jungs, die mit ihnen den Sommertanzkurs machen. Aber unsere Jungs wollen alle nicht. Und jetzt zahlen die Mädchen sogar dafür, dass jemand mit ihnen tanzt.«

Er schaute mich ungläubig an. »Das stimmt nicht, oder? Du verarschst mich.«

»Nein! Das ist wahr!«

»Und wie viel kostet ein Junge?«

»Die bezahlen mit Hausaufgabenmachen und so was, nicht mit Geld.«

»Schade«, sagte er. »Sonst hätte ich mich auch angeboten.«

»Wirklich? Du würdest gegen Bezahlung mit einem Mädchen tanzen?«, fragte ich aufgeregt. Das war ja der Hammer. Vielleicht konnte ich ihn für Paulina kaufen. »Ich habe kein Geld, also, bestimmt nicht genug auf jeden Fall, aber ich könnte deine Flyer austragen, wenn du das nächste Mal welche hast.«

»Damit ich mit dir tanze?«, fragte er verblüfft. »Echt?«

»Nein, nicht mit mir, mit meiner besten Freundin. Paulina. Die hast du auch gesehen, auf dem Schulhof. Für die hätte ich dich gern.«

Er schüttelte den Kopf. »Das war nur Spaß. Ich tanze garantiert nicht mit einem Mädchen, weil ich dafür bezahlt werde. Das ist doch voll fies ihr gegenüber. Die denkt ja dann, sie kriegt sonst keinen ab.«

»Ich würde auch ganz bestimmt nie für einen Jungen zahlen«, sagte ich und war froh, dass endlich mal einer kapierte, wie bescheuert Nicos Idee war.

»Und warum willst du mich dann für deine Freundin mieten?«, fragte er misstrauisch.

»Weil es nicht anders geht«, antwortete ich und erzählte ihm von Paulinas Pech mit ihren Fußballern und dass er auf jeden Fall mit dran schuld war. »Und deshalb ist es nur fair, wenn du jetzt mit ihr tanzt.«

Doch er wehrte sich immer noch.

»Tut mir leid, aber mich kann man wirklich nicht mieten«, erklärte er. »Wenn ich mal tanzen sollte, dann umsonst, und nur weil ich Lust dazu habe. Aber dass das mal passiert, kann ich mir nicht vorstellen. Solche Gesellschaftstänze sind nicht mein Ding.«

»Und warum verteilst du dann die Flyer?«

»Weil ich Geld dafür kriege. Zum Flyerverteilen kann man mich nämlich schon mieten«, sagte er und grinste mich an.

Er sah richtig nett aus, wenn er so grinste. Und außerdem hatte er voll die schönen Augen. Die waren dunkelbraun, genau wie die von Mr Bond. Er hätte Paulina todsicher gefallen.

Total blöd, dass er so stur war.

»Du könntest dir Paulina ja noch mal anschauen«, schlug ich vor und kratzte mich am Kopf, weil es plötzlich wieder juckte. »Dann würdest du garantiert freiwillig mit ihr tanzen. Weil die nämlich supernett ist und total hübsch.«

»Mann, bist du hartnäckig«, sagte er. »Aber wenn die so hübsch ist, kriegt sie bestimmt noch einen umsonst. Sonst müsst ihr euch eben deinen teilen.«

»Ich tanze doch gar nicht«, sagte ich. »Oder erst in hundert Jahren. Ich will nicht unter einem Rosenbogen stehen und einen Jungen an der Hand halten, der aussieht, als ob er Angst hätte, dass ich ihn fresse.«

»Oh. So gefährlich siehst du doch gar nicht aus«, sagte der Junge. »Ich glaube, ich würde mich schon trauen, mit dir zu tanzen. Also, zumindest in hundert Jahren oder so. Wenn du keine Zähne mehr hast.«

»Aber davor könntest du doch mit Paulina üben«, schlug ich vor und stand auf, weil ich allmählich mal heimmusste. »Komm einfach zu unserer Schule, wenn du es dir überlegt hast, dann mache ich das klar.«

Erst als ich schon fast daheim war, fiel mir ein, dass ich ganz vergessen hatte, ihn wegen seines Pappkartons zu fragen. Irgendwie hatte er mich ein bisschen durcheinandergebracht.

Zu Hause habe ich acht riesige Plakate für Valli gemalt, obwohl ich schon ziemlich müde war. Auf vier schrieb ich »ABI« drauf und auf die anderen vier »GESCHICHTE«. Ich hängte sie überall in der Wohnung auf und eins sogar in Vallis Zimmer, als sie mit Leon Zigaretten holen ging. Leider riss sie es gleich wieder runter, sobald sie zurück war, und rannte damit zu mir.

»Was soll das, Toni?«

Leon war auf dem Balkon und rauchte, und deshalb hörte sie mir wenigstens mal ein paar Minuten lang zu, und ich konnte ihr was über die verschiedenen Lerntypen erzählen und welcher Lerntyp sie war und dass sie auch noch einen Test machen konnte, wenn sie mir nicht glaubte.

»Und du denkst wirklich, ich lerne was über Geschichte, wenn

›GESCHICHTE‹ auf einem Plakat steht?«, fragte sie, als ich fertig war, und sah ein bisschen fassungslos aus.

Doch das glaubte ich ja gar nicht. Die Bilder sollten sie nur dran erinnern, dass sie das lernen musste.

»Aber wenn du mir ein paar Themen sagst, kann ich dir dazu auch was malen«, bot ich ihr an.

Im Malen war ich zwar nicht grade super, aber für Geschichte kriegte ich es vielleicht noch hin.

»Nee, lass mal«, sagte Valli und ging wieder in ihr Zimmer, weil Leon mit Rauchen fertig war. »Die Plakate reichen mir ehrlich.«

Als ich im Bett lag und schon fast am Einschlafen war, kriegte ich noch eine SMS von Paulina: »Nico sichert mir den Jungen, wenn ich ihm bis morgen das Foto schicke. YEAH!! Hab grade echt coole Selfies gemacht :))))«

Oh Mist. Die arme Paulina. Jetzt legte sie sich so für diesen Fußballer ins Zeug. Ich hätte es ihr doch sagen sollen, habe ich gedacht, und dass es ein Riesenfehler gewesen war, es ihr zu verheimlichen. Jetzt war sie bestimmt noch enttäuschter, wenn sie es erfuhr.

Komischerweise hat mein Kopf sofort wieder angefangen zu jucken, nachdem ich Paulinas Nachricht gelesen hatte. Womöglich schlafen Läuse ja auch manchmal und wachen wieder auf, wenn man sich aufregt, habe ich mir überlegt. Weil die Kopfhaut dann mehr durchblutet ist oder so. Da konnte Paulina sich ja auf was gefasst machen, falls sie doch Läuse hatte. Die würden im Tanzkurs zur Hochform auflaufen.

Ich ging in die Küche und kratzte den Rucola von der letzten Tiefkühlpizza, die noch im Gefrierfach war. Vielleicht mochten die Läuse den ja lieber als den labbrigen Kopfsalat, der schon seit Tagen auf meinem Kissen lag, und kamen endlich aus der Deckung.

Und plötzlich hatte ich eine geniale Idee, mitten beim Rucolaabkratzen, und bestimmt, weil ich über das Salatauswechseln nachgedacht hatte: Was wäre, wenn ich Paulinas Tanzpartner einfach umtauschte?

Und zwar nicht bei Nico, weil der ja gar nicht erfahren durfte, dass ich was über diesen Robin wusste, sondern bei Leyla, Kristin oder Jana. Paulinas Tanzpartner sah doch wirklich gut aus. Da kriegte ich hoffentlich eine von ihnen dazu, mit ihr den Jungen zu wechseln.

Diesem Robin war das bestimmt egal. Der spielte sowieso lieber Fußball.

Fünfter Eintrag
in meinem Läuseprotokoll:

Tag 9 nach Ausbruch der Epidemie, 6:30 Uhr
Intensive Versuche mit Salat (Kopfsalat und
Rucola) und Teebaumöl (Fremdversuch an
zwei Fünfjährigen mit Nissenbefall, nächtlicher
Eigenversuch an mir mit fraglichem Nissenbefall):
Keine Läuse gesichtet.
Die Untersuchungsreihe wird fortgeführt.

12. Kapitel

Als Erstes probierte ich es bei Leyla. Die war mir noch am wenigsten verknallt vorgekommen, als alle mit ihren Jungs angegeben hatten. Am Montag nach Mathe fragte ich sie, ob sie mit mir zum Getränkeautomaten gehen würde. Ich wollte nicht, dass Paulina was mitkriegte. Das mit dem Tausch sollte sie erst erfahren, wenn alles geregelt war, damit sie sich nicht darüber aufregen musste, dass Nico ihr zuerst einen Fußballer aufgehalst hatte.

Wir hatten nicht viel Zeit, aber ich habe Leyla trotzdem eine Schokomilch ausgegeben. So was hilft manchmal bei Verhandlungen.

Und als sie dann am Trinken war, erkundigte ich mich ganz beiläufig, ob sie sich vorstellen könnte, ihren Tanzpartner mit dem von Paulina zu tauschen.

Leyla schaute mich verblüfft über ihren Plastikbecher hinweg an. »Hat Nico dich geschickt? Sag bloß, du hilfst dem bei seiner Tanzpartneragentur.«

»Ich? Nico? Niemals!«

Vor lauter Entsetzen verschluckte ich mich an meiner Schokomilch, und es dauerte eine ganze Weile, bis ich ihr erklären konnte, dass ich in eigener Sache unterwegs war.

»Ich finde, Paulinas Tanzpartner passt nicht so gut zu ihr«, sagte ich. »Sie macht sich da was vor.«

»Hast du den etwa gesehen?«

»Ja, klar. Das ist okay. Ich mach ja nicht mit bei eurem Tanzding, deshalb darf ich die Fotos auch anschauen. Der von Paulina sieht irre gut aus. Das Problem ist nur, dass er für sie viel zu groß ist. Der macht beim Tanzen garantiert Riesenschritte und Paulina kommt dann nicht hinterher.«

»Wie jetzt? Paulina hat doch gesagt, dass sie nur ein Porträt von ihm hat.«

»Ja, aber darauf sieht er schon so riesig aus.«

»Größer als meiner?«

»Keine Ahnung. Ich kenne deinen ja nicht.«

»Und warum sagt sie Nico nicht, dass er ihn umtauschen soll?«

»Nee, nachher kriegt sie dann einen, der nicht so hübsch ist. Es wäre besser, sie wüsste schon, in wen sie ihren umtauscht. Deshalb dachte ich, ihr könntet vielleicht untereinander schieben. Und sie soll das erst wissen, wenn alles geregelt ist, sonst regt sie sich auf.«

»Und der von Paulina ist echt gut?«

»Der ist super!«

»Okay. Halt mal. Ich zeig dir meinen.« Sie drückte mir ihren leeren Becher in die Hand und holte ihr Handy aus der Jackentasche. Als sie Nicos Nachricht aufgemacht hatte, streckte sie mir das Handy hin. »Da! Das ist meiner.«

Der Junge auf dem Foto hatte schwarze Haare und noch mehr Bart als der von Paulina und er trug das gleiche Trikot mit den roten und weißen Streifen. Die waren in derselben Fußballmannschaft, ganz klar.

So was Blödes.

»Und? Sag schon. Welcher sieht besser aus?«, fragte Leyla.

»Schwer zu sagen. Die sind beide cool. Aber ich glaube, deiner ist auch zu groß«, redete ich mich raus, weil ich den ganz bestimmt auch nicht für Paulina wollte.

»Woran erkennst du das denn?«, fragte Leyla erstaunt.

»Sieh dir die Ohren an. Bei so großen Ohren ist der garantiert schon über eins achtzig.«

Leyla kräuselte die Nase.

»Findest du, der hat große Ohren? Also, das finde ich eigentlich nicht.«

»Nee, für seine Größe sind die genau richtig!«, sagte ich, und dann lief ich ganz schnell weg, weil die Pause schon zu mehr als der Hälfte vorbei war, und ich musste doch unbedingt noch die beiden anderen fragen.

Leider standen sie mit Paulina zusammen auf dem Schulhof.

»Toni! Wo warst du denn?«, fragte Paulina, als ich zu ihnen kam. »Ich hab dich gesucht. Ich kann mich nicht entscheiden, welches Foto ich Nico schicken soll.«

Sie zog mich zu sich und zeigte mir die Fotos auf ihrem Handy. Es waren bestimmt dreißig Aufnahmen, und auf jeder sah sie total komisch aus, weil sie die Hüfte verrenkt hatte, und die Hände stemmte sie so künstlich in die Seiten wie ein Fotomodell, und dazu machte sie einen Schmollmund. Genau so einen, wie wir ihn früher immer geübt hatten. Igor hatte uns mal dabei ertappt und uns monatelang nur noch Ente eins und Ente zwei gerufen, bis wir uns bei Mama darüber beschwert hatten. Und das rosa Kleid war immer noch so durchsichtig.

»Jetzt sag doch was«, drängelte Paulina. »Welches Foto gefällt dir am besten?«

Sie waren alle grässlich.

»Ich weiß nicht …«, druckste ich rum. »Du siehst irgendwie komisch aus. So fremd. Vielleicht erkennt der dich dann gar nicht, wenn er dich in echt sieht.«

»Also, so viel hässlicher bin ich normal jetzt auch nicht.« Beleidigt nahm mir Paulina das Handy wieder weg. »Ich frag mal noch Leyla.«

Sie lief davon und Jana rannte ihr hinterher.

»Du hast keine Ahnung von Agenturfotos«, meinte Kristin, die als Einzige übrig geblieben war. »Auf denen muss man anders aussehen als normal. Viel sexyer. Ist doch klar. Sonst kriegt man nur die Opfer ab.«

Ich hätte ihr gern erklärt, dass ich lieber ein Opfer abkriegen würde, als mich für einen Jungen zur Ente zu machen, aber ich wollte nicht schlecht über Paulina reden, und außerdem wäre es auch blöd gewesen, mit Kristin zu streiten, weil ich ja ihren Tanzpartner brauchte.

Doch sie stellte sich sowieso quer.

»Ich? Nö, wieso? Ich mag meinen«, sagte sie, als ich sie fragte, ob sie ihren Jungen mit dem von Paulina tauschen würde. »Und ich hab mich schon an ihn gewöhnt.«

»Aber den von Pauli magst du bestimmt auch. Und der ist für sie zu groß. Dem geht sie wahrscheinlich nur bis zum Bauchnabel.«

»Iiihh. So einen großen will ich auch nicht. Paulina kann ihren doch bei Nico umtauschen. Ich will meinen auf jeden Fall behalten.«

»Darf ich deinen wenigstens mal sehen?«

»Nö«, sagte Kristin und ließ mich einfach stehen.

Jana erwischte ich, als es schon das erste Mal geklingelt hatte. Ich rannte ihr einfach aufs Klo hinterher und fragte sie ganz direkt, ob sie ihren Jungen eventuell mit dem von Paulina tauschen würde.

»Warum nicht?«, meinte sie. »Meiner hat zwar einen echt coolen Adamsapfel, aber wenn's für Paulina besser ist, können wir schon wechseln.«

»Ich müsste mir deinen aber mal kurz anschauen«, flüsterte ich, damit es die Kleinen aus der Fünften nicht hörten, die neben uns am Waschbecken standen und neugierig rüberlinsten. »Ich muss erst wissen, ob er wirklich besser zu Paulina passt. Nico kriegt es ja gar nicht mit, wenn du mir hier das Foto zeigst.«

»Der nervt mich sowieso«, sagte Jana laut. »Ständig mosert der wegen seinem Nutellabrot. Mal ist es ihm zu klein, dann ist wieder zu wenig Nutella drauf. Irgendwann klatsch ich es ihm in sein blödes Gesicht.«

Die aus der Fünften starrten uns entsetzt an und liefen dann kichernd raus.

Jana holte ihr Handy aus der Jackentasche und wischte sich bis zu dem Foto durch, das Nico ihr geschickt hatte.

Von mir aus kann er abstehende Ohren und einen tonnenschweren Adamsapfel haben, habe ich gedacht, da kommt Paulina schon drüber weg. Hauptsache, er spielt kein Fußball.

Aber Pech gehabt. Der von Jana war klamottenmäßig der Klon der anderen. Auch er trug ein Fußballtrikot mit roten und weißen Streifen an den Schultern. Und er sah auch schon so schrecklich alt aus.

In den nächsten Schulstunden konnte ich gar nicht richtig aufpassen, weil ich mir die ganze Zeit überlegen musste, wie ich an das

Foto von Kristins Tanzpartner rankam. Und wenn wenigstens der kein Fußballer war, musste ich sie irgendwie dazu bringen, dass sie doch noch tauschte. Es war Paulinas letzte Chance.

In Kunst hatten wir Gruppenarbeit. Wir mussten zu viert einen riesigen Turm aus Pappmaschee bauen. Das war ein Wahnsinnsgematsche. Ich war mit Paulina, Jana und Kristin in einer Gruppe, und als Kristin auf dem Klo war, um ihre Hände vom Pappmaschee freizukriegen, wühlte ich schnell in ihrer Tasche. Das ging ganz unauffällig, weil die direkt neben meiner auf dem Boden stand. Ich habe ihr Handy auch gleich gefunden und es ist nur ein bisschen was von meinem Pappmaschee in ihre Tasche gebröselt.

Als Kristin zurückkam, bin ich mit ihrem Handy aufs Klo gegangen, und dort konnte ich mir endlich das Foto anschauen.

Also, so richtig gewundert hat es mich eigentlich nicht mehr, aber deprimiert hat es mich trotzdem. Denn Kristins Tanzpartner hatte genau das gleiche Trikot an wie die anderen alle. Anscheinend hatte Nico eine komplette Fußballmannschaft für seine komische Tanzpartneragentur aufgetrieben.

Warum machten die da bloß mit?

Die brauchten doch keine Vermittlungsagentur, die kannten doch selber genügend Mädchen. Das wusste ich hundertprozentig. Paulina regte sich nämlich jeden Montag irrsinnig darüber auf, dass so viele Mädchen auf der Tribüne saßen, wenn Bekir am Wochenende ein Spiel hatte.

»Die meisten von denen lungern jeden Samstag dort rum, ich schwör's dir, jeden, und versuchen, einen von den Spielern abzuschleppen«, behauptete sie immer. »Da muss man wie ein Sondereinsatzkommando auf seinen Freund aufpassen.«

Manchmal war Paulina ja schon ein bisschen durcheinander,

wenn es um Bekir ging, aber die Mädchen hatte sie sich bestimmt nicht eingebildet. Deshalb war es völlig unlogisch, dass die ganzen Fußballer Nico brauchten, um jemanden zum Tanzen zu finden.

Und die sahen auch alle schon so alt aus. Fast wie richtige Männer. Irgendwas war bei denen ganz entschieden nicht in Ordnung. Ich musste nur rausfinden, was. Dann konnte Nico seine Luschen wieder zurückpfeifen und Paulina und den anderen normale Jungs besorgen.

Aber erst mal hatte ich genug damit zu tun, die Pappmascheematsche, die an meinen Fingern gewesen war, von Kristins Touchscreen runterzukratzen. Die war nämlich dort festgetrocknet, als ich das Foto von ihrem Tanzpartner angestarrt hatte.

In der Nacht recherchierte ich weiter. Valli und Leon waren den ganzen Abend zu Hause rumgehangen, deshalb musste ich mich zu ihnen reinschleichen, als sie endlich schliefen, um den Laptop zu leihen. Ich traute mich das überhaupt nur, weil Leon da war. Mit einem Zeugen würde Valli mich wahrscheinlich nicht gleich töten, wenn sie mich erwischte.

Es war voll schwer, an den Laptop ranzukommen, weil er genau zwischen ihnen lag. Und angeschaltet war er auch noch. Aber das habe ich erst gemerkt, als ich aus Versehen auf die Tastatur gekommen bin und plötzlich einer angefangen hat zu reden. Ich bin vor Schreck fast auf Leon draufgesprungen. Zum Glück schlief der genauso tief wie Valli.

Ich schleppte den Laptop in mein Bett und rief die Homepage des BSC auf. Dort gab es ein Gruppenfoto von jeder Mannschaft. Nicos Jungs spielten tatsächlich alle in der A-Jugend.

Robin war der Kapitän mit der Armbinde. Der von Jana hieß Karl Kaiser und war linker Verteidiger, der von Leyla war rechter Stürmer und hieß Bülent Acic und der von Kristin stürmte links und hieß Stefan Mroslav. Bis auf den von Leyla waren alle siebzehn Jahre alt und ihrer war sogar schon achtzehn.

Was wollten die bitte schön von vier Achtklässlerinnen?

Plötzlich fiel mir ein, was Jonas über den BSC erzählt hatte: dass es dort auch schwarze Schafe gab.

Er hatte mir nicht sagen wollen, was er damit meinte.

Aber was, wenn diese schwarzen Schafe Nicos Jungs waren? Zogen die irgendwelche üblen Sachen ab, für die sie dreizehnjährige Mädchen brauchten?

Es war höchste Zeit, Paulina alles zu sagen, damit sie nicht in ihr Verderben lief.

13. Kapitel

Paulina flippte aus, als ich es ihr erzählte.

»Waaaas? Ich tanz mit einem aus der A-Jugend? Warum weiß ich davon nichts? Das ist ja der Hammer!«

Sie hüpfte in unserem Versteck hinter den Ginsterbüschen rum und kriegte sich fast nicht mehr ein.

»Ist das cool! Toni, du bist ein Schatz«, rief sie und umarmte mich so fest, dass meine Rippen krachten. »Das ist der schönste Tag meines Lebens!«

Sie regte sich überhaupt nicht darüber auf, dass sie wieder einen Fußballer abgekriegt hatte, und dass mit diesen Jungs irgendwas nicht stimmte, interessierte sie erst recht nicht.

»Pauli, jetzt hör doch mal zu. Warum wollen die lauter Dreizehnjährige? Die kennen doch garantiert genug Mädchen in ihrem Alter«, versuchte ich es noch mal.

»Ich bin schon vierzehn«, sagte Paulina. »Und außerdem ist das doch ganz klar. Das ist wie bei uns. Alle Mädchen in ihrem Alter haben schon längst einen Tanzkurs gemacht. Und jetzt gibt's bei ihnen keine mehr für einen Anfängerkurs. Deshalb haben sie Nico gefragt, ob er ihnen ein paar Anfängerinnen organisiert. Das war doch eine super Idee. Die haben bestimmt irgendein Event, einen Sportlerball oder so was, und ihr Trainer hat sie verdonnert, dass sie dafür richtig tanzen können müssen, damit sie den Verein nicht blamieren. Bekir blüht das bestimmt auch noch, wenn er in der A-Jugend ist. Das kann der dann aber auch voll vergessen, dass ich noch mal den Anfängerkurs mit ihm mache.« Sie verstummte plötzlich und riss die Augen auf. »Hey, Toni!«, quietschte sie begeistert. »Weißt du, was mir da grade einfällt? Wenn die so einen Sportlerball haben, nehmen die uns ja bestimmt dahin mit. Zu einem richtigen Erwachsenenball. Das ist dann nicht nur so ein Tanzkursding.«

Sie stockte kurz.

»Oder glaubst du, die tanzen dann mit den Mädchen in ihrem Alter?«, fragte sie enttäuscht. »Das wär aber fies. Weil wir es ihnen ja beigebracht haben und nicht die. Also, da müssen sie dann schon uns mitnehmen, findest du nicht?«

»Ja, kann sein«, sagte ich, aber ich war nicht richtig bei der Sache. Ich fand, sie hatte wichtigere Probleme.

Denn ihre Erklärung, dass die Jungs den Tanzkurs in der achten oder neunten Klasse verpasst hatten und ihn jetzt nachholen mussten, klang zwar ganz logisch, aber trotzdem hätten die garantiert immer noch Mädchen in ihrem Alter gefunden, die sich mit ihnen zum Kurs angemeldet hätten, sogar wenn sie schon tanzen konnten. Immerhin waren die in der A-Jugend vom BSC und so was wie berühmt.

Aber davon wollte Paulina nichts wissen. Sie hörte mir nicht mal zu.

»Wie soll ich mich denn jetzt noch auf die Schule konzentrieren?«, jammerte sie nur. »Ich sterb gleich vor Aufregung. Wenn ich mir vorstelle, dass ich auch noch auf einen Sportlerball gehe!

Jetzt weiß ich, warum die unbedingt die Fotos im Abendkleid von uns haben wollten! Die müssen ja wissen, ob wir auch auf so einen richtigen Ball passen, wo man über einen roten Teppich läuft und zu dem jede Menge Pressefotografen kommen. Ist das cool! Das muss ich sofort den anderen sagen. Toni, du bist so toll, dass du das rausgekriegt hast.«

Sie umarmte mich noch mal und rannte davon.

14. Kapitel

Also gut. Ich brauchte eindeutig mehr Informationen über die Jungs, um Paulina davon zu überzeugen, dass da irgendwas gewaltig falsch lief. Ihre Namen hatte ich, aber ich musste wissen, wo sie wohnten, damit ich sie beschatten konnte. Nur so hatte ich eine Chance herauszufinden, was sie mit Paulina und den anderen vorhatten und warum sie wirklich bei Nicos Tanzpartneragentur mitmachten.

In der nächsten Nacht lieh ich mir wieder Vallis Laptop. Allmählich wurde das Ganze echt anstrengend, ich kam gar nicht mehr richtig zum Schlafen. Aber wenigstens ging das Computerleihen schon viel leichter als beim letzten Mal, weil ich jetzt wusste, worauf ich achten musste, damit Leon und Valli auch ja nicht aufwachten.

Ich suchte im Internet nach allen vier Jungs und fand tatsächlich ein paar Artikel über sie. Irgendwelche Fußballberichte, wer in welcher Minute ein Tor geschossen hatte und so was. Paulinas Robin wurde ganz oft gelobt, und Janas Junge war sogar mal Sportler des Jahres gewesen, als er noch kleiner war, während der von Kristin eigentlich immer nur erwähnt wurde, weil er so übel foulte.

Doch leider standen die Adressen von ihnen nirgends und noch nicht mal, auf welche Schule sie gingen oder wo sie arbeiteten. Ich klickte die Homepage jeder Schule an, die mir einfiel, und kontrollierte die Fotos, die sie dort eingestellt hatten. Es dauerte ewig, aber auf keinem einzigen Bild erkannte ich auch nur einen der Jungs.

Todmüde schleppte ich den Laptop zu Valli zurück und legte mich ins Bett. Und als ich schon fast eingeschlafen war und immer noch überlegte, wo ich die Jungs erwischen könnte, fiel mir ein, dass ich doch etwas ganz Entscheidendes von ihnen wusste: nämlich, in welche Tanzschule sie ab Juni gingen. Und als sie sich für den Sommertanzkurs angemeldet hatten, hatten sie doch ganz bestimmt auch ihre Adressen angegeben.

Ich musste einfach nur in die Tanzschule und die Leute dort überreden, dass sie mir verrieten, wo die Jungs wohnten. Ich könnte ja sagen, dass ich von der Schülerzeitung war und dringend ein Interview mit ihnen machen musste, wegen Fußball und Tanzen und so, und dass das auch eine super Werbung für ihre Tanzschule wäre. Dann rückten sie die Adressen doch hoffentlich raus.

Da hätte ich echt schon früher drauf kommen können.

Gleich am nächsten Nachmittag ging ich mit Mr Bond in die Tanzschule.

Ich musste ewig lange suchen, bis ich den Eingang fand, weil er in einem Hinterhof lag. Doch den Jungen, der mir die schwere Stahltür aufmachte, erkannte ich sofort wieder. Immerhin hatte ich ihn erst vorgestern im Park getroffen. Aber noch bevor ich »Hallo« sagen konnte, fing er schon an zu schreien.

Ich bin vielleicht erschrocken.

»Mann, halt den Hund fest!«, brüllte er.

Aber es war zu spät. Mr Bond war schon rückwärts aus seinem Halsband geschlüpft und an uns vorbeigerast, rein in die Tanzschule. Es ging so schnell, dass ich gar keine Chance hatte, ihn festzuhalten. Denn Mr Bond ist zwar alt und tonnenförmig und sieht aus wie eine Wurst auf vier Beinen, doch wenn ihn was interessiert, wird er zum Torpedo.

Ich rannte hinter ihm her, aber nach ein paar Metern blieb ich stehen, weil ich kaum was sehen konnte. Der Raum, in dem ich gelandet war, war groß und ganz schummrig. Vor den Fenstern hingen Vorhänge aus dickem Samt, die fast kein Licht durchließen. Das Einzige, was den Saal ein bisschen heller machte, waren die kleinen Lämpchen, die an der langen Bar rechts vom Eingang befestigt waren. Hunderte kleiner Lichter, die wie ein Netz aus Sternen aussahen. Das war hübsch.

Aber es roch ganz schön muffig. Nach Rauch und nach Klamotten irgendwie. Oder nach altem Stoff. Als ob die hier nie lüften würden.

Mr Bond konnte ich erst sehen, als meine Augen sich ein bisschen an die Dunkelheit gewöhnt hatten. Er raste wie aufgezogen von einer Ecke des Saals in die andere, immer mit der Nase am Boden. Wie ein Schrubber.

Das machte er sonst nur, wenn er im Park Mäuse jagte.

Ich hätte den Jungen gern gefragt, ob sie hier Mäuse hatten, dann hätte ich Paulina schon mal warnen können, dass ihr beim Tanzen vielleicht eine zwischen den Füßen rumrennen würde, aber er wirkte nicht so, als ob er mir zuhören wollte. Er hatte sich einen Besen geschnappt und lief damit hinter Mr Bond her. Doch der kümmerte sich gar nicht um ihn. Mr Bond ist manchmal so was von cool.

»Steh doch nicht so rum!«, schrie mich der Junge an. »Hol deinen Hund endlich her.«

»Jetzt komm schon, Mr Bond«, rief ich, aber Mr Bond stellte sich taub und schrubbte weiter über den Boden.

»Folgt der überhaupt nicht, dein Scheißköter?«, fluchte der Junge und versuchte, ihn mit dem Besen zu stoppen.

»Das ist kein Scheißköter. Und was regst du dich überhaupt so auf? Der hat noch nie eine Maus gefangen. Die sind viel zu schnell für ihn. Und beißen tut er auch nicht. Du musst keine Angst haben.«

Doch wenn er weiter mit diesem blöden Besen vor Mr Bonds Schnauze rumfuchtelte, garantierte ich für nichts. Dann wäre er aber selber schuld. Wenn Mr Bond ihn in Notwehr biss, würde ich ihn bestimmt nicht schimpfen.

»Mann, ich hab doch keine Angst vor dem«, rief der Junge. »Aber der schubst Krötz. Der stirbt gleich vor Schreck, wenn du deinen Köter nicht endlich mal festhältst.«

Oh Mist.

Irgendwo hier war ein Krötz unterwegs. Was auch immer das war.

Ich rannte hinter Mr Bond her und kriegte ihn am Schwanz zu fassen.

»Wenn ihr hier irgendwas frei rumlaufen lasst, dann müsst ihr draußen ein Schild aufhängen, dass man auf seinen Hund aufpassen soll«, sagte ich und nahm Mr Bond auf den Arm. »Sonst weiß man das doch gar nicht.«

Der Junge antwortete nicht. Er hatte sich mitten im Saal auf den Boden gesetzt und von mir weggedreht. Ich kriegte nur mit, dass er sich über irgendwas in seiner Hand beugte und dabei ständig komische Geräusche machte, die wie kleine Schmatzer klangen.

»Hoffentlich ist er nicht tot«, murmelte er zwischendrin. »Mann, Mann, hoffentlich ist der jetzt nicht tot.«

»Wer soll nicht tot sein?«, fragte ich vorsichtig.

»Er hier«, sagte der Junge vorwurfsvoll. Er drehte sich ein Stück zu mir und deutete mit dem Kinn auf seine Hand.

Ich kam ein bisschen näher. Der Junge zog die Hand zurück.

»Keine Angst, ich halte Mr Bond ganz fest«, sagte ich.

Auf der Handfläche des Jungen lag der Panzer einer Schildkröte.

»Das ist Krötz«, flüsterte er und streichelte vorsichtig über den Panzer. »Bitte komm wieder raus, Krötz. Hörst du? Mach keinen Mist und komm bitte wieder raus.«

»Du glaubst doch nicht, dass er tot ist, oder?«, fragte ich entsetzt. »Das wäre ja schrecklich.«

Der Junge antwortete nicht.

»Schildkröten werden doch voll alt. Die haben ein supergutes Herz, die können nicht vor Schreck sterben«, behauptete ich und hoffte so, dass es stimmte. Ich kannte mich leider überhaupt nicht mit Schildkröten aus. »Der kommt bestimmt gleich wieder raus.«

Der Junge schüttelte stumm den Kopf.

»Ich bring Mr Bond vor die Tür«, sagte ich. »Du wirst schon sehen, dann traut er sich wieder vor.«

Der Junge beachtete mich nicht mehr. Er ließ den Kopf hängen und streichelte weiter den Schildkrötenpanzer. Ich hockte mich vor ihn hin und hielt den zappelnden Mr Bond so weit wie möglich von ihm weg.

»Also, ich setz den Hund raus und danach komm ich zurück, okay?«, versuchte ich es noch mal.

Der Junge schüttelte wieder den Kopf.

»Geht einfach«, flüsterte er. »Du und dein blöder Hund. Haut doch bitte einfach ab.«

Ich schlich mit Mr Bond aus dem Tanzsaal und setzte mich auf die kleine Steintreppe vor dem Eingang. Dort legte ich ihm das Halsband wieder um. Dieses Mal machte ich es ein bisschen enger. Normalerweise ließ ich es immer ziemlich locker, weil ich ihm nicht aus Versehen die Luft abschnüren wollte. Aber dass er dann rausschlüpfte und Schildkröten umbrachte, ging natürlich gar nicht.

Ich blieb einfach auf der Treppe sitzen und starrte in den tristen Hinterhof. Solange ich nicht wusste, was mit Krötz war, konnte ich nicht heimgehen. Und ich wollte den Jungen auch nicht allein lassen. Er tat mir leid, auch wenn er »Scheißköter« zu Mr Bond gesagt hatte. Das hatte er bestimmt nicht so gemeint.

Ich hatte ja gedacht, dass die Tanzschule in einer richtig feinen Umgebung liegen würde, weil der Prospekt, den der Junge verteilt hatte, so fein war. Aber der Hof hier war ganz schön vollgemüllt. Überall standen Bierbänke rum und große Transportkisten aus Metall. Und zwei Lieferwagen, die aussahen, als gehörten sie längst auf den Schrottplatz. Eigentlich wirkte es eher so, als ob Igor hier gleich eine seiner illegalen Partys veranstalten würde. Dem hätte der Hof ganz sicher gefallen.

Wenn ich ein Smartphone gehabt hätte, hätte ich ihm ein Foto davon geschickt. Und dann hätte ich vielleicht auch endlich mal wieder eins von ihm gekriegt. Und nicht von einem ausgestopften Kiwi, sondern von irgendeinem echten Tier. Jonas hatte erzählt, dass es in Neuseeland sogar Wale gab. Ich musste Igor unbedingt schreiben, dass ich mir ein Foto von einem Wal wünschte. Von allein kam er wahrscheinlich nicht drauf. Der hatte mich ja sowieso schon fast vergessen.

Valli hat mal gemeint, dass er vielleicht deshalb so wenig von sich hören ließ, um ein bisschen Abstand von allem hier zu kriegen. Die letzte Zeit, in der er hier gewesen ist, ist nämlich ziemlich blöd für ihn gelaufen, weil er aus seinem freiwilligen sozialen Jahr rausgeflogen ist. Wegen einer seiner Partys.

Eigentlich war er an unserer alten Grundschule für die Nachmittagsbetreuung zuständig. Deshalb hatte er auch einen Schlüssel zur Aula, damit er dort reinkonnte, wenn er mal viel Platz brauchte und das Wetter schlecht war. Aber das galt eben nur, um dort am Nachmittag mit den Kleinen zu spielen, und nicht, um mit ganz anderen Leuten nächtliche Orgien zu feiern. Echt, so hat unser alter Rektor das genannt, nachdem er die vielen leeren Flaschen hinter dem Vorhang entdeckt hatte, Wodka und Gin und so was. »Nächtliche Orgien.« Und er hat gleich Igor verdächtigt, dass er das gewesen war, weil er ja den Schlüssel für die Aula hatte.

Ich habe mir unter Orgie was richtig Großes vorgestellt. So ein Riesengelage wie früher bei den Römern, wo alle beim Essen auf ihren Sofas liegen und sich Unmengen Zeug reinstopfen, gigantische Massen von Fleisch und Trauben und kübelweise Wein und was weiß ich noch alles. Aber Igor hat steif und fest behauptet, dass das gar keine richtige Orgie gewesen wäre, sondern nur eine Geburtstagsfeier, weil er zwanzig geworden ist. Und weil das ein runder Geburtstag wäre, müsste man den auch besonders feiern, und das wäre eben ein kleines bisschen ausgeartet. Ich habe gedacht, dass man runde Geburtstage erst besonders feiert, wenn man hundert wird oder wenigstens siebzig, so wie Oma, aber mit zwanzig, das wusste ich nicht. Sonst hätte ich ihm ja vielleicht auch was Größeres geschenkt und nicht bloß die Becherlupe.

Igor hat geschworen, dass bei seinem Fest in der Aula gar nicht so furchtbar viele Leute da waren, »höchstens fünfundzwanzig oder vielleicht dreißig, allerhöchstens vierzig, fünfundvierzig«, hat er gesagt, und dass er das mit dem Aufräumen eigentlich super hingekriegt hätte. Nur die blöden Flaschen hätte er eben vergessen, weil irgendein Idiot die hinter den Vorhang gestellt hatte. Der Rektor muss dermaßen sauer geworden sein, als er die gefunden hat, dass er Igor sofort rausgeschmissen hat. Seitdem darf er keinen Fuß mehr auf das Schulgelände setzen, weil jetzt alle Angst haben, dass sein schlechter Einfluss die Grundschüler verdirbt und sie einen Schaden von ihm davontragen. Das ist aber Quatsch. Ich lebe schon mein ganzes Leben lang mit Igor zusammen und ich habe überhaupt keinen Schaden davongetragen. Ehrlich. Kein bisschen. Man darf eben nicht jeden Blödsinn nachmachen, den er vormacht, dann gibt es auch keine Probleme.

Ich fuhr zusammen, weil Mr Bond mich mit seiner feuchten Schnauze anstupste. Wahrscheinlich war ihm langweilig geworden. Wir saßen schon viel zu lange in diesem schäbigen Hinterhof und warteten auf Krötz und den Jungen. Allmählich wurde es Abend, und Jonas fragte sich bestimmt schon, wo sein Hund blieb. Mit steifen Beinen vom langen Sitzen stakste ich zur Eingangstür des Tanzstudios und lauschte, aber durch den dicken Stahl konnte man natürlich überhaupt nichts hören. Ich ging zu Mr Bond zurück und band ihn mit seiner Leine am Treppengeländer fest.

»Du musst noch mal ganz kurz warten«, flüsterte ich ihm zu. »Ich bin aber gleich zurück und dann gehen wir endlich heim.«

Ich schlich wieder zur Eingangstür und öffnete sie einen Spaltbreit. Drinnen war es immer noch genauso schummrig wie vorhin.

Aber der Raum war jetzt leer.

»Hallo?«, rief ich leise.

Niemand antwortete.

»Hallo, bist du noch da?«

Immer noch Stille.

Vielleicht gab es einen zweiten Ausgang, und der Junge war schon längst heimgegangen und hatte nur vergessen, die Tür zum Hof abzuschließen. Dann würde ich eben morgen wiederkommen, um zu fragen, wie es seiner Schildkröte ging.

Aber jetzt hatte ich noch etwas anderes zu erledigen. Deshalb war ich schließlich hergekommen. Und wenn keiner mehr in der Tanzschule war, war es umso besser. Dann musste ich auch niemanden um Erlaubnis fragen, ob ich an den Computer durfte.

Wozu auch. Im Internet kam sowieso jeder an alle Informationen ran, die er haben wollte. Computer waren eigentlich schon fast so was wie öffentliche Apparate, auch wenn sich Valli mit ihrem Laptop immer so zickig anstellte. Sie rückte ihn ja nicht mal raus, wenn ich ihr schwor, dass ich nur ins Internet wollte, um mir einen Film anzuschauen, und zwar keinen ab sechzehn, sondern voll so einen für Babys.

Und jetzt wollte ich schließlich auch keine Staatsgeheimnisse ausspionieren, sondern nur kurz in die Anmeldeliste von Dienstagabend schauen. Das war ja wohl kein Verbrechen.

Ich schaltete mein Handy aus, damit mich kein Klingeln verraten konnte, falls jemand anrief, und schlich auf Zehenspitzen zurück in den düsteren Raum und Richtung Bar. Dort brannten immer noch die vielen kleinen Lämpchen. Neben dem Bartresen ging eine schmale Tür ab, die nur angelehnt war. Ich stieß sie auf. Dahinter lag eine kleine Kammer, in der es noch viel dunkler war. Ich traute mich nicht, Licht zu machen, deshalb holte ich mir eine Packung Streichhölzer vom Tresen und leuchtete mit einem angezündeten Streichholz in die Dunkelheit. Die Kammer war fensterlos und wurde anscheinend als Büro genutzt, denn es stand ein uralter Drehstuhl darin und ein kleiner Holztisch mit einem riesigen Computer, der aussah, als stammte er aus dem letzten Jahrhundert.

Als das Streichholz heruntergebrannt war, zündete ich das nächste an und zog die Tür der Kammer hinter mir zu. Ohne große Hoffnung setzte ich mich an den kleinen Holztisch und drückte auf die klebrige Tastatur des Computers. Und ich hatte ein Riesenglück: Man musste gar kein Passwort eingeben.

Das Foto eines tanzenden Pärchens aus Plastik erschien fast sofort auf dem Bildschirm und direkt auf dem Po des Mannes war das Symbol für das Schreibprogramm. Ich konnte einfach draufklicken, und schon hatte ich die Liste aller Ordner, die auf dem Rechner waren. Das Streichholz war schon längst heruntergebrannt, aber jetzt brauchte ich auch keines mehr. Das Licht vom Computer reichte mir.

Ich machte den Ordner auf, der »Anmeldungen« hieß, und suchte nach dem Dienstagskurs, der nächsten Monat losging. Paulina, Kristin, Leyla und Jana entdeckte ich sofort unter den vierundzwanzig Mädchen, die sich angemeldet hatten. Die Tabelle mit den Jungs war viel kürzer. Da standen gerade mal zwölf Namen. Ich schaute alle durch, aber es war kein Robin dabei, kein Stefan, kein Karl und auch kein Bülent.

Ich las die Namen noch mal. Und noch mal. Es blieb dabei: Kein einziger von Nicos Jungs stand auf der Liste.

Was bedeutete das?

Dass sie sich unter falschem Namen angemeldet hatten? Aber warum?

Ich überlegte fieberhaft.

Warum durfte niemand wissen, dass sie hier mit ein paar Mädchen aus der Achten tanzten? War es ihnen peinlich, weil ihre Tanzpartnerinnen noch so jung waren?

Nein. Das war unlogisch. Wegen so einer Kleinigkeit gab sich bestimmt keiner einen falschen Namen. Das machte man nur, wenn es wirklich wichtig war. Zum Beispiel, wenn man verfolgt wurde. Oder wenn man vertuschen wollte, dass man sich an einem Ort aufgehalten hatte, an dem ein Verbrechen passiert war.

Oder noch passieren würde.

Oh mein Gott. Mir stockte der Atem. Was hatten die Jungs bloß vor?

Brauchten sie ein paar dünne Mädchen, um in das Gebäude einzubrechen? Weil die besser durch enge Fenster passten? Aber dazu hätten sie sich doch nicht extra für einen Kurs anmelden müssen.

Es musste ihnen um etwas anderes gehen.

Warum war es ihnen wichtig, fremde Mädchen in der Tanzschule kennenzulernen? Wollten sie sich ihr Vertrauen erschleichen? So was klappte beim Tanzen bestimmt gut, da hielt man sich ja die ganze Zeit im Arm.

Und dann?

Plötzlich war es mir klar.

Ich hatte im Fernsehen mal eine Reportage gesehen, da ging es genau um so was. Dass sich komische Typen unter falschem Namen bei jungen Mädchen einschleimten. Und später stellte sich raus, dass das total üble Verbrecher waren, die die Mädchen nach Deutschland verkaufen wollten. Wie es für die Mädchen ausging, wusste ich nicht, weil Igor ins Wohnzimmer gekommen war und den Fernseher ausgeschaltet hatte. Seiner Meinung nach darf ich so was nämlich nicht anschauen. Hätte er mich mal lieber fertig gucken lassen, dann hätte ich vielleicht gewusst, was man gegen solche Typen machte.

Jetzt begriff ich auch, warum Jonas und Ben hinter den Jungs her waren. Es hatte gar nichts mit Fußball zu tun. Fußball interessierte Jonas und Ben wirklich nicht. Es ging um ein riesengroßes Verbrechen: Mädchenhandel.

Und so wie sie den Handel mit den geklauten Papageien aufgedeckt hatten, versuchten sie jetzt, die Mädchenhändler zu erwischen.

Und ich würde ihnen helfen.

Im Saal waren Schritte zu hören. Ich sprang vom Stuhl auf und schlich mich vor bis zur Tür. Als ich sie öffnete, stand der Junge davor.

»Du bist ja immer noch hier«, sagte er verblüfft. »Was hast du dadrin gemacht?«

»Ich hab dich gesucht«, behauptete ich schnell. »Ich wollte wissen, wie es deiner Schildkröte geht.«

»Besser«, meinte er. »Sie traut sich wieder aus ihrem Panzer raus. Aber du musst jetzt weg. Gleich fängt hier ein Sambakurs an.« Er stutzte kurz. »Sag mal, wieso bist du überhaupt hergekommen? Doch wahrscheinlich nicht, um Krötz zu erschrecken, oder? Wolltest du dich jetzt doch noch für den Tanzkurs anmelden?«

»Ich? Nee, gar nicht«, stammelte ich und schaute, dass ich zum Ausgang kam. »Ich wollte dich eigentlich nur noch mal fragen, ob du nicht vielleicht doch mit Paulina tanzt. Aber das hat sich erledigt. Die hat jetzt ganz plötzlich wen gefunden. Also, sag Krötz einen Gruß und tschüs!«

Ich witschte nach draußen und machte Mr Bonds Leine vom Geländer los.

Ich wollte unbedingt weg, bevor er merkte, dass ich am Computer gewesen war. Blöderweise hatte ich es nämlich nicht mehr geschafft, das Schreibprogramm zu schließen. Und vielleicht sah er das mit dem öffentlichen Zugang zu allen Computern doch ein bisschen enger als ich.

»Hey, halt mal!«

Ich war schon fast am Ende des Hofs und an der Durchfahrt zur Straße, als der Junge mit seinem Karton hinter mir hergerannt kam.

Ich blieb stehen, aber ich drehte mich nicht um. Bestimmt machte er jetzt gleich einen Riesenstress wegen dem blöden Computer.

Vielleicht sollte ich Mr Bond packen und weglaufen, überlegte ich.

Aber es war zu spät. Er war schon da.

»Ich muss auch los«, sagte er. »Wir könnten vielleicht ein Stück zusammen gehen. In welche Richtung musst du?«

Ich zeigte nach rechts.

»Krötz und ich begleiten dich.« Er deutete auf seinen schäbigen Pappkarton. »Wir haben heute sowieso nichts mehr vor.«

»Meinst du nicht, dem ist das zu eng dadrin?«

»Ist ja nur für den Transport«, sagte er. »In der Tanzschule lasse ich ihn immer rumlaufen, solange ich putze.«

Hinter uns herrschte plötzlich Betrieb. Ein paar Männer waren aus dem Haus gegenüber gekommen und schleppten die Transportkisten in einen der Lieferwagen auf dem Hof.

»Die veranstalten Konzerte«, sagte der Junge. »Bei denen würde ich viel lieber arbeiten als in der Tanzschule. Die Musik ist besser. Aber die haben selber kein Geld, die könnten mir nichts bezahlen.«

Ich wunderte mich, warum er unbedingt Geld brauchte.

»Auf was sparst du denn?«, fragte ich.

»Ich muss Krötz versorgen. Der kostet ganz schön viel. Futter und Tierarzt und alles. Und den Rest hebe ich auf, bis mein Vater wieder da ist.«

»Wo ist der?«

»Verreist«, antwortete der Junge. »Aber in zehn Monaten kommt er wieder.«

»Meiner ist auch weg«, sagte ich. »Doch der kommt vielleicht schon früher zurück. Bei dem klappt was nicht.«

»Oh, bei meinem Vater klappt auch so einiges nicht.« Der Junge lachte. Aber es klang irgendwie bitter.

Ich war froh, dass er neben mir lief, weil ich wegen dem, was ich über die Fußballer rausgekriegt hatte, so durcheinander war, dass ich mich gar nicht richtig auf die Straße konzentrieren konnte. Einmal wäre ich fast vor ein Auto gelaufen, aber er packte meine Hand und zog mich samt Mr Bond zurück.

»Was ist mit dir los? Machst du die Augen zu beim Laufen?«

»Ich hab nachgedacht.«

»Über was denn?«, fragte er und hielt meine Hand immer noch fest.

»Nur so. Über Jungs. Und übers Tanzen. So Zeug halt.«

»Deshalb musst du dich aber nicht gleich umbringen.« Er ließ meine Hand wieder los. »Tut mir übrigens echt leid, dass ich deinen Hund beleidigt habe. Das war nicht so gemeint. Ich mag Hunde. Eigentlich mag ich sowieso alle Tiere. Viel lieber als Menschen.«

»Ich auch«, entgegnete ich. »Also, ich mag Tiere, meine ich. Aber Menschen mag ich auch. Zumindest die meisten.«

»Da hast du Glück«, sagte er.

»Magst du wirklich keine Menschen? Nicht mal deine Eltern oder deine Geschwister?«, fragte ich und konnte es gar nicht glauben.

»Ich hab keine Geschwister.«

»Echt nicht? Ich hätte geschworen, dass du einen großen Bruder hast.«

»Wie kommst du denn darauf?«

»Wegen deinen Klamotten. Die sehen so aus, als ob sie dir erst in ein paar Jahren passen.«

»Na danke«, sagte er trocken.

Oje. Hoffentlich hatte ich ihn jetzt nicht beleidigt.

»Also, ich meine das nicht fies, ich find das doch toll. Ich habe mir auch schon überlegt, ob ich nicht die Pullis von meinem großen Bruder klauen soll.«

»Das sind die Klamotten von meinem Vater«, erklärte er und grinste endlich wieder fast so nett wie vorgestern. »Ich habe die einfach gerne an, weil ich dann das Gefühl habe, dass er in der Nähe ist. Ich vermisse ihn nämlich.«

»Ich vermisse meinen Vater manchmal auch. Und meinen Bruder. Der ist in Neuseeland.«

»Ich hätte auch gern Geschwister.« Mit einem Mal klang er traurig. »Dann wäre alles leichter zu ertragen.«

»Aber du hast Krötz«, sagte ich, weil er mir leidtat. »Wenigstens der gehört ganz zu dir.«

»Der gehört eigentlich meinem Vater. Der hatte ihn schon als Kind. Aber ich pass auf ihn auf, solange er weg ist. Damit er was hat, auf das er sich freuen kann, wenn er wiederkommt. Deshalb darf Krötz auch auf keinen Fall was passieren.«

»Mr Bond ist auch nicht meiner«, sagte ich. »Der gehört meinem Nachbarn und seinem Freund. Aber ich kriege ihn zum Glück immer, wenn sie keine Zeit haben.«

»Warum kratzt du dich eigentlich so oft?«, fragte der Junge plötzlich. »Hast du Läuse?«

Ups. Ich hatte gar nicht gemerkt, dass ich mich gekratzt hatte.

»Ja, vielleicht«, sagte ich. »Aber ich finde sie nicht.«

Der Junge blieb stehen und hielt mir den Schuhkarton hin. »Halt mal. Dann sehe ich nach.«

»Nee. Lieber nicht. Das mache ich selber«, meinte ich und ging schnell weiter.

»Das muss dir nicht peinlich sein«, rief er und holte mich wieder ein. »Ich hatte schon ewig oft welche. Für mich sind das fast Haustiere.«

»Und wie hast du die losgekriegt? Hast du die alle mit Gift getötet? Das mache ich nämlich auf keinen Fall, wenn ich welche habe.«

»Quatsch«, entgegnete der Junge. »Mein Vater hat mir einfach die Haare geschoren und sie ins Gebüsch geworfen. Meine Läuse leben immer noch da draußen.«

Das war natürlich auch eine gute Lösung. Die musste ich unbedingt in mein Läuseprotokoll aufnehmen.

»Ich arbeite gerade an einer anderen Methode«, erklärte ich ihm. »Die funktioniert mit Salat. Vielleicht kann man die Läuse damit anlocken und dann wegtragen.«

»Das wäre auch gut«, meinte er. »Mädchen sind ja meistens nicht so scharf auf Glatze. Die kriegen dann eben Salat auf den Kopf. Falls das wirklich geht, wäre es genial. Nur bin ich eher skeptisch.«

Schon klar. Bei den meisten genialen Erfindungen hatten die Leute am Anfang nicht geglaubt, dass sie funktionierten. Aber dann hatten sie eben doch geklappt. Man durfte sich von Rückschlägen nur nicht beirren lassen, sondern musste es immer wieder ausprobieren. Dann klappte es schon irgendwann.

»Wenn's mit dem Salat nicht geht, kann ich dir immer noch eine Glatze scheren«, bot der Junge an. »Da habe ich Übung drin. Ich habe das jede Woche bei meinem Vater gemacht.«

»Hatte der auch immer Läuse?«

Der Junge schüttelte den Kopf. »Nee. Der wollte das wegen der Drogentests. Damit sie ihm nichts mehr nachweisen konnten.«

»Versteh ich nicht.«

Ich hatte noch nie gehört, dass Haare was mit Drogen zu tun hatten.

»Der hat früher immer Drogen genommen«, erklärte der Junge. »Also, als ich noch kleiner war. Alles Mögliche. Lauter verbotenes Zeug. Und das kann man in den Haaren nachweisen. In jedem einzelnen Haar ist das nämlich ewig lang gespeichert. Abgefahren, oder? Am Anfang hat mein Vater immer Haare von mir beim Test abgegeben, weil in meinen ja keine Drogen drin waren. Aber irgendwann haben die das gemerkt, und ab da hat er eine Glatze gehabt, damit die keine Haare von ihm holen konnten.«

Das war ja krass. Ich wusste gar nicht, was ich darauf sagen sollte. Mit so was hatte ich überhaupt nicht gerechnet.

»Guck nicht so entsetzt«, sagte der Junge und grinste ein bisschen schief. »Inzwischen lässt er sie ja wieder wachsen, weil er jetzt clean ist. Der trinkt nicht mal mehr Alkohol.«

Wir waren vor meinem Haus angekommen. Ich hatte gar nicht mitgekriegt, dass wir schon so weit gelaufen waren.

»Ich muss da jetzt rein«, erklärte ich und blieb stehen.

»Ja, dann tschüs«, sagte der Junge.

»Ich weiß nicht mal, wie du heißt.«

»Lazlo.«

»Ist das ungarisch?«

»Ja. Wieso?«

»Nur so. Ich war da schon. Ich mag Ungarn.«

»Ich war da noch nie«, meinte er.

»Ich heiße übrigens Antonia. Toni«, sagte ich, auch wenn er gar nicht danach gefragt hatte.

»Das weiß ich doch schon längst.« Er grinste. »Deine Freundin hat das quer über den Schulhof gebrüllt.«

»Geht ihr jetzt auch heim?«, wollte ich wissen.

»Mal sehen.«

Er grinste immer noch, aber er sah überhaupt nicht mehr fröhlich aus.

Und dann lief er los, den Weg zurück, den wir gekommen waren. Ich sah ihm noch eine ganze Weile hinterher. Den Karton mit Krötz trug er unter dem Arm, und ich glaube, er redete die ganze Zeit mit ihm.

Jonas machte mir schon die Tür auf, bevor ich geklingelt hatte.

»Wo wart ihr denn so lange? Ich hab mir Sorgen gemacht«, sagte er.

»Tut mir leid. Mr Bond hat eine Schildkröte gejagt. Und ich musste erst sicher wissen, dass es ihr gut geht.«

»Oha«, machte Jonas und streichelte Mr Bond, der an ihm hochsprang und bellte. »Der wird echt immer schlimmer aufs Alter. Ist die Schildkröte in Ordnung?«

Ich nickte.

»Ich müsste mal noch kurz mit dir reden«, sagte ich.

»Nur zu«, meinte Jonas.

Er fragte gar nicht, ob ich reinkommen wollte, deshalb blieb ich im Treppenhaus stehen.

»Ich wollte wissen, ob ihr mit den schwarzen Schafen beim BSC weitergekommen seid. Habt ihr schon eine Idee, wer die sind? Und in welcher Mannschaft die spielen? Ich könnte euch nämlich vielleicht helfen.«

Jonas hatte aufgehört, Mr Bond zu streicheln, und lächelte mich an.

»Das ist lieb von dir, Toni, echt. Aber das ist keine Geschichte für dich. Wir sind noch ganz am Anfang unserer Recherche, und es ist extrem schwierig, an Informationen zu kommen. Der Verein hält komplett dicht. Du hilfst uns am besten, wenn du uns ab und zu Mr Bond abnimmst. Das machst du ja immer ganz toll mit ihm.«

»Aber vielleicht weiß ich schon viel mehr als ihr«, sagte ich. »Ich kenne nämlich die Namen von denen, hinter denen ihr her seid, weil die doch bei Nico mitmachen. Bei der Tanzpartneragentur von diesem Typ aus meiner Parallelklasse, von dem ich dir erzählt habe«, fügte ich hinzu, weil Jonas mich anschaute, als ob ich den Verstand verloren hätte. »Ich weiß jetzt ganz genau, was die mit der Tanzpartneragentur vorhaben. Es geht wirklich um Menschenhandel. Wir brauchen nur noch die richtigen Beweise. Wenn wir die haben, könnt ihr eure Geschichte schreiben, und ich kann endlich Paulina überzeugen, dass sie die ganze Sache sein lässt. Sonst wird sie nämlich verkauft.«

Jonas sah mich stirnrunzelnd an.

»Toni, jetzt übertreib nicht so. Eine Tanzpartneragentur vermittelt Tanzpartner, die verkauft die nicht, das hatten wir doch schon. Und unsere Recherchen haben rein überhaupt nichts damit zu tun. Bei uns geht es um was ganz anderes, aber dazu kann ich dir nichts sagen. Und ich habe jetzt leider auch gar keine Zeit mehr. Ich muss mich auf einen Termin morgen vorbereiten und stehe ziemlich unter Druck. Also, vielen Dank noch mal, dass du Mr Bond gehütet hast. Mach dir noch einen schönen Abend und tschüs.«

Er scheuchte Mr Bond Richtung Wohnzimmer und wollte gerade die Wohnungstür zuschieben, als sein Handy klingelte.

»Verdammt, wo habe ich das denn hingelegt?«, rief er und rannte in die Wohnung zurück, um es zu suchen.

Das war meine Chance.

Als er in der Küche verschwunden war, schlich ich mich in den Flur und bog ins Wohnzimmer ab. Mr Bond hatte es sich schon auf dem Sofa bequem gemacht. Dort schlief er auch immer, während Jonas arbeitete. Rechts und links von ihm und auf dem kleinen Glastisch vor dem Sofa stapelten sich die Fotos und Zeitschriften und Bücher und was Jonas sonst noch für seine Recherchen brauchte. Zurzeit waren es vor allem Fußballzeitschriften. Aber halb verborgen unter einem Notizblock entdeckte ich ein Buch. Es lag aufgeklappt und mit den Seiten nach unten auf dem Glastisch. So als ob gerade jemand darin gelesen hätte. »Die geheime Dopinggeschichte des Fußballs« stand auf dem Einband.

Komisch.

Warum Doping?

Ich dachte, es ging um Mädchenhandel.

Jetzt kapierte ich gar nichts mehr.

Irgendwie musste ich mal in Ruhe nachdenken.

Ich rannte in den Flur zurück. Jonas hatte aufgehört zu telefonieren und kam in dem Moment aus der Küche, als ich wieder an der Wohnungstür angekommen war.

»Hast du was vergessen?«, fragte er erstaunt.

»Ich hab nur Mr Bond Tschüs gesagt«, behauptete ich und machte, dass ich aus der Wohnung kam.

Sechster Eintrag in meinem Läuseprotokoll:

Tag 10 nach Ausbruch der Epidemie:
Neue lebenschonende Methode bei Läusebefall von supernettem Jungen erfahren: Glatzescheren

Die Untersuchungsreihe muss wegen aktueller Ereignisse eventuell kurzfristig unterbrochen werden.

15. Kapitel

Und dann war alles doch tatsächlich ganz anders, als ich gedacht hatte. Da kam ich aber erst drauf, nachdem ich mit Paulina telefoniert hatte.

Ich wollte ihr sagen, was ich in der Tanzschule rausgefunden hatte, und sie noch mal vor Nicos Jungs warnen, aber ich kam gar nicht zu Wort, weil Paulina sofort anfing zu heulen, als sie meine Stimme hörte.

»Bekir spinnt, Toni«, schluchzte sie. »Der will mit mir Schluss machen.«

»Wie? Hat er das gesagt?«

»Nein. Noch nicht. Aber der hat sich überhaupt nicht mehr gemeldet.«

»Ich denke, der hat dir ewig viele Nachrichten geschickt?«

»Aber das ist doch schon vier Tage her! Seitdem hat er mir überhaupt nicht mehr geschrieben.«

Das wunderte mich jetzt eigentlich nicht so richtig. Immerhin hatte Paulina ihm nie geantwortet, weil sie immer noch wegen dem Tanzkurs beleidigt war.

»Vielleicht müsstest du ihm auch mal schreiben«, schlug ich ihr vorsichtig vor.

»Hab ich doch! Gestern! Ich hab ihm sogar von Robin erzählt.« Sie seufzte schwer.

»Echt? Was hast du ihm denn gesagt?«

»Ach«, begann sie langsam. »Nicht viel, ehrlich. Ich habe ihm nicht mal geschrieben, dass der besser Fußball spielt als er. Also, eigentlich habe ich nur gesagt, dass er wahnsinnig sportlich ist und ganz tolle Muskeln hat und so schöne blonde Haare. Und dann hat Bekir mir zurückgeschrieben.«

Sie wimmerte leise.

»Also hat er sich ja doch gemeldet.« Ich begriff nicht so richtig, wo das Problem lag.

»Ja. Eben!«, jammerte Paulina. »Er hat mir geschrieben, dass er jetzt kapieren würde, warum ich mir die Haare gefärbt hätte, das hätte er nämlich auf Facebook gesehen, und es würde ihm überhaupt nicht gefallen, aber so passte ich natürlich viel besser zu meinem tollen blonden Tanzpartner. Und dass er am Freitag mit mir reden will.« Sie schluchzte laut. »Toni, da ist unser Sechsmonatiges, aber davon hat er gar nichts gesagt. Der will sich nur mit mir treffen, um Schluss zu machen, ganz bestimmt. Dabei habe ich mir nur wegen der Läuse die Haare gefärbt. Aber das kann ich ihm doch nicht erzählen. Ich weiß ja nicht mal, ob ich diesen Robin überhaupt mag. Ich kenne den ja noch gar nicht richtig. Ich will doch erst mal nur mit ihm tanzen.«

Sie war so verzweifelt, dass ich das mit dem Mädchenhandel lieber noch für mich behielt. Sonst wäre sie bestimmt ganz zusammengebrochen. Und außerdem ging mir das, was Bekir über ihre blondierten Haare gesagt hatte, den Rest des Telefonats nicht mehr aus dem Kopf. Aber erst als wir aufgelegt hatten, kapierte ich, wieso.

Paulina würde mit ihren gefärbten Haaren super zu Robin passen, hatte Bekir gemeint. Weil sie beide jetzt blond waren.

Welche Haarfarben hatten eigentlich die anderen Jungs?

Ich rannte in Vallis Zimmer. Sie saß mit Leon auf dem Bett und schaute einen Film. Was auch sonst.

»Hey, klopf gefälligst an, Toni«, sagte sie.

»Entschuldigung, ist total dringend, echt. Leihst du mir deinen Laptop, bitte? Ich muss was für die Schule googeln, ganz wichtig!«

»Was macht ihr denn drei Tage vor den Ferien noch Wichtiges in der Schule?«, fragte Valli misstrauisch. »Und wo warst du überhaupt? Du weißt doch, dass du nicht so spät heimkommen darfst, ohne Bescheid zu sagen. Und wieso gehst du eigentlich nie an dein Handy? Ich habe ewig oft versucht, dich zu erreichen, um dir zu sagen, dass es heute Abend Pfannkuchen gibt. Und Mama hat auch schon angerufen und nach dir gefragt.«

Ups. Ich hatte ganz vergessen, mein Handy nach der Tanzschule wieder anzustellen.

»Ich hatte Ärger mit Mr Bond, das ging ein bisschen länger. Was wollte Mama denn?«

»Wissen, wie es dir geht. Ich hab gesagt, du rufst sie noch zurück.«

»Ja, klar, mach ich. Aber erst müsste ich noch kurz an deinen Laptop.«

»Was willst du denn jetzt noch im Internet?«

»Geht um Fußball. Ich schreibe ein Referat über Nachwuchsförderung im Fußball und so was. Muss ich morgen abgeben.«

»Da bist du ja früh dran.«

»Also, kann ich den kurz haben? Von mir aus kannst du auch kontrollieren, was ich google.«

»Wir gucken aber grade einen Film«, sagte Valli.

»Lass sie doch«, meinte Leon. »Wir können doch auch mal eine Pause machen.«

Eigentlich war er ja ganz in Ordnung. Wenn er nur Valli nicht immer vom Lernen abhalten würde.

»Na gut«, seufzte Valli schließlich. »Ist aber eine Ausnahme. Und in zehn Minuten bringst du ihn zurück, okay? Und du gehst auf keine Tierseiten! Keine einzige, versprochen?«

»Nein, mach ich nicht, ehrlich«, sagte ich, obwohl ich schon gern auch noch was über Schildkröten nachgeschaut hätte. Wie man Hunde an sie gewöhnen konnte, zum Beispiel.

Aber das andere war wichtiger.

Ich setzte mich mit dem Laptop an meinen Schreibtisch, rief die Homepage vom BSC auf und klickte mich bis zur A-Jugend-Mannschaft durch.

Da waren sie wieder alle vier auf dem Gruppenbild: Robin, Karl, Stefan und Bülent.

Der blonde Robin, der tatsächlich fast die gleichen Haare hatte wie die blondierte Paulina.

Und Karl hatte rote Haare, genau wie Jana, Stefans Haare waren braun wie die von Kristin, und Bülent war so schwarzhaarig wie Leyla.

Es konnte doch kein Zufall sein, dass jeder Fußballer eine Tanzpartnerin mit genau der gleichen Haarfarbe hatte wie er selber.

Und was hatte Lazlo erzählt? Dass sein Vater sich eine Glatze geschoren hatte, damit man ihm nicht nachweisen konnte, dass er Drogen nahm? Und dass er davor immer Lazlos Haare für den Test abgegeben hatte?

Und Jonas und Ben saßen an einer Reportage über Doping.

Dopingmittel funktionierten wahrscheinlich auch nicht so viel anders als Drogen, oder? Mit manchen Drogen konnte man die ganze Nacht durchtanzen, weil sie einen so fit machten. Und wenn man sich dopte, war es ja ungefähr genauso. Da rannte man dann eben so schnell wie noch nie.

Bedeutete das, dass man Doping auch in den Haaren nachweisen konnte?

Ich habe es gleich gegoogelt.

Es gab ganze Seiten im Internet, die was dazu schrieben. Die Artikel waren ziemlich kompliziert, und ich konnte sie nicht alle durchlesen, weil Valli schon nach ein paar Minuten nach ihrem Computer schrie, aber das Wichtigste verstand ich: Wenn man die Haare von Sportlern untersuchte, konnte man tatsächlich feststellen, ob sie Dopingmittel genommen hatten.

Damit war es klar: Die Tanzpartneragentur und die schwarzen Schafe, über die Jonas und Ben recherchierten, hingen doch zusammen. Nur mit dem Mädchenhandel hatte ich falschgelegen. Es ging nicht um die Mädchen als Ganzes, sondern nur um ihre Haare. Die Fußballer machten bei Nico mit, weil sie an die Haare von Paulina und den anderen für ihre Dopingkontrollen rankommen wollten.

Die würden mit ihnen tanzen, bis sie genügend Haare zusammenhatten, und dann würden sie wieder verschwinden. Und Paulina stünde an ihrem Abschlussball allein im Blumenbeet.

Ich musste die Jungs so schnell wie möglich auffliegen lassen, damit Nico noch Zeit hatte, ihr einen anderen Tanzpartner zu besorgen.

Das Einzige, was ich dafür brauchte, waren ein paar Haare von Robin.

Ich aß alle sechs Pfannkuchen auf, die Leon und Valli übrig gelassen hatten. Ich hatte einen Riesenhunger und auch kalt schmeckten sie noch richtig klasse. Bestimmt hatte Leon die gemacht.

Und dann rief ich Mama an. Sie freute sich, als sie mich hörte.

»Wie läuft's in der Schule?«, fragte sie.

»Alles okay«, antwortete ich, weil es echt nichts zu erzählen gab außer der Sache mit Nicos Tanzpartneragentur, aber davon wollte ich ihr nichts sagen, weil sie das nur aufgeregt hätte. »Valli lernt die ganze Zeit. Mach dir keine Sorgen.«

»Wirklich? Da bin ich aber froh«, meinte Mama. »Ich muss nämlich leider noch ein paar Tage länger in Budapest bleiben. Das Ganze entwickelt sich schwieriger, als ich gedacht habe.«

»Wie, warum denn?«, fragte ich erschrocken. »Ist es nicht schön mit Papa? Frühstückt ihr überhaupt zusammen?«

»Ja, klar frühstücken wir zusammen«, sagte Mama. »Wir stehen ja auch gleichzeitig auf.«

»Und ihr redet miteinander, wenn ihr frühstückt?«

Mama lachte. »Was stellst du denn für komische Fragen? Natürlich reden wir miteinander. Oder hast du gedacht, dein Vater hätte in Ungarn das Sprechen verlernt?«

»Und was ist dann so schwierig?«

Mama seufzte.

»Ach, Toni. Einfach alles. Hier läuft nichts so, wie es soll, und alles zieht sich ewig hin. Und dein Vater hat leider auch ziemlichen Mist gebaut, aber es dauert zu lange, dir das am Telefon zu erklären. Das müssen wir jetzt erst mal in Ordnung bringen. Und dafür brauchen wir mit Sicherheit mehr als nur ein paar Tage. Ich rechne mal damit, dass ich bis Ende Mai hierbleiben muss.«

»Und dann kommt ihr zusammen zurück?«

»Das hoffe ich, mein Schatz, das hoffe ich sehr. Aber das ist leider noch nicht sicher. Wir dürfen jetzt einfach keinen Fehler machen und nichts überstürzen.«

Das klang nicht gut.

»Lasst euch bloß Zeit, Mama«, sagte ich. »Wir kommen hier wirklich super allein zurecht, denkt bloß nicht so viel an uns, sondern kümmert euch um euch. Ich pass auf Valli auf, ich habe es dir versprochen.«

»Ich denke aber gern an euch«, meinte Mama. »Und ich hoffe bloß, dass Valli auch auf dich aufpasst. Du müsstest eigentlich schon längst im Bett sein und schlafen. Dreiundzwanzig Uhr ist keine Zeit mehr für dich.«

Manchmal sind Mütter doch echt komisch. Wenn Valli nicht gesagt hätte, dass ich Mama noch anrufen sollte, hätte ich ja schon längst geschlafen. Ich war nämlich voll müde.

16. Kapitel

Am Freitagnachmittag hatte die A-Jugend des BSC Training im Waldstadion. Das stand auf ihrer Webseite.

Und da wollte ich hin.

Ich habe gedacht, ich schleich mich einfach in den Umkleideraum, wenn sie trainieren. Dann suche ich die Haarbürste von diesem Robin, klaue mir ein paar Haare und verschwinde wieder. Und die Haare bringe ich Jonas und Ben, damit sie die Dopingsache beweisen und ihre Reportage schreiben können. Damit wäre auch endlich klar, dass diese Fußballer nicht für den Tanzkurs taugten, und Nico müsste Paulina und den anderen neue Jungs besorgen, und zwar welche, die garantiert nichts mit Fußball zu tun hatten.

Also, ich hatte das alles ziemlich gut durchgeplant, aber es lief dann doch ganz anders und gar nicht so, wie ich es mir gedacht hatte.

Es fing schon damit an, dass ich die Gremlins mit ins Stadion nehmen musste, weil Paulina mit Nicos bescheuerter Erdkundehausarbeit Stress hatte. Der Blödmann hatte seinem Lehrer nämlich versprochen, dass er seine Hausarbeit noch vor den Pfingstferien abgeben würde.

»Der will sich bei seinem Erdkundelehrer einschleimen und ich hab den Ärger«, beschwerte sich Paulina bei mir, als wir zusammen von der Schule heimliefen. »Der spinnt total. Morgen ist der letzte Schultag und ich habe noch nicht mal damit angefangen!«

»Das ist zu kurz, das kannst du nicht schaffen«, meinte ich. »Das musst du ihm sagen.«

»Hab ich auch. Und was macht der Idiot? Rennt zu seinem Erdkundelehrer und handelt vierundzwanzig Stunden Verlängerung aus. Vierundzwanzig Stunden! Jetzt kann ich mich morgen den ganzen Tag dransetzen. Dabei muss ich schon wieder die Gremlins hüten, weil Mama die immer noch nicht in den Kindergarten lässt. Aber die sind so durch den Wind, seit sie immer daheim rumhängen müssen, dass ich bestimmt überhaupt nichts arbeiten kann. Ich werde todsicher den ganzen Tag mit ›Bob der Baumeister‹ gefoltert. Und am Abend will Bekir mit mir Schluss machen. Warum kann man so einen Misttag nicht einfach überspringen? Echt. Ich weiß gar nicht, wie ich das alles überleben soll.« Sie blieb stehen und schaute mich bittend an. »Toni?«

»Was?«, fragte ich.

Ich ahnte schon, was gleich kommen würde.

»Könntest du mir nicht vielleicht die Gremlins morgen Nachmittag für ein paar Stunden abnehmen? Bitte?«

Ich zögerte.

Ich hätte gern gesagt, dass sie Nicos blöde Zusatzstreberpunkte doch einfach in den Wind schießen und die Hausarbeit erst nach den Ferien abgeben sollte, so wie sie es ursprünglich ausgemacht hatten, aber wenn Paulina ihren Tanzpartner umtauschen wollte, war es wahrscheinlich besser, Nico einigermaßen bei Laune zu halten.

Normalerweise wäre es auch gar kein Problem für mich gewesen, die Gremlins zu hüten. Ich war nämlich eigentlich gern mit ihnen unterwegs, weil man dann Sachen machen konnte, die man sonst nie machte. Häuser aus Schlamm bauen zum Beispiel oder Knallerbsen werfen. Nur morgen passte es mir nicht so gut, weil dann doch die A-Jugend trainierte. Aber davon wollte ich Paulina noch nichts erzählen.

»Toni, bitte«, flehte sie. »Nur ein paar Stunden. Du könntest doch mal wieder mit ihnen in den Zoo gehen. Davon schwärmen sie immer noch und sie wollen nur mit dir hin. Zu den Pinguinen und den Papageien und allem. Ich zahl dir auch den Eintritt.«

Ich überlegte. In den Zoo schaffte ich es morgen sicher nicht, aber vielleicht könnte ich sie einfach mit ins Stadion nehmen. Ja. Das war gar keine schlechte Idee. Mit zwei kleinen Jungs fiel ich wahrscheinlich sogar weniger auf, als wenn ich allein kam. Und dann würde auch niemand denken, dass ich eine von denen wäre, die dort rumlungerten, um sich einen Fußballer zu angeln. Das wäre mir nämlich echt peinlich gewesen.

»Toni, jetzt sag schon Ja«, hat Paulina gebettelt. »Und danke Gott, dass du keine kleinen Geschwister hast.«

Sie denkt immer, große Geschwister seien besser als kleine, und sie will mir nie glauben, dass das gar nicht stimmt.

»Okay«, habe ich gesagt. »Klar. Ich hüte sie morgen Nachmittag. Aber ich würde sie gern ein bisschen länger behalten. So bis acht oder so, damit wir mehr Zeit haben, um was zu unternehmen. Wäre das okay?«

Das Training der A-Jugend fing nämlich erst um halb sechs an und man musste einmal quer durch die ganze Stadt bis zum Waldstadion fahren. Vor acht wären wir niemals wieder zu Hause.

Paulina fiel mir um den Hals. »Toni, du bist die Beste. Lass dir Zeit, so viel du willst. Meine Eltern haben Spätschicht. Von mir aus kannst du die Gremlins auch bis zehn behalten. Dann kann Bekir ganz in Ruhe mit mir Schluss machen, und ich habe sogar noch Zeit, ihm ein Glas an den Kopf zu werfen«, fügte sie bitter hinzu.

Leider passte mich dann auch noch Jonas im Treppenhaus ab, als ich heimkam, und fragte, ob ich Mr Bond am nächsten Tag noch mal hüten könnte, weil Ben und er wieder was Wichtiges vorhatten.

»Seid ihr schon weiter mit euren Recherchen?«, wollte ich wissen.

»Mal sehen«, sagte Jonas. »Zähes Thema.«

»Ihr bräuchtet Beweise, oder?«

»Was für Beweise?« Er schaute mich komisch an.

Ich zuckte mit den Schultern. »Beweise eben. Für eure Reportage. Damit ihr das, was ihr schreibt, auch belegen könnt.«

»Klar. So was braucht man«, sagte er.

Wenn Jonas über irgendwas nicht reden will, vergräbt er immer die Hände in den Taschen seiner Jeans, zieht die Schultern nach oben und wippt auf seinen Füßen auf und ab. Genau das machte er jetzt.

»Ich könnte euch helfen«, schlug ich vor.

Jonas schaute mir direkt in die Augen.

»Oh nein«, sagte er streng. »Das hatten wir schon. Das lässt du bitte. Du weißt doch gar nicht, worum es geht, und ich erzähle es dir auch nicht. Du mischst dich nicht wieder in unsere Arbeit ein. Versprich mir das!«

Oh Mann, warum rastete er denn gleich so aus? Dann erzählte ich ihm eben noch nichts von den Haaren.

»Ich habe doch nur gemeint, ich kann euch helfen, weil ich Mr Bond nehme«, redete ich mich raus. »Ich mache morgen einen Ausflug mit den kleinen Brüdern von Paulina und da kann er mit.«

»Ach, okay. Danke«, sagte Jonas, und ich konnte ihm richtig ansehen, wie erleichtert er war. »Das ist lieb von dir. Tut mir leid, dass ich dich grade so angepflaumt habe.«

17. Kapitel

Und so kam es, dass ich am nächsten Tag Mr Bond und die Gremlins an der Backe hatte. Nicht grade ein Spitzenteam, um sich heimlich in ein Stadion zu schleichen.

Es ging schon in der Straßenbahn los. Ich hatte mich mit ihnen ganz nach hinten gesetzt, weil man sich bei allen dreien nicht sicher sein konnte, dass sie sich anständig benahmen. Die ersten fünf Minuten war alles in Ordnung, aber dann brüllte Marek plötzlich los.

»Toni hat Läuse!«, schrie er und zeigte auf mich.

»Quatsch«, sagte ich. »Hab ich gar nicht.«

»Doch, hast du wohl, du hast dich am Kopf gekratzt.«

»Hab ich gar nicht«, flüsterte ich. »Und brüll hier nicht so rum.«

Vielleicht hatte ich mich ja wirklich ein bisschen gekratzt, aber das war noch lange kein Grund, so ein Geschrei zu veranstalten.

»Doch, du hast dich gekratzt. Das habe ich gesehen! Du hast Läuse«, schrie Marek unbeeindruckt weiter.

»Blödsinn«, zischte ich.

»Doch, doch, doch!«, brüllte jetzt auch Matti. »Toni hat Läuse. Die kratzt sich am Kohopf.«

Und dann kicherten sie wie blöd, und ich merkte, wie ich mit einem Schlag rot wurde, knallrot, und außerdem juckte es mich jetzt noch viel doller als vorhin. Und das war blöd, weil ich mich auf gar keinen Fall mehr kratzen wollte, denn alle Leute schauten schon zu uns her.

Die Gremlins waren beglückt von so viel Publikum und schrien immer lauter: »Toni hat Läuse! Toni hat Läuse!«, mal zusammen im Chor, mal einzeln und wild durcheinander und so laut, dass es sogar die Leute mitkriegten, die Kopfhörer im Ohr hatten. Und alle starrten uns böse an.

Und dann stand doch echt eine ältere Frau auf und kam zu uns her. Sie meinte, dass ich ihr ja wirklich leidtäte, weil ich Läuse hätte, aber dass ich trotzdem auf gar keinen Fall Bahn fahren dürfte, weil ich dann unbescholtene Mitfahrer ansteckte, und das ginge ja gar nicht. Und ich sollte gefälligst zum Arzt gehen, samt meiner kleinen, viel zu lauten Brüder, denen es im Übrigen auch nicht schaden würde, wenn man ihnen mal die eine oder andere Maniere beibrächte. ZUM BEISPIEL, DASS SCHUHE NICHT AUF DEN SITZ GEHÖRTEN.

Warum konnte man sich in solchen Augenblicken nicht einfach wegbeamen? Ganz weit weg? Irgendwohin, wo die Sonne schien und die Vögel zwitscherten und man seine Füße im warmen Sand vergraben konnte und wo vor einem das Meer plätscherte und es hinter einem nach Waffeln roch und wo die Gremlins nichts anderes wären als allerhöchstens zwei dicke rosa Schweinchenluftballons, die weit, weit oben am Himmel übers Meer wegtrieben, immer weiter Richtung Horizont, bis sie endlich vom grenzenlosen Blau verschluckt wurden und erst Weihnachten in drei Jahren auf der gegenüberliegenden Seite des Erdballs wieder auftauchten?

Als die Bahn das nächste Mal hielt, schnappte ich mir Matti, Marek und Mr Bond und stieg aus. Ich wollte schnell in einen anderen Wagen wechseln, wo die Leute uns noch nicht hassten, aber das klappte nicht, weil Mattis Schnürsenkel aufgegangen war. Und er weigerte sich, mit offenem Schuh weiterzulaufen, weil das zu gefährlich wäre, vor allem auf Bahnhöfen, behauptete er, und Pauli hätte ihm das verboten. Mann, Mann. Also musste ich ihm erst den Schuh zubinden, und das dauerte ein bisschen länger als normal, weil Mr Bond die ganze Zeit an der Leine zog und ich deshalb die Schleife nicht richtig hinkriegte. Ich hatte ja auch nur ein Auge frei, weil ich mit dem anderen nach Marek schauen musste, damit der nicht irgendwohin abhaute. Echt, ich war noch nicht mal in der Nähe des Stadions und schon schweißgebadet vor lauter Stress.

Irgendwann gab ich das mit der Schleife im Schuhbändel auf und machte einen Knoten rein, aber es war zu spät. Die Straßenbahn fuhr ab, noch bevor wir wieder drin waren. Wir mussten zwanzig Minuten auf die nächste warten und zur Strafe kaufte ich ihnen kein Eis, obwohl auf dem Bahnsteig ein Kiosk war und sie ganz doll bettelten. Und deshalb waren sie stinkbeleidigt, aber wenigstens mal ruhig, und ich war von allem supergenervt, dabei wurde es ja noch viel schlimmer. Weil, bis dahin hatte sich wenigstens Mr Bond noch einigermaßen gut benommen, aber das änderte sich später auch noch, als wir im Waldstadion waren.

Das Stadion lag ganz nah an der Straßenbahnhaltestelle, direkt am Waldrand. Ich dachte, es wäre so ein Riesending mit Tribünen ringsrum, wie bei den Fußballspielen im Fernsehen. Es war aber viel kleiner und sah aus wie eine ganz normale Sportanlage, mit einer Tribüne, die nur auf einer Seite des Fußballfelds entlanglief. In der Nähe des Eingangs lag ein langes, flaches Gebäude mit kleinen Fenstern. Da waren bestimmt die Umkleidekabinen drin. Ein hoher Gitterzaun lief um die ganze Sportanlage rum, doch das Eingangstor vorne stand offen, sodass man einfach reingehen konnte.

Vor dem Stadion war ein großer Platz, und es parkten eine ganze Menge Autos drauf, aber einen Fußballspieler konnte ich nirgends entdecken und auch sonst keinen Menschen. Dabei war es schon nach achtzehn Uhr.

Vielleicht fiel das Training heute aus und die Autos gehörten zu dem Gasthaus, das neben dem Stadion lag. »Waldesruh« hieß es, und es war, abgesehen von dem Gebäude mit den Umkleidekabinen, das einzige Haus weit und breit.

Ich wollte die Gremlins und Mr Bond nicht allein draußen auf dem Parkplatz warten lassen, weil ich das Gasthaus ein bisschen gruselig fand. Deshalb nahm ich sie mit ins Stadion. Neben dem Haus mit den Umkleidekabinen waren ein paar große Büsche, und ich dachte, wenn sie sich dadrunter versteckten, wären sie am sichersten. Keiner konnte sie klauen und sie konnten auch eigentlich keinen großen Blödsinn machen.

»Ihr seid jetzt zwei Indianer. Und Mr Bond ist euer Pferd«, erklärte ich ihnen. »Und ich bin der Indianerspion und schaue nach, ob sich irgendwelche Bleichgesichter in dem Haus dort rumtreiben. Aber ihr müsst richtig tief unter die Büsche kriechen, damit euch niemand entdeckt, weil wir nämlich auf geheimer Mission sind. Es dauert auch bestimmt nicht lange, bis ich zurück bin.«

Eigentlich sind die Gremlins immer total begeistert, wenn man ihnen so einen Quatsch erzählt, und machen total gut mit, aber diesmal wollten sie nicht.

»Ich will mit rein«, sagte Matti.

»Ich aber auch«, sagte Marek.

»Nein, das geht nicht. Ich bin gleich wieder da, und dann kriegt ihr ein Eis, gleich in dem Gasthaus dahinten, versprochen. Aber nur, wenn ihr jetzt keinen Mist mehr baut, klar?«

»Welchen Mist?«, wollte Matti wissen.

»Gar keinen. Ihr macht überhaupt nichts von dem ganzen Blödsinn, der euch sonst immer einfällt. Ihr versteckt euch hier unter den Büschen, haltet Mr Bond an der Leine fest und seid unauffällig.«

»Was ist unauffällig?«, fragte Marek.

»Das ist, wenn man so tut, als ob man gar nicht da wäre. Sodass die anderen einen nicht bemerken.«

»Hier ist aber gar kein anderer«, sagte Matti.

»Das ist egal. Ihr tut, als ob ihr nicht da wärt, auch wenn niemand hier ist. Kapiert? Und wenn euch doch jemand entdecken sollte, dann sagt ihr, dass ihr Verstecken spielt und nicht gewusst habt, dass man hier nicht reinlaufen darf.«

»Darf man das nicht?«, fragte Marek.

»Weiß ich nicht. Wahrscheinlich haben die das nicht so gern, wenn hier Kinder und Hunde rumrennen. Aber wenn ihr ganz unauffällig seid, entdeckt euch ja sowieso niemand. Und wenn doch, sagt ihr das mit dem Verstecken und lauft raus und wartet direkt vor dem Eingang auf mich. Ihr geht nicht weiter als bis vors Tor, okay? Ihr rennt auf keinen Fall über den Parkplatz!«

Die Gremlins schauten mich groß an und sagten nichts mehr. Hoffentlich hatten sie alles kapiert.

Auf jeden Fall musste ich jetzt dringend los, solange hier noch niemand zu sehen war.

»Also, ab unter die Büsche mit euch«, sagte ich, schaltete mein Handy wieder aus und schlich zum Eingang des flachen Hauses.

Wenn die Fußballspieler nicht auf dem Platz waren, waren sie vielleicht noch im Gebäude, überlegte ich. Ich musste so leise wie möglich sein. Vorsichtig drückte ich die Klinke der Eingangstür runter. Sie war nicht abgeschlossen. Ich stieß sie auf und spähte in den Raum dahinter. Dort war eine kleine Eingangshalle, von der drei Türen abgingen, hinter denen die Klos waren. Auf der einen stand »DAMEN«, auf der anderen »HERREN« und auf der dritten war ein Rollstuhlsymbol drauf.

Ich schlüpfte durch die Eingangstür, blieb in der Halle stehen und lauschte. In dem Gebäude war es ganz still. Nur ein paar Geräusche von draußen drangen rein, ein bisschen Vogelgezwitscher und die Stimmen der Gremlins, die sich stritten, weil jeder von ihnen Mr Bond halten wollte. Dass Leisesein zu Unauffälligsein dazugehörte, hätte ich ihnen vielleicht extra erklären müssen.

Links von der Eingangstür verlief ein Gang. »ZU DEN UMKLEIDEN« war auf einem Schild an der Wand zu lesen. Ich schlich den Gang entlang und horchte wieder. Immer noch kein Laut. Auf der rechten Seite waren ein paar Türen. Ich öffnete die erste. Dahinter lag ein Umkleideraum, der aussah wie alle Umkleideräume in Sporthallen, mit langen Bänken aus Holz und Kleiderhaken darüber. Er war leer.

An der linken Wand des Umkleideraums entdeckte ich noch eine Tür. Ich zog sie einen Spalt auf. Sie führte zur nächsten Umkleide. Dort hingen Jeans und T-Shirts und Jacken an den Kleiderhaken, und auf den Bänken und auf dem Fußboden standen jede Menge Sporttaschen, die alle gleich aussahen, dunkelblau und mit »BSC-TEAM« in weißer Schrift auf den Seiten.

Die Sachen gehörten mindestens zwanzig Leuten. Aber wo waren die alle?

Ich horchte an der Tür, die zum Waschraum führte, aber auch von dort war nichts zu hören, kein Wasserplätschern, keine Stimmen. Ich traute mich trotzdem nicht rein. Allmählich kamen mir die Jungs vor wie Phantome. Vielleicht existierten sie überhaupt nicht. Weder bei Nicos Tanzpartneragentur noch beim BSC, sondern nur auf irgendwelchen Fotos. Und die Klamotten hingen schon seit Jahren hier drin. Den Gedanken fand ich voll gruselig.

Aber das war ja Quatsch. Wenn Fotos von diesen Jungs existierten, dann musste es sie auch in echt geben. Oder?

Plötzlich hörte ich Schritte im Gang. Ich schlich zurück in den Raum, aus dem ich gekommen war, versteckte mich hinter der Tür und horchte.

Die Schritte stoppten vor der Spielerumkleide. Jemand räusperte sich. Ansonsten war es totenstill. War ich entdeckt worden? Ich hatte das Gefühl, jemand beobachtete mich durch die Wand durch. Und auch wenn das gar nicht möglich war, wurde mir vor Angst ganz schlecht. Ich machte die Augen zu.

Jemand öffnete die Tür, die vom Gang in die Spielerumkleide führte.

Dann hörte ich wieder Schritte, aber diesmal gedämpfter. Waren sie von jemand anders?

Ja, ganz klar. Zwei Menschen kamen in den Umkleideraum der Spieler. Sie redeten miteinander, aber so leise, dass ich kein Wort verstehen konnte. Es war nur wie ein tiefes Murmeln und kam mir irgendwie vertraut vor. Aber warum flüsterten die denn? Das war doch ihr Umkleideraum. Normalerweise brüllten Jungs immer irre laut rum, wenn sie nach dem Sport in ihrem Umkleideraum waren, und klatschten sich ihre nassen Handtücher irgendwohin.

Also, ich habe jetzt noch nie bei unseren Jungs in die Umkleide gespickt, aber das weiß man echt auch so. Das Handtuchklatschen kann man nämlich immer bis zu uns Mädchen hören. Und manchmal rennt einer in Unterhosen bei uns vorbei und schreit und ein anderer läuft mit einem nassen Handtuch hinter ihm her und schreit auch.

Es war superunbequem, das Ohr die ganze Zeit an die Tür zu pressen, um alles im Nebenraum mitzukriegen. Irgendwann drehte ich mich andersrum, um wenigstens mal die Seite zu wechseln, mein eines Ohr war nämlich schon richtig heiß. Dabei stieß ich aus Versehen mit dem Knie an die Tür. Das krachte ganz schön laut. Ich kriegte fast einen Herzschlag, weil ich dachte, dass die auf der anderen Seite jetzt gleich rüberkämen und einen Riesenärger machten. Doch so war's dann gar nicht. Die rannten nämlich weg, aber wie. Es donnerte richtig im Gang. Und dann schlug die Außentür zu und alles war wieder still.

Ich stand noch ewig da und lauschte, aber es war wirklich nichts mehr zu hören. Noch nicht mal von den Gremlins. Doch das fiel mir erst später auf.

Ich war noch viel zu beschäftigt damit, über das nachzudenken, was gerade passiert war. Wenn die beiden im Nebenraum Fußballer gewesen waren, warum rannten die dann voller Panik davon, wenn sie mitkriegten, dass sie nicht allein waren? Hatten dic sich vielleicht in der Umkleide verstecken wollen, um sich in Ruhe zu dopen, und ich war ihnen in die Quere gekommen? Oder waren das irgendwelche Fremden gewesen? Diebe womöglich, die die

Sachen der Fußballer durchsucht hatten? Und wenn jetzt Portemonnaies und Handys fehlten, würde jeder mir die Schuld geben, weil ich hier rumgeschlichen war. Kein Mensch würde mir glauben, dass ich nichts damit zu tun hatte. Ich musste so schnell wie möglich hier raus.

Aber erst brauchte ich Robins Haare.

Fieberhaft suchte ich in der Spielerumkleide nach seinen Sachen. Zum Glück hing an jeder Sporttasche ein Anhänger mit dem Namen des Besitzers. Sonst hätten die ja auch selber gar nicht gewusst, welche Tasche ihnen gehörte.

Es dauerte eine ganze Weile, bis ich die von Robin fand. Sie lag auf der hintersten Bank, direkt unter einem weißen Blechschrank, auf den ein rotes Kreuz gemalt war. Ich wühlte mich durch unglaublich viele Socken und ein paar Duschgel- und Shampooflaschen, die so leicht waren, dass bestimmt nichts mehr drin war, und entdeckte schließlich ganz weit unten in der Tasche auch eine Haarbürste. Es war superpraktisch, dass dieser Robin so unordentlich war, weil er seine Bürste nämlich auch schon ewig nicht mehr sauber gemacht hatte, und deshalb waren richtig viele Haare drin, und die konnte ich alle mitnehmen. Ich habe sogar extra die Gummihandschuhe angezogen, die ich mitgenommen hatte, damit keine Fingerabdrücke von mir auf seine Haare kamen, weil das vielleicht das Ergebnis verfälscht hätte. Oder sie hätten dann nicht mehr als Beweis gegolten oder so was, das wusste ich nicht so genau, und ich wollte kein Risiko eingehen. Die Haare stopfte ich in eine kleine Plastiktüte mit Reißverschluss. In die packte Mama immer ihre Waschsachen, wenn sie zu Papa flog. Das musste man wegen der Flughafenkontrolle. Für Haarproben waren sie hoffentlich auch richtig.

Alles klappte echt gut.

Aber dann lief ich raus und die Gremlins waren nicht mehr da und Mr Bond auch nicht.

Erst dachte ich, sie hätten sich einfach so supergut versteckt, dass ich sie nicht mehr finden konnte, aber nachdem ich sie mindestens eine Viertelstunde lang gesucht hatte, glaubte ich das nicht mehr. Ich hatte unter alle Büsche geschaut, auch unter die, die ganz nah am Zaun waren und unter denen es voll eklig war, weil die Leute vom Parkplatz aus dort anscheinend ihren ganzen Müll entsorgten. Zumindest lagen jede Menge Coladosen und Bierflaschen und Papiertaschentücher rum.

Nur von den Gremlins und Mr Bond fehlte jede Spur.

Ich dachte, mein Herz setzt aus.

Das war's jetzt.

Schon das Stadion war ja viel zu groß für drei so Kleine wie Matti und Marek und Mr Bond, und der Wald hinter dem Stadion war noch viel größer, und dazwischen lag der Parkplatz mit dem gruseligen Gasthaus, und alles war menschenleer, bis auf die Diebe, die ich gehört hatte, und was, wenn sie die Gremlins und Mr Bond geklaut hatten?

Aber die konnte man doch nicht einfach so mitnehmen wie einen Geldbeutel oder ein Handy. Die hätten doch nach mir geschrien und Mr Bond hätte gebellt. Und ich hatte überhaupt nichts von ihnen gehört. Am Anfang hatten sie noch wegen Mr Bond gestritten, aber danach waren sie ruhig gewesen.

Wenn ich es mir genau überlegte, waren sie eigentlich schon ganz schön lange still. Die ganze Zeit, als ich im Umkleideraum nach der Haarbürste gesucht hatte, hatten sie keinen Mucks von sich gegeben.

Waren sie da schon weg gewesen?

Waren sie abgehauen, weil sie immer noch wegen dem Eis sauer waren, das ich ihnen an der Straßenbahnhaltestelle nicht gekauft hatte? Aber ich hatte ihnen doch schon längst ein neues versprochen.

Oder lag es an meiner blöden Indianergeschichte? Waren sie in den Wald gerannt, um dort weiterzuspielen?

Ich stand am Eingangstor und überlegte angestrengt, wo ich zuerst nach ihnen suchen sollte, als ungefähr zwanzig Jungs in kurzen Sporthosen auftauchten. Sie rannten über den Parkplatz direkt auf mich zu und sahen ziemlich erledigt aus. Wahrscheinlich waren sie joggen gewesen, um sich aufzuwärmen. So wie wir manchmal, wenn wir Leichtathletik hatten. Da mussten wir davor auch immer draußen rumrennen, damit die Muskeln warm wurden.

Ich fand das gar nicht so schlimm, aber Paulina hasste es. Meistens versteckte sie sich hinter einem Baum und wartete, bis wir auf dem Rückweg wieder vorbeikamen. Doch irgendwann hat unsere Sportlehrerin sie erwischt, und weil die uns Mädchen sowieso nicht leiden kann, hat sie einen Riesenärger gemacht. Seitdem lief Paulina lieber wieder mit, aber sie moserte dabei die ganze Zeit und wunderte sich, warum sie Seitenstechen kriegte. Das kommt, wenn man beim Rennen zu viel quatscht, habe ich ihr erklärt, und dass sie einfach mal ruhig sein soll, aber das hat sie gar nicht eingesehen.

Und das war doch jetzt sowieso egal.

Matti und Marek und Mr Bond waren weg.

Die Jungs rannten einfach an mir vorbei und schauten mich gar nicht an, und ich war so durcheinander, dass ich nicht mal darauf achtete, welches die Tanzpartner von Paulina und den anderen waren. Erst als ein großer Rothaariger an mir vorbeilief, fiel mir wieder ein, dass die ja alle in dem Pulk dabei sein mussten.

Aber selbst das war nicht mehr wichtig.

Ein Mann kam angerannt und blieb direkt vor mir stehen.

»Was machst du hier?«, fragte er streng.

Er sah viel älter aus als die Fußballer, bestimmt war er schon so alt wie Papa. Wahrscheinlich war er der Trainer.

»Ich hab mit zwei kleinen Jungs Verstecken gespielt. Und dann sind die hier reingelaufen und jetzt finde ich sie nicht mehr.« Ich zeigte vage aufs Stadion. »Die müssen irgendwo hier sein. Oder sie sind in den Wald gerannt.«

»Wie alt sind die denn?«

»Fünf.«

»Blöde Idee, die hier allein rumrennen zu lassen«, knurrte er.

Und da entdeckte ich plötzlich Matti.

Er tauchte kurz oben auf der Tribüne auf und war dann auch schon wieder verschwunden. Kroch der unter den Sitzen durch oder was? Da war es doch voll dreckig.

»Matti! Was machst du da?«, rief ich und rannte, so schnell ich konnte, zur Tribüne. »Komm sofort her!«

Ich sprang die Treppen an der Seite der Tribüne hoch. Matti stand in der obersten Reihe und rührte sich nicht.

»Was ist? Warum kommst du nicht runter? Und wo ist Marek?«

Mattis Gesicht war ganz grau. Das kam bestimmt von dem Dreck auf der Tribüne.

»Mr Bond ist weg«, sagte er und schaute mich betrübt an.

»Was? Habt ihr den etwa von der Leine gelassen?«

»Der ist einfach weggerannt. Wir haben den nicht gelassen. Der hat rückwärts gezogen und Marek ist hingefallen und ich bin dann auch hingefallen und dann ist Mr Bond aus seinem Halsband gerutscht und dann ist er ohne uns weitergerannt. Der wollte ganz schnell wohin«, sagte Matti.

»Und wo ist Marek jetzt?«

»Der ist den auch suchen. Der sucht draußen.«

»Wo draußen?«

»Da!«, sagte Matti und deutete Richtung Parkplatz.

So ein Mist. Das war ja schrecklich. Wie sollte ich die denn finden, wenn sie auch noch einzeln unterwegs waren?

»Kann ich euch helfen?«, fragte plötzlich ein Junge.

Ich drehte mich um. Er stand direkt hinter mir.

Mit blauen Augen und blonden Haaren. So dermaßen blond, dass sie wahrscheinlich gefärbt waren. Genau wie die von Paulina. Das war ihr Tanzpartner, ganz sicher. Robin. Der sah in echt genauso nett aus wie auf den Fotos. Und voll muskulös, auch an den Beinen. Warum dopte sich so einer denn? Der war doch bestimmt auch ohne Doping gut. Und garantiert hätte dem irgendein blondes Mädchen freiwillig ein paar Haare geschenkt, dafür musste er Paulina doch nicht reinlegen.

»Wir brauchen keine Hilfe von euch«, behauptete ich und schaute ihn finster an.

»Aber der Trainer sagt, du suchst deine Brüder.«

»Ich bin nicht ihr Bruder«, mischte sich Matti ein. »Ich bin Matti.«

»Das ist der Bruder von meiner Freundin«, erklärte ich. »Die heißt Paulina und geht mit mir in die achte Klasse«, sagte ich noch extra dazu.

Vielleicht kapierte er ja, dass sie das Mädchen war, das er so übel betrügen wollte. Aber er schaute mich nur ratlos an und sagte: »Aha.«

»Ich bin aber zwei«, erzählte ihm Matti. »Ich habe noch einen Zwillingsbruder, nur ist der weg. Und Mr Bond auch.«

»Aber die finden wir allein«, erklärte ich. »Wir müssen jetzt nur mal weiter.«

»Ja, bestimmt«, meinte Robin. »Trotzdem ist es besser, wenn wir euch suchen helfen. Es ist ja schon Abend und so kleine Kinder sollten dann nicht mehr allein draußen rumlaufen.«

Er lächelte mich total nett an und plötzlich hatte ich einen dicken, fetten Kloß im Hals. Igor soll da sein, habe ich gedacht, Igor soll endlich wieder heimkommen und Mama und Papa auch. Weil es so furchtbar anstrengend ist, sich um alles allein zu kümmern.

Und immer ist alles so kompliziert.

»Also, ich ruf die Jungs, okay?«, sagte Robin und rannte die Treppe runter.

»Ich schaff das allein«, flüsterte ich.

Aber er hörte mich nicht mehr.

Ich beobachtete von der Tribüne aus, wie Robin auf seinen Trainer einredete. Der nickte und holte eine Trillerpfeife aus seiner Hemdtasche. Er pfiff einmal ganz laut, und alle Jungs, die bis dahin auf dem Rasen verstreut gewesen waren und einen Ball vor sich hergekickt hatten, kamen zu ihm gerannt.

So eine Pfeife hätte ich auch gerne gehabt. Für Matti und Marek und Mr Bond. Und auch für Paulina, wenn die in den Pausen wieder viel zu lange mit den anderen quatschte und gar keine Zeit mehr übrig war, um in unser Versteck zu gehen.

Aber wenn ich einen ihrer Brüder verlor, war sowieso alles vorbei. Dann konnte ich ihr nie mehr unter die Augen treten. Dann würde ich mich im Wald verstecken, für immer und ganz allein. Und nur Mr Bond würde manchmal von Jonas und Ben abhauen und mich besuchen. Falls er überhaupt noch lebte.

»Toni?«, fragte Matti und nahm meine Hand. »Gehen wir jetzt auch zu Marek?«

»Ja«, sagte ich, aber es klang mehr wie ein Schluchzen, weil ich doch gar nicht wusste, wo Marek und Mr Bond waren.

Wir stiegen von der Tribüne runter, während die Jungs schon ausschwärmten. So nennt man das, wenn jeder in eine andere Richtung rennt, um jemanden zu suchen.

Der Trainer hatte das gesagt: »Ihr schwärmt aus und bringt dem Mädchen den Kleinen wieder. Und den Hund. Ich warte mit den beiden hier.«

»Und wie sieht der Kleine aus?«, hatte ein schwarzhaariger Junge gefragt. Das war bestimmt Bülent. Der von Leyla.

»So wie er«, rief ich ihm zu und deutete auf Matti.

»Hat der auch so grüne Haare?«

»Ja.«

»Ich bin aber größer«, sagte Matti.

»Und wie heißt der?«, fragte ein anderer.

»Marek.«

»Und der Hund, was ist das für eine Rasse?«, wollte Robin wissen.

»Gar keine«, antwortete ich und beschrieb ihnen Mr Bond: ziemlich klein, ziemlich rund und ziemlich braun. Und süß. Der süßeste Hund der Welt.

»Hoffentlich erkennen wir den«, sagte Bülent.

»So viele Köter laufen hier wohl nicht frei rum«, meinte der

Trainer, und ich war froh, dass er nicht mit den Jungs losging, weil ich Angst hatte, er wäre vielleicht nicht nett zu Mr Bond, wenn er ihn fand.

»Ich geh auch noch mal suchen«, sagte ich, als die Jungs weg waren.

»Nix da, du wartest hier«, sagte der Trainer. »Nicht dass du auch noch wegkommst.«

Aber ich wollte nicht einfach nur im Stadion sitzen und nichts machen. Vielleicht kriegte Marek Angst, wenn er die vielen Fußballer sah, und rannte erst recht davon. Wenn er überhaupt noch in der Nähe war. Wenn ihn nicht doch die beiden Diebe mitgenommen hatten, die auch in der Umkleidekabine gewesen waren. An die hatte ich ja gar nicht mehr gedacht.

Ich musste dem Trainer von ihnen erzählen. Am besten, er rief gleich die Polizei, damit die eine Straßensperre machte und Suchhunde einsetzte.

»In der Umkleidekabine waren Fremde, glaube ich«, sagte ich vorsichtig. »Womöglich haben die Marek mitgenommen.«

»Wie? Und damit rückst du erst jetzt raus?«, fragte er fassungslos.

Ich erzählte ihm alles, was ich wusste.

»Verdammt noch mal!«, brüllte er und lief zu den Umkleideräumen.

Als er in dem lang gestreckten Gebäude verschwunden war, nahm ich Matti an die Hand und rannte mit ihm aus dem Stadion. Ich musste Marek selber suchen, egal, ob es dem Trainer passte oder nicht.

»Wo wärst du hingerannt, wenn du hier draußen nach Mr Bond

gesucht hättest?«, fragte ich Matti, als wir auf dem Parkplatz standen.

»Dahin«, sagte er, ohne zu überlegen, und zeigte auf das Gasthaus. »Da gibt's nämlich Eis.«

»Aber Mr Bond frisst doch gar kein Eis.«

»Aber Marek«, sagte Matti.

Plötzlich rief jemand meinen Namen, ganz leise und kläglich. Es kam von irgendwo auf dem Parkplatz.

»Marek?«, schrie ich.

Matti machte sich von mir los und rannte auf einen VW-Bus zu. Direkt daneben tauchte Marek auf. Er sah völlig verheult aus und hatte Mr Bonds Leine in der Hand, an der noch das Halsband hing.

»Mr Bond ist weg«, schluchzte er, als ich bei ihm war. »Und ganz viele Männer haben ›Marek‹ geschrien und da habe ich mich hinter dem Auto versteckt. Aber jetzt sind die weg. Und Mr Bond auch.«

»Ich weiß, dass Mr Bond weg ist«, beruhigte ich ihn und nahm ihm die Leine aus der Hand. »Aber wir finden den. Hauptsache, ihr beide seid wieder da.«

»Mr Bond war auch wieder da.« Marek zog die Nase hoch. Er zeigte auf die Wiese hinter dem Gasthaus. »Da war der nämlich. Aber als ich hingerannt bin, ist er weitergelaufen.«

»Der kommt bestimmt gleich wieder«, sagte ich, aber ich merkte richtig, wie meine Stimme zitterte. Denn hinter der Wiese begann der Wald. Was, wenn Mr Bond sich dadrin verirrt hatte? Der hatte doch gar keine Erfahrung mit so viel Natur, der war ja nur unseren Park gewöhnt. Womöglich fand er vor dem Dunkelwerden nicht mehr raus und musste die Nacht dort verbringen.

Fraßen Wildschweine kleine Hunde? Oder Füchse? Konnten die ihm was tun?

Ich wollte gerade mit den Gremlins zum Waldrand laufen, um nach Mr Bond zu rufen, als vor dem Gasthaus ein Tumult losbrach. Eine ganze Menge Fußballer stand auf einem Haufen zusammen und brüllte durcheinander und mittendrin kläffte ein Hund.

Mr Bond.

»Was macht ihr da?«, schrie ich und rannte zu ihnen hin.

»Wir haben deinen Hund!«, rief Robin. »Das ist er doch, oder? Die Typen hier wollten ihn grade mitnehmen.«

»Mr Bond, komm her!«, befahl ich.

»Toni?!«, brüllte es irgendwo aus dem Pulk der Fußballer. »Toni, verdammt, bist du das?«

Jonas' Kopf tauchte auf, rot vor Zorn.

»Kannst du mir mal sagen, was das soll?«, brüllte er.

Jetzt entdeckte ich auch den Kopf von Ben. Seine Haare waren ganz verwuschelt.

»Was machst du hier, Toni?«, schrie er. Er klang mindestens so wütend wie Jonas.

»Kennst du die?«, fragte einer der Fußballer.

Ich hab versucht, alles zu erklären. Den Fußballern, dass Jonas und Ben Mr Bond nicht klauen wollten, weil er ihnen nämlich gehörte, und Jonas und Ben, dass es der totale Zufall war, dass ich da war und dass Mr Bond den Gremlins abgehauen war und alles.

Aber niemand hat mir zugehört. Sie schrien alle nur rum.

Der Trainer kam angerannt und bahnte sich einen Weg durch die Gruppe. Ich wich ein Stück zurück und stellte mich neben die Gremlins, die das Ganze interessiert beobachteten.

»Hab ich's mir doch gedacht. Ihr zwei Vögel schon wieder«, sagte der Trainer und baute sich vor Ben und Jonas auf.

»Das hat ein Nachspiel.« Ben versuchte, Robin abzuschütteln, der ihn immer noch festhielt. »So lassen wir uns nicht behandeln.«

»Das glaube ich aber auch, dass das ein Nachspiel hat«, knurrte der Trainer. »Ihr seid in die Umkleideräume eingebrochen. Das Mädchen ist Zeuge.«

Er deutete auf mich.

»Aber da waren doch Diebe drin«, sagte ich. »Und nicht Jonas und Ben.«

»Das Mädchen spinnt«, behauptete Jonas. »Und jetzt lasst uns endlich los, verdammt«, brüllte er die Jungs an. »Wir gehen. Und den Hund nehmen wir mit. Das ist nämlich unserer.«

»Halt, halt, Meister«, bremste ihn der Trainer. »Erst krieg ich eure Personalien.«

»Das können Sie vergessen«, sagte Ben. »Wir waren nur in der Kneipe hier was trinken und plötzlich sehen wir unseren Hund über den Parkplatz rennen. Den haben wir eingefangen und das war alles. Und jetzt gehen wir und die drei nehmen wir auch mit.«

Er zeigte auf die Gremlins und mich.

»Nix da«, sagte der Trainer. »Mit euch Vögeln lasse ich das Mädchen und die Jungs bestimmt nicht weg.«

»Wir gehen zur Straßenbahn«, sagte ich schnell. »Ich muss ja sowieso noch Matti und Marek heimbringen, das ist auch viel praktischer.«

Ich wollte Ben und Jonas lieber aus dem Weg gehen, bis sie nicht mehr so wütend waren.

18. Kapitel

Paulina machte uns die Tür auf, als ich Matti und Marek heimbrachte. Sie sah total verheult aus. Aber das kriegten die Gremlins gar nicht mit, weil sie so aufgeregt waren.

»Wir waren im Fußballstadion«, quatschte Marek gleich los. »Und Mr Bond ist weggelaufen, aber wir haben ihn wiedergekriegt. Und es waren ganz viele Fußballer da und die haben sich gehauen.«

»Und Toni hat mit denen geschimpft«, behauptete Matti.

Paulina sagte gar nichts.

»Was ist los, Pauli?«, fragte ich.

»Mit Bekir ist es aus«, schluchzte sie und fiel mir um den Hals.

Die Gremlins schauten sie groß an.

»Wir haben so gestritten«, heulte Paulina. »Und dabei ist heute doch unser Sechsmonatiges. Es hat einfach alles keinen Sinn mehr.« Sie machte sich von mir los und rannte laut weinend in ihr Zimmer.

Ich parkte die Gremlins vor dem Fernseher und lief hinter ihr her. Sie lag bäuchlings auf ihrem Bett und heulte in ihr Kissen.

Ich setzte mich neben sie. »Hey, Pauli, erzähl mal, was ist denn passiert?«

Vielleicht hatte sie ja irgendwas falsch verstanden, und alles war gar nicht so schrecklich, wie es jetzt aussah.

»Ich habe gesagt, wenn er es blöd findet, dass ich mit einem richtigen Fußballer aus der A-Jugend tanze, dann muss er eben mit mir zum Tanzkurs gehen, aber er hat gemeint, dass das Erpressung wäre und dass ich das vergessen könnte. Und überhaupt wäre es ihm egal, mit wem ich tanze, und übrigens wäre er auch ein richtiger Fußballer, und über so einen Mist wie den Tanzkurs würde er sowieso nicht mehr mit mir reden. Aber das ist kein Mist, habe ich gesagt, und wenn er nicht versteht, wie wichtig mir das ist, dann hätte das mit uns auch keinen Sinn mehr. Und er hat gesagt, wenn ich unbedingt zwischen ihm und dem Tanzkurs wählen wollte und lieber den Tanzkurs nehmen würde, dann wäre ja alles gesagt. Und dann ist er gegangen.« Sie schluchzte laut auf. »Dabei ist ihm sein blöder Fußball doch auch viel wichtiger als ich. Warum darf mir das Tanzen dann nicht auch wichtig sein? Ach, Toni, warum ist es denn so furchtbar schwierig, wenn man jemanden liebt?«

»Das ist nur, weil ihr nicht richtig streitet«, sagte ich. »Das musst du Bekir sagen. Der muss erst in Ruhe mit dir streiten und nach einer Weile muss er nachgeben und mit dir tanzen und alles ist in Ordnung.«

Und die A-Jugend-Spieler könnten sich ihre Haare beim Friseur oder sonst wo besorgen.

Paulina hörte auf zu heulen und schaute mich an.

»Glaubst du das echt?«, fragte sie.

»Das habe ich doch gegoogelt. Wegen der Ehe von meinen Eltern. Aber das gilt bestimmt für alle Beziehungen. Man streitet, bis man den anderen versteht, und dann gibt man nach.«

»Und wenn er nicht nachgibt?«

»Der gibt bestimmt nach. Und wenn nicht, dann liebt er dich auch nicht richtig. Dann seid ihr mindestens schon bei Orange. Eher bei Rot sogar, und es wäre vielleicht wirklich besser, wenn ihr euch trennt«, sagte ich.

Mit vierzehn konnte man ja wahrscheinlich noch nicht zur Eheberatung.

Paulina fing wieder an zu schluchzen. Noch lauter als vorhin.

»Hey, Pauli, du weißt doch gar nicht, ob er nicht noch nachgibt. Und wenn nicht, dann hat er dich auch nicht verdient«, tröstete ich sie und fühlte mich ein bisschen schlecht, weil ich Bekir ja schon verstand. Ich wäre auch nicht scharf drauf gewesen, nachzugeben und tanzen zu müssen. Aber für Paulina hätte ich es trotzdem gemacht. »Immerhin weißt du jetzt, wie man zu einem Freund kommt. Du findest garantiert einen neuen. Und diesmal passt du auf, dass es kein Fußballer wird.«

Paulina hörte auf zu weinen und setzte sich auf.

»Mann, Toni, von manchen Sachen hast du echt keine Ahnung«, sagte sie und zog die Nase hoch. »Man kann sich doch gar nicht neu verlieben, solange man Liebeskummer hat.«

Klar wusste ich das. Aber so ewig dauerte Liebeskummer ja auch nicht. Bei Valli war er immer ziemlich schnell vorbei gewesen. Eine Weile saß sie heulend im Bett und stopfte tonnenweise Chips und Gummibärchen in sich rein, und irgendwann hörte sie wieder damit auf und aß nur noch Joghurt, weil sie vor lauter neuer Verliebtheit nichts anderes mehr runterkriegte.

»In welchem Stadion warst du eigentlich mit den Gremlins?«, fragte Paulina plötzlich und wischte sich die letzten Tränen weg.

Wie kam sie denn jetzt darauf?

»Wie meinst du das?«, fragte ich zurück, um Zeit zu gewinnen.

»Marek hat doch was von einem Stadion erzählt. Und von ganz vielen Fußballern. Wart ihr etwa bei einem Spiel?«

»Nein, nicht direkt. Wir haben nur ein bisschen beim Training zugeschaut.«

»Warum?«, fragte Paulina. »Seit wann interessierst du dich für Fußball?«

Oh Mann. Irgendwann musste ich es ihr ja doch sagen. Und vielleicht war es sogar besser, wenn sie alles Schreckliche auf einmal erfuhr, weil es dann nicht noch schlimmer kommen konnte. Und das bedeutete ja, dass es ab da wieder aufwärtsging, oder? Und morgen schon würden wir zusammen zu Nico gehen und sie könnte ihm selber sagen, dass sie einen anderen Tanzpartner brauchte. Das wäre vielleicht sowieso das Beste, weil sie sich gleich einen neuen aussuchen könnte, und wenn sie Glück hatte, verliebte sie sich in den. Das wäre doch praktisch.

Ich holte tief Luft und sagte: »Ich war im Waldstadion und habe mir Robin und die anderen angeschaut.«

So. Jetzt war es raus.

»Echt?«, fragte Paulina und strahlte mich an. »Du bist ja süß. Und, wie fandest du sie? Sieht Robin echt so gut aus wie auf dem Foto? Hast du mit ihm geredet? Toni, jetzt sag schon!«

Sie rüttelte ungeduldig an meinem Arm. Sie sah gar nicht mehr so aus, als ob sie grade eine halbe Stunde lang wegen Bekir geheult hätte. Nur ihre Augen waren noch ein bisschen rot.

Ich holte tief Luft und rückte endlich damit raus. »Tut mir total leid, Pauli, aber der will dich nur benutzen. Der ist hinter deinen Haaren her. Ich bin mir ganz sicher.«

Paulina ließ meinen Arm los. Sie rückte ein Stück von mir weg und sah mich fassungslos an. Und dann fing sie an zu kichern. Sie hörte gar nicht mehr auf.

»Du machst Quatsch, Toni, gib's zu«, quetschte sie zwischen zwei Lachern vor.

»Nein, mach ich nicht«, sagte ich verzweifelt.

Ich erzählte ihr, dass ich in der Tanzschule gewesen war und im Computer nach den Jungs gesucht hatte und dass sie nicht auf der Liste standen.

»Die haben sich unter falschem Namen angemeldet, Pauli. Das ist doch nicht normal.«

»Wieso?«, sagte Paulina. »Das machen doch viele Leute, die berühmt sind. Die Jungs hatten eben keine Lust drauf, dass jedes Mädchen nur deshalb mit ihnen tanzen will, weil sie Fußballstars sind. Vielleicht wollte das sogar die Tanzschule so, damit sie nicht von lauter Fans überrannt werden. Dann würde der Mädchenüberschuss ja noch krasser werden.«

Sie machte eine Pause.

»Wie bist du überhaupt an den Computer rangekommen?«, fragte sie. »Haben die dich einfach nachschauen lassen? Das dürfen die doch gar nicht, wegen Datenschutz und so.«

»Ich habe den Jungen getroffen, der die Flyer bei uns verteilt hat. Lazlo heißt der. Der hat mich reingelassen. Der war supernett.«

»Wie nett? Nett nett oder sexy nett?«

»Keine Ahnung.«

»Du wirst rot, Toni.« Paulina kicherte. »Echt, du wirst voll rot.«

»Quatsch. Werd ich gar nicht.«

Doch natürlich bin ich rot geworden, ich hab es ja selber gemerkt. Aber das war nur, weil Paulina das gesagt hatte, und gar nicht wegen Lazlo. Man wird immer rot, wenn einer sagt, dass man rot wird. Das ist wie beim Gähnen. Ehrlich.

»Du findest den gut, gib's zu«, sagte Paulina.

Aber ich wollte gar nicht über Lazlo reden. Das andere war viel wichtiger. Paulina musste endlich kapieren, dass dieser Robin sie reinlegen wollte und dass es ihm nie um den Tanzkurs gegangen war, sondern nur um die Vertuschung seiner Dopingsünden.

»Jonas und Ben recherchieren deshalb bei der A-Jugend. Ich habe sie vorhin selber im Waldstadion getroffen. Die wollen eine Reportage über die Dopingsünder beim BSC machen, und dabei geht es genau um die Jungs, die Nico euch vermittelt hat. Das hängt alles zusammen. Wahrscheinlich müssen die Jungs zum Dopingtest und dort ihre Haarproben abgeben. Und weil ihre Haare dopingverseucht sind, brauchen die eure, damit man ihnen nichts nachweisen kann. Verstehst du? Die geben einfach eure Haare beim Dopingtest ab.«

»Toni, du spinnst voll.« Paulina kicherte wieder.

»Jetzt glaub mir doch, Pauli. Es kann überhaupt kein Zufall sein, dass die alle ein Mädchen wollten, das genau ihre Haarfarbe hat.«

Paulina hatte die ganze Zeit noch weitergekichert, aber jetzt hörte sie auf.

»Ich hab aber gar keine blonden Haare«, sagte sie. »Bei einer Haaranalyse würden die sofort merken, dass meine nur blondiert sind.«

»Dieser Robin hat seine auch nur blondiert, da bin ich mir ziemlich sicher.«

»Jetzt hör endlich auf«, zischte Paulina und war plötzlich voll wütend. »Hör sofort auf. Nur weil du keine Lust auf den Tanzkurs hast, versuchst du die ganze Zeit, ihn mir zu verderben. Du willst nur nicht, dass ich Spaß habe. Erst stänkerst du gegen Bekir und jetzt gegen Robin. Du musst dich echt nicht wundern, dass ich lieber mit Jana und Leyla und Kristin zusammen bin als mit dir. Die wollen wenigstens, dass es mir gut geht, und denken sich nicht immer irgendeinen Mist aus, um mich fertigzumachen.« Sie stand auf. »So. Und jetzt will ich meine Ruhe und außerdem muss ich mich mal um meine Brüder kümmern. Die sind bestimmt völlig verstört von diesem Ausflug mit dir.«

»Warum bist du denn jetzt so sauer?« Ich kapierte gar nichts mehr.

Aber Paulina antwortete mir nicht. Sie lief aus ihrem Zimmer und wartete mit verschränkten Armen im Flur, dass ich endlich zur Wohnungstür ging.

Sie sagte mir nicht mal Tschüs.

Meine Beine fühlten sich komisch an, als ich die Treppe runterstieg. Ganz zittrig. Oder vielleicht wackelte auch der Fußboden. Ich musste mich am Geländer festhalten, damit ich heil runterkam.

Als ich fast an der Haustür war, hörte ich Schritte hinter mir. Das ist Paulina, habe ich kurz gedacht, endlich hat sie begriffen, dass ich ihr doch nur helfen will. Aber es waren die Gremlins. Sie sprangen barfuß über die Stufen, und als sie bei mir waren, streckte Matti mir ein Päckchen entgegen, ein zusammengeknülltes weißes Papier mit irgendwas drin. Ich wickelte es aus. Es war ein kleiner Stoffhund, schwarz-braun gesprenkelt mit Schlappohren und angekauter Nase und einem Ring oben am Kopf, an den man Schlüssel hängen konnte.

»Den leihen wir dir«, sagte Matti ernst. »Weil wegen Mr Bond.«

»Ja. Weil wir das gar nicht gewollt haben, dass der wegrennt«, sagte Marek.

»Das ist Paulihund«, sagte Matti. »Weil der Pauli gehört. Aber die merkt es gar nicht, wenn der mal weg ist.«

Winkend verschwanden sie wieder nach oben.

Ich steckte Paulihund in meine Jackentasche zu Robins Haaren und ging nach Hause.

Damals habe ich gedacht, das wäre der schwärzeste Tag, den ich je erleben würde, weil er auch immer noch schlimmer wurde, aber dann war es doch nur der zweitschwärzeste. Weil der allerschwärzeste nämlich heute ist.

Ich habe mir ja vorgenommen, das Ganze aufzuschreiben, weil ich gehofft habe, dass ich dann kapiere, wieso eigentlich plötzlich alles schiefgelaufen ist. Doch ehrlich gesagt verstehe ich es immer noch nicht richtig. Aber vielleicht ist das auch gar nicht wichtig. Ich bleibe einfach hikikomorimäßig in meinem Zimmer, bis ich volljährig bin und nach Neuseeland auswandern kann oder sonst wohin, wo noch nicht jeder für ewig sauer auf mich ist und mich anbrüllt.

Und dort fange ich noch mal ganz neu an.

Aber erst mal schreibe ich alles auf. Bis zum bitteren Ende.

19. Kapitel

»Danke auch«, sagte eine Stimme direkt hinter mir, als ich die Haustür aufschloss.

Mann, bin ich erschrocken.

Aber dann habe ich mich voll gefreut.

Denn als ich mich umgedreht habe, stand da Lazlo, den Karton mit Krötz unter dem Arm.

»Oh! Hallo«, sagte ich. »Danke für was?«

»Was hast du im Büro gemacht?«, fragte er und klang gar nicht so, als ob er sich auch freute, mich zu sehen. Er sah auch nicht so aus.

»In welchem Büro?«

Ich kam nicht ganz mit.

»In dem von der Tanzschule. Irgendjemand war an den Dateien für die Anmeldungen. Die Listen waren aufgerufen, als meine Chefin an den Computer ist. Und deshalb hat sie mich sofort entlassen.«

»Wie, entlassen?«

»Gefeuert, rausgeworfen. Tritt in den Arsch und das war's. Und das heißt, ich habe keinen Job mehr. Kapierst du es jetzt?«, fragte er gereizt.

»Aber das kann die doch nicht machen. Das warst du doch gar nicht.«

»Ach, sag bloß! Das weiß ich auch. Doch stell dir vor, meiner Chefin ist das egal. Entweder war ich es selber, hat sie mir erklärt, oder ich habe nicht genügend aufgepasst, dass kein anderer an den Computer rangeht. Im Ergebnis macht das keinen Unterschied. Ich bin raus. Jetzt muss ich mir einen neuen Job suchen. Aber find mal einen, wenn du noch nicht mal sechzehn bist, da beschäftigt dich doch keiner. Und wie krieg ich jetzt das Geld für Krötz zusammen? Und für den Kühlschrank, den er im Winter braucht? Kannst du mir das mal sagen, he?« Er wurde immer wütender. »Warum hast du mich nicht gefragt, ob du an den Computer darfst? Das ist doch das Allerletzte, jemanden so zu hintergehen. Und ich hab gedacht, du wärst in Ordnung. Nach was hast du überhaupt gesucht? Ob dein blöder Freund sich zum Tanzkurs angemeldet hat oder was?«

Er war so dermaßen sauer auf mich, dass es mich richtig umhaute. Aber das wollte ich ihm auf keinen Fall zeigen.

»Jetzt brüll mich nicht so an. Ich kann dir das erklären«, sagte ich. »Und außerdem habe ich keinen Freund. Ich habe das nur für Paulina gemacht, weil ich wissen muss, was mit ihrem Tanzpartner los ist. Ich hab nämlich Angst, dass sie beim Abschlussball allein dasteht.«

Lazlo guckte mich fassungslos an und stöhnte: »Ich dreh durch. Wegen so einem Kleinmädchenscheiß habe ich meinen Job verloren. Ich brech zusammen.«

Er lehnte seinen Kopf gegen die Hauswand und schloss die Augen.

»Mädchen«, murmelte er. »Mädchen.«

Das fand ich jetzt aber echt blöd. Anscheinend wollte er gar nicht kapieren, dass es wirklich wichtig gewesen war. Trotzdem tat er mir natürlich auch leid. Und ein schlechtes Gewissen hatte ich sowieso. Denn wenn ich das Schreibprogramm geschlossen hätte, hätte seine Chefin überhaupt nicht gemerkt, dass jemand am Computer gewesen war.

Aber das kriegte ich bestimmt wieder hingebogen. Wenn ich zusammen mit ihm in die Tanzschule ging und seiner Chefin alles in Ruhe erklärte, würde sie ihn garantiert wieder einstellen. Und falls sie sich stur stellte, gab es immer noch Papa. Sobald er zurückkam, machte er hier eine neue Firma auf, weil die in Ungarn ja nicht so richtig geklappt hatte. Ich würde ihm sofort sagen, dass er Lazlo einen Job geben musste. Und Krötz würde dann Büroschildkröte werden, und vielleicht könnte er sogar kleine Nachrichten befördern, von Büro zu Büro zum Beispiel, falls Post-its auf seinem Panzer kleben blieben. Aber natürlich nur, wenn er Lust drauf hätte. Also Krötz, nicht Lazlo. Krötz dürfte das entscheiden.

»Wie findest du das?«, fragte ich Lazlo.

Ich dachte, dass er sich darüber freuen würde, doch er schüttelte nur den Kopf.

»Du hast vielleicht krasse Ideen«, sagte er. »Aber du kannst mir nicht helfen. Ganz bestimmt nicht. Halt dich einfach nur von Krötz und mir fern.«

Er lief davon, mit seinem Karton unter dem Arm. Erst als er schon ein ganzes Stück weg war, drehte er sich noch mal um.

»Und ich hab dir echt vertraut, ich Blödmann!«, rief er mir noch zu, und dann rannte er so schnell weg, dass ich ihn gar nicht mehr einholen konnte.

Eigentlich hatte ich bis morgen warten wollen, um Jonas Robins Haare zu bringen. Ich dachte, dass er vielleicht noch ein bisschen Zeit brauchte, um sich von dem Streit mit dem Trainer zu erholen, aber ich wollte endlich, dass wenigstens einer kapierte, was wirklich los war. Außerdem musste ich unbedingt wissen, ob mit Mr Bond alles in Ordnung war, ich hatte mich am Stadion ja nicht mal mehr von ihm verabschieden können. Und seine Leine mit dem Halsband dran hatte ich auch noch in meiner Jackentasche.

Deshalb klingelte ich auf dem Heimweg noch schnell bei Jonas.

»Na, du hast ja Nerven«, sagte er und blieb in der Wohnungstür stehen. Er fragte gar nicht, ob ich reinkommen wollte.

Ich weiß nie genau, was das heißen soll, wenn die Leute sagen, dass man Nerven hat. Ob das bedeutet, dass man viel Nerven hat oder wenig, und ob sie gute oder schlechte Nerven damit meinen. Das sollte man schon dazusagen, damit der andere es kapiert. Bei Jonas hat es anscheinend bedeutet, dass ich ganz schön blöd war, zu ihm zu kommen, denn er war immer noch sauer auf mich. Bevor ich irgendwas sagen konnte, motzte er mich nämlich schon an, dass ich ein für alle Mal aufhören sollte, mich in seine Recherchen einzumischen.

Dabei hatte ich das ja gar nicht gemacht. Was konnte ich denn dafür, dass Ben und er auch an den Jungs von Nicos Tanzpartneragentur dran waren? Ich hatte mich von ganz allein für die interessiert. Und wenn sie mir mal mehr erzählt und nicht nur so blöd rumgedruckst hätten, wenn ich sie was gefragt hatte, wäre ich ihnen auch nicht aus Versehen in die Quere gekommen. Aber dazu hätten sie mir eben mal sagen müssen, dass sie auch ins Waldstadion wollten. Dann hätten wir sogar zusammen hinfahren können.

Und ich wäre auch nicht so furchtbar erschrocken, als sie plötzlich in die Spielerumkleide gekommen waren.

»Das seid doch ihr gewesen, oder?«, fragte ich Jonas.

»Ja, klar waren wir das! Und wo warst du bitte?«

»In der Umkleide daneben. Ich habe euch gehört. Ich habe gedacht, ihr wärt Einbrecher, und hatte voll Angst.«

»Sag jetzt nicht, dass du diesen Mordskrach gemacht hast«, stöhnte Jonas.

»Doch. Aber ich bin nur mit dem Knie an die Tür gekommen. Ich wusste nicht, dass das gleich so donnert.«

Jonas fuhr sich mit den Händen übers Gesicht und seufzte schwer. »Mann, Toni, wir waren so kurz davor, an den Arzneischrank mit den Dopingmitteln ranzukommen. Ich hätte so geile Fotos machen können. Und da veranstaltest du plötzlich einen Heidenlärm, und Ben und ich denken natürlich, es kommen welche von den Spielern rein, und hauen ab. Und alles war umsonst.«

Er ließ die Arme hängen und schaute mich erschöpft an. Er sah ganz schön mitgenommen aus.

»Ich habe aber was für euch«, sagte ich. »Das ist noch viel besser als ein Foto. Das ist nämlich echt.«

Ich zog den Plastikbeutel mit Robins Haaren aus meiner Jackentasche und machte ihn auf.

»Was ist das? Ein Skalp?«, fragte Jonas, als ich ihm die Haare zeigte.

»Spinnst du?«

»Bei dir würde mich echt nichts mehr wundern.«

»Das sind doch nur Haare. Die gehören dem Kapitän der A-Jugend. Damit könnt ihr beweisen, dass er gedopt hat. Das kann man nämlich an den Haaren erkennen.«

Jonas meckerte sofort los. »Sag mal, hältst du mich für blöd, Toni? Erst erzählst du, dass es dir nur um deine komische Tanzpartneragentur gegangen ist, und jetzt präsentierst du mir hier Dopingbeweise? Was geht denn bei dir ab? Warum willst du einfach nicht verstehen, dass du dich nicht in unsere Arbeit einmischen sollst? Solche Recherchen sind was für Erwachsene. Die sind gefährlich. Und du hilfst uns nicht, wenn du dazwischenfunkst. Im Gegenteil, du hast es versaut. Dank dir haben wir jetzt Hausverbot beim BSC. Das hat dieser bescheuerte A-Jugend-Trainer durchgesetzt. Wenn wir das nächste Mal dort aufkreuzen, haben wir die Polizei am Hals. Das war's mit unserer Recherche. Das war's überhaupt mit der ganzen Reportage. Und das war's übrigens auch mit einer ganzen Menge Geld.«

Oje. Das hatte ich natürlich nicht gewollt. Aber warum stellte er sich denn dann immer noch so an und nahm nicht endlich die Haarprobe? Damit konnten sie das Doping doch auch ohne Arzneischrank beweisen und ihre Reportage schreiben. Vielleicht hatte er das nur noch nicht richtig kapiert, weil er sich gleich so aufgeregt hatte.

Ich erklärte es ihm noch mal, aber er hörte gar nicht richtig zu, sondern sagte nur: »Geh einfach, Toni, pack deinen Skalp wieder ein und lass mich in Frieden.«

Ich stopfte Robins Haare zurück in meine Jackentasche.

»Kann ich wenigstens noch kurz Mr Bond Hallo sagen?«, fragte ich vorsichtig. »Ich weiß ja gar nicht, wie's ihm geht, nach der ganzen Aufregung. Wo ist der überhaupt?«

»Dem geht's gut«, sagte Jonas. »Aber er ist nicht da. Er bleibt jetzt mal für eine Weile bei Ben. Der hat im Moment mehr Zeit als ich.«

»Ich könnte ihn aber auch noch öfter nehmen. Ich habe doch jetzt Ferien.«

»Nee, lass mal«, meinte Jonas. »Das ist nett, aber ich glaube, du hast auch nicht genügend Zeit. Sonst hättest du ihn ja wohl kaum mit zwei Fünfjährigen irgendwo abgestellt. Das war echt keine gute Idee von dir, und ich möchte meinen Hund lieber nicht noch mal quer über einen Parkplatz rennen sehen und Angst haben, dass er gleich unter ein Auto kommt und Matsch ist.«

»Aber das war ein Notfall, Jonas, ehrlich. Weil ich doch zum Training von der A-Jugend musste, aber ich wollte euch nicht hängen lassen, und die Gremlins habe ich doch auch noch gehabt.«

»Eben«, sagte Jonas. »Ich glaube, das ist alles grade ein bisschen viel für dich. Lass uns mal eine Pause machen.«

»Aber das passiert bestimmt nie mehr. Ich habe sonst echt immer total gut auf Mr Bond aufgepasst«, redete ich auf ihn ein.

»Ja, das war auch lieb von dir, Toni, wirklich. Aber jetzt passen Ben und ich wieder mehr auf ihn auf, das ist ja kein Drama«, sagte Jonas und machte die Wohnungstür zu.

Ich habe Mr Bonds Leine an die Türklinke gehängt und bin nach oben geschlichen.

Es ist so was von Kacke, wenn alle dermaßen ungerecht zu einem sind.

20. Kapitel

Was ist denn mit dir los?«, fragte Valli, als ich in unsere Wohnung kam. »Du siehst aus wie ein Gespenst. Wo warst du überhaupt die ganze Zeit? Und warum war dein Handy schon wieder aus? Ich hab ewig oft versucht, dich anzurufen. Mama wollte mit uns skypen. Das hast du jetzt verpasst. Und noch mal kann sie sich nicht melden, weil die morgen das WLAN bei Papa kappen.«

Ich sagte gar nichts, sondern ging in mein Zimmer und legte mich ins Bett. Ich wollte meine Ruhe haben, aber Valli lief mir hinterher und baute sich direkt vor mir auf.

»Sag mal, geht's noch? Ich red mit dir, Toni!«, beschwerte sie sich. »Wo warst du? Es ist schon nach neun. Du kannst nicht einfach wegbleiben, ohne was zu sagen. Ich habe schließlich die Verantwortung für dich, wenn Mama und Papa nicht da sind.«

Da hat's mir dann gereicht.

Ich habe mich im Bett aufgesetzt und sie angebrüllt. »Könnt ihr nicht endlich mal aufhören, mich anzumotzen? Jeder schreit mich an. Jeder gibt mir für alles die Schuld. Immer bin ich die Doofe. Dabei kapiert ihr doch überhaupt nichts.«

Valli wich ein Stück zurück.

»Wow«, sagte sie erschrocken. »Was ist denn mit dir los?«

»Gar nichts! Lass mich einfach in Ruhe! Die ganze Zeit schmeißt du mich aus deinem Zimmer, und jetzt sag ich eben mal, dass du abhauen sollst. Also hau ab!«

Valli blieb stehen, wo sie war. »Hörst du jetzt vielleicht mal auf, mich anzuschreien?«, schimpfte sie. »Ich hab dir doch gar nichts getan.«

»Doch!«, brüllte ich weiter. »Du bist genauso blöd wie die anderen alle. Du verstehst auch nichts und bist immer nur sauer auf mich. Genau wie Pauli. Und wie Jonas. Der gibt mir nicht mal mehr Mr Bond. Dabei habe ich immer nur versucht zu helfen. Ich kann nichts dafür, dass alles schiefläuft.«

Ich hatte echt genug von dem ganzen Mist.

Valli schüttelte ungeduldig den Kopf. »Aber ich bin gar nicht sauer auf dich«, sagte sie und war endlich leiser. »Ich sag nur, dass du dich melden musst, wenn du so spät heimkommst. Das ist doch nicht zu viel verlangt.«

»Klar bist du sauer. Schon die ganze Zeit. Das merke ich doch. Du bist immer nur genervt von mir, wenn ich versuche, dir bei deinem Abi zu helfen, weil du viel zu faul bist, um was zu lernen.«

»Hör mal, kann's sein, dass du dich vielleicht in zu viele Sachen einmischst, die dich gar nichts angehen?«, fragte Valli scharf.

»Das geht mich wohl was an!«, zeterte ich weiter. »Wegen deinem blöden Abi macht Mama sich totale Sorgen, und bestimmt kommt sie deshalb viel zu früh aus Ungarn zurück und hat keine Zeit, mit Papa zu frühstücken, und dann lassen die sich scheiden. Aber dir ist das ja egal, Hauptsache, du kannst den ganzen Tag mit Leon im Bett rumliegen und nichts tun. Du machst ja noch nicht mal was Richtiges zu essen für uns, nur immer Tiefkühlpizza und so Zeug.«

»Hey, das stimmt doch gar nicht, ich hab diese Woche schon Pfannkuchen gemacht«, protestierte Valli. »Und außerdem magst du Tiefkühlpizza.«

»Aber doch nicht immer! Und darum geht's jetzt auch gar nicht. Sondern um Mama und Papa und dass du das nicht kapierst.«

»Jetzt hör mal gut zu«, sagte Valli und setzte sich auf mein Bett, obwohl ich das gar nicht wollte. Wenn jemand neben einem sitzt, kann man ihn nicht mehr so gut anschreien. »Mama und Papa haben ihre Probleme bestimmt nicht wegen meinem Abi. Die haben ganz andere Schwierigkeiten, aber deswegen lassen sie sich noch lange nicht scheiden. Mach dich deshalb nicht verrückt. Und mein Abi krieg ich allein hin. Wenn's dich beruhigt, pinsel von mir aus deine Plakate und häng sie in der Wohnung auf, ich mecker auch nicht mehr drüber, aber ich brauch die Teile wirklich nicht. Ich weiß genau, wann ich anfangen muss zu lernen. Du musst endlich aufhören, die Probleme von anderen zu deinen eigenen zu machen. Wenn du dich unbedingt um wen kümmern willst, dann trag weiter Regenwürmer über die Straße, oder dreh Mistkäfer um, denen hilft sonst echt keiner außer dir. Doch alle anderen müssen ihre Probleme selber in den Griff kriegen und das schaffen sie auch.«

Sie machte eine kleine Pause und streichelte mir über die Backe, so wie früher immer. Ich drehte den Kopf weg, weil ich das nicht wollte. Ich war ja kein Baby mehr. Und außerdem war ich sauer.

»Aber mit dem Kochen hast du recht«, fuhr Valli fort und ließ ihre Hände wieder bei sich. »Das habe ich nicht so gut hingekriegt. Das wird besser.« Sie stand auf. »Ist damit alles geklärt?«

Ich nickte finster und Valli atmete auf.

»Aber Pauli muss ich helfen«, sagte ich, als sie schon an der Tür war. »Die will ja noch nicht mal glauben, dass sie ein Problem hat. Und nachher ist es zu spät. Und Jonas und Ben brauchen mich auch, damit sie ihre Reportage doch noch machen können. Und Lazlo. Und die Babyläuse von den Gremlins. Aber die sind ja so was Ähnliches wie Mistkäfer, da kannst du gar nichts dagegen sagen.«

»Wie, Babyläuse?«, fragte Valli erschrocken. »Haben Paulinas Brüder Läuse? Und du? Hast du die auch? Kratzt du dich deshalb ständig am Kopf? «

Ruck, zuck war sie wieder bei mir und fing an, in meinen Haaren rumzugraben.

»Nee, ich hab keine.« Ich versuchte, unter ihren Händen wegzutauchen. Ich hatte Angst, dass sie vielleicht doch ein paar Läuse fand und mich zwingen wollte, sie zu vergiften. »Ich kratz mich nur am Kopf, wenn ich nachdenken muss. Das hilft.«

»Hoffen wir's«, meinte Valli. »Und wer ist übrigens Lazlo?«

»Nur so einer, den ich kenne«, sagte ich.

Ich hatte keine Lust, über ihn zu reden.

Aber Valli hörte mir sowieso nicht mehr zu. Sie rannte zur Wohnungstür, weil es geklingelt hatte.

Ganz kurz dachte ich, dass es Paulina wäre. Doch es war Leon und Valli verzog sich gleich mit ihm in ihr Zimmer. Aber später kamen sie wenigstens noch mal raus und kochten Spaghetti, und zwar so viel, dass es für drei Tage reichte.

21. Kapitel

Und dann kamen die Pfingstferien, und es waren die allerblödesten Ferien, die ich je erlebt habe. Mittendrin habe ich sogar gedacht, wenn alle Ferien so doof wären wie die, würde ich gar keine mehr haben wollen. Da würde ich ja noch lieber bei der Sommerhalder in Mathe sitzen. Aber das denke ich jetzt nicht mehr. Nee, echt nicht.

Schule ist doch noch tausendmal schlimmer.

Am Anfang der Ferien habe ich Paulina mindestens zwanzig SMS geschickt und ihre Mailbox vollgetextet, aber sie hat sich einfach nicht gemeldet. Dabei habe ich ihr jedes Mal geschrieben, dass ich gar nicht mehr sauer auf sie wäre, auch wenn es echt gemein gewesen wäre, was sie gesagt hätte. Aber ich würde verstehen, dass das einfach nur wegen dem Schock war.

Das habe ich nämlich gegoogelt. Wenn man einen Schock hat, kann man plötzlich aggressiv werden, oder man fängt an, unangemessen zu lachen. So wie Paulina. Bestimmt war ihr das mit dem Doping und den Haaren und allem zu viel gewesen. Ich hätte ihr das vorsichtiger beibringen sollen. Vielleicht erst mal so als Geschichte, die gar nicht direkt was mit ihr zu tun hatte, und ihr erst ganz am Ende sagen, dass es um Robin und die Tanzpartneragentur ging.

Deshalb habe ich ihr alles noch mal in Ruhe auf ihre Mailbox gesprochen. Wie das mit dem Dopingtest funktioniert und warum die Haarprobe so wichtig ist. Ich habe ihr auch angeboten, dass ich mit ihr zu Nico gehen würde, wenn sie nicht allein hinwollte, und wir den Fußballer zusammen umtauschen könnten.

Aber sie hat nichts dazu gesagt. Sie hat sich einfach nicht gemeldet.

Ich habe mir schon voll Sorgen gemacht und sogar Bekir eine Nachricht geschickt und ihn gefragt, ob er wüsste, ob bei Paulina alles okay war.

»Wir hören auch nix voneinander :(«, schrieb er mir zurück.

Am Mittwochabend ging ich zur Tanzschule, weil es da einen Tangokurs gab, den Lazlos Chefin leitete. Das hatte im Internet gestanden. Ich wollte ihr erklären, wie das mit dem Computer gewesen war, und sie bitten, dass sie Lazlo wieder einstellte. Und vielleicht konnte ich sie sogar dazu bringen, sich die Jungs vom Dienstagabendkurs mal näher anzuschauen. Wenn sie rauskriegte, dass sich welche mit falschem Namen angemeldet hatten, würde sie die hoffentlich gleich aus dem Kurs schmeißen.

Ich bin extra ein paar Minuten vor dem Tangokurs gekommen, damit wir genügend Zeit zum Reden hatten, weil es ja ganz schön viel war, was ich mit ihr besprechen musste. Erst habe ich ganz vorsichtig gegen die Stahltür geklopft, weil ich höflich sein wollte, aber keiner hat aufgemacht. Ich musste ungefähr fünfzigmal gegen die Tür donnern, bis endlich jemand kam und sie einen Spalt aufzog.

»Wir öffnen erst in zehn Minuten. Und Anmeldungen nehmen wir nur von vierzehn bis sechzehn Uhr entgegen. Es gibt gar keinen Grund, die Tür kaputt zu hauen«, schimpfte eine Frauenstimme durch den Türspalt.

»Ich muss aber kurz mit Ihnen reden. Es geht um Lazlo!«, rief ich. »Ist wirklich dringend.«

Die Frau machte die Tür ganz auf. Sie blieb im Türrahmen stehen und musterte mich missmutig. Eigentlich sah sie ganz nett aus, auch wenn sie jetzt ein bisschen sauer war. Sie hatte kurze blonde Haare und war ziemlich dünn. Ihre schwarze Hose und der enge Pulli sahen aus wie ein Gymnastikanzug. Vielleicht war tanzen ja doch nicht so irre viel anders als turnen, überlegte ich. Also, zumindest Tango tanzen nicht. Walzer war wahrscheinlich schon schlimmer.

»Sind Sie Lazlos Chefin?«, fragte ich.

»Der arbeitet doch gar nicht mehr hier«, sagte sie. »Und ich habe jetzt auch gar keine Zeit. Mein Kurs fängt gleich an und ich muss mich noch fertig machen.«

»Ich kann ganz schnell erzählen«, behauptete ich und legte torpedomäßig los, aber sie wurde schon nach zwei Sätzen ungeduldig. Dabei war ich noch nicht mal bei der Tanzpartneragentur angekommen, sondern immer noch bei Paulina und dass Bekir nicht mit ihr tanzen wollte.

»Und was habe ich damit zu tun?«, unterbrach sie mich mitten im Satz.

»Ich wollte Sie bitten, dass Sie Lazlo wieder einstellen«, sagte ich. »Weil ich das gewesen bin mit dem Computer. Ich wollte nachschauen, wo die Jungs von der Tanzpartneragentur wohnen, die den nächsten Dienstagabendkurs machen.«

Aber das konnte sie natürlich nicht verstehen, weil sie das mit Nicos Tanzpartneragentur ja noch gar nicht wusste.

»Wir sind doch keine Partneragentur«, sagte sie. »Das ist eine Tanzschule und keine Ehevermittlung.«

»Weiß ich doch«, sagte ich. »Die Tanzpartneragentur ist ja auch bei uns an der Schule. Aber das ist gar nicht so wichtig. Wichtig ist nur, dass Sie Lazlo wieder einstellen. Bitte.«

Sie schaute mich nachdenklich an.

»Und warum sollte ich?«

»Weil er nichts dafürkonnte. Ehrlich. Und weil er das Geld für seine Schildkröte braucht.«

»Welche Schildkröte?«

»Na, Krötz. Den kennen Sie doch. Der ist doch immer hier rumgelaufen«, sagte ich ungeduldig. Ich dachte, sie stellte sich absichtlich blöd.

»Was sagst du da? Hier ist eine Schildkröte rumgerannt?« Sie klang total überrascht.

Oh Mist. Anscheinend hatte sie nichts davon gewusst. Und leider konnte man ihr ansehen, dass sie das überhaupt nicht lustig fand.

Lazlo hatte Krötz heimlich mitgenommen und jetzt hatte ich ihn aus Versehen verraten.

Das war nicht so gut.

»Ich fasse es nicht, eine Schildkröte«, stöhnte seine Chefin. »Ich fass es einfach nicht. «

Sie regte sich so darüber auf, dass sie sich eine Zigarette anzünden musste.

»Bestimmt war sie nur ein- oder zweimal dabei«, behauptete ich. »Und ich habe das nur falsch verstanden.«

»Eine Schildkröte in meiner Tanzschule. Ich fasse es nicht«, wiederholte sie und zog hektisch an ihrer Zigarette. »Jetzt weiß ich endlich, woher diese widerlichen Haufen unter dem Tresen stammen. Die sind von einer Schildkröte! Ich dachte die ganze Zeit, wir hätten einen Marder hier. Ich wollte schon den Kammerjäger holen wegen der Sauerei.«

Sie drückte ihre Zigarette an der Hauswand aus und schüttelte sich vor Ekel. Danach zündete sie sich gleich eine neue an.

»Was habt ihr euch eigentlich dabei gedacht?«, fragte sie mich plötzlich ganz böse. »Die hätten mir die Bude schließen können wegen unhygienischer Zustände. Hier wird doch auch Essen ausgegeben, da geht so was einfach nicht. Sag das deinem Freund! Wenn ich ihn nicht schon rausgeworfen hätte, dann würde ich es jetzt grade noch mal machen, aber hallo! Ich brauche doch keine Putzhilfe mit einem Vieh, das in die Ecken kackt.«

Sie war so wütend, dass ich am liebsten sofort abgehauen wäre, aber wenn sie Lazlo schon nicht wieder einstellte, musste ich wenigstens seine Handynummer haben. Damit ich ihm Bescheid geben konnte, sobald Papa Arbeit für ihn hatte.

Oder ich könnte ihm Krötz abnehmen, wenn er sich einen neuen Job suchte. Für den war das ja auch nicht gut, immer in einem Schuhkarton rumgetragen zu werden. Das hatte ich nämlich nachgelesen, als Valli abends mal mit Leon in einem Club war. Schildkröten wollen nicht gern hochgehoben werden, weil sie sich dann unsicher fühlen. Und große, leere Zimmer mögen sie auch nicht. Wahrscheinlich hatte sich der arme Krötz in der Tanzschule immer unter dem Tresen verkrochen, weil ihm der Raum viel zu groß gewesen war. Schildkröten wollen ein gemütliches Gehege mit vielen Pflanzen, an denen sie rumnagen und unter denen sie sich verstecken können. Das musste ich Lazlo unbedingt sagen. Und wenn er einverstanden war, würde ich so was für Krötz bauen. Ein richtiges Zuhause. Bei uns auf dem Rasen war jede Menge Platz dafür und die anderen Mieter hätten bestimmt nichts dagegen. Die waren sowieso kaum im Garten.

»Seine Handynummer willst du?«, fragte die Chefin und hatte sich zum Glück wieder ein bisschen abgeregt. »Die habe ich auch nicht. Ich habe nur seine Adresse. Warte mal kurz. Dafür muss ich an den Computer.«

»Könnten Sie eventuell auch noch was anderes nachschauen?«, fragte ich. »Wegen dem Dienstagstanzkurs, der nach den Pfingstferien anfängt?«

»Nee, das geht jetzt wirklich nicht«, sagte sie und verschwand hinter der Tür. Durch den Türspalt konnte ich hören, wie sie ins Büro rannte. Kurz darauf fuhr der Computer hoch.

»Jetzt beeil dich, du blödes Ding«, schimpfte die Chefin und hämmerte auf der Tastatur rum. »Der Computer hängt«, rief sie mir zu. »Wenn's länger dauert, musst du noch mal wiederkommen. Ich habe jetzt gleich den Kurs.«

Aber dann schaffte es der Computer doch noch, und sie gab mir die Adresse, als schon die ersten Tangoschüler reinkamen.

Schmiedrankenring 10, bei Spohn.

Am nächsten Morgen ging ich hin.

22. Kapitel

Der Schmiedrankenring lag in einem Neubaugebiet links vom Park. Dort war ich noch nie gewesen. Die Häuser hatten mindestens acht Stockwerke und sahen aus wie große Würfel, ganz weiß, und nur die Fensterrahmen und die Balkone waren dunkelgrau. Sie standen im Halbkreis auf einem großen Rasen und in der Mitte war ein kleiner Teich.

Das war echt schön.

Ich wunderte mich, dass Lazlo hier wohnte. Ich hatte gedacht, dass seine Eltern ziemlich arm wären und er deshalb das Geld für Krötz selber verdienen musste, aber wer sich hier eine Wohnung leisten konnte, verdiente ja wohl genug, um auch noch eine Schildkröte durchzufüttern. Wahrscheinlich waren seine Eltern einfach nur total geizig.

Die Nummer 10 war eins der mittleren Häuser. Dort gab es sieben Klingeln. Auf der untersten stand »SPOHN«.

Der Türöffner summte fast sofort, nachdem ich geklingelt hatte, und niemand fragte über die Sprechanlage, wer überhaupt reinwollte. Ich drückte die Haustür auf und ging die halbe Treppe hoch bis in die erste Etage.

Dort stand ein Mann in Jogginghosen und mit weißem Hemd

in der offenen Wohnungstür. Anscheinend war Lazlos Vater doch schon wiedergekommen, dachte ich.

»Was gibt's?«, fragte er.

»Ich würde gern mit Lazlo sprechen.«

»Der ist nicht da.«

Der Mann war groß und dünn und hatte einen komischen spitzen Bart am Kinn, der mir nicht gefiel. Er sah überhaupt ganz schön unsympathisch aus.

»Wann kommt er denn zurück?«, fragte ich.

Der Mann zuckte mit den Schultern. »Ich habe keine Ahnung, wann der sich mal wieder hier blicken lässt. Der hängt bei einem Kumpel rum, vermute ich mal. Ich habe den schon seit Tagen nicht mehr gesehen.«

»Aber der wohnt doch hier, oder?«, fragte ich erstaunt.

»Wie man's nimmt. Sagen wir mal so: Er kann hier pennen, wenn er will, bis sein Vater endlich wieder da ist.«

Jetzt kapierte ich gar nichts mehr.

»Dann sind Sie gar nicht sein Vater?«

Der Mann lachte unfreundlich. »Nee, du, echt nicht. Zum Glück.«

Wahrscheinlich war er der Freund von Lazlos Mutter, überlegte ich. Herzlichen Glückwunsch zu so einem Stiefvater.

»Vielleicht weiß ja seine Mutter, bei welchem Freund er ist. Könnte ich die mal fragen? Es ist nämlich echt dringend. Oder glauben Sie, dass er zu seinem Vater gefahren ist?«

An Lazlos Stelle hätte ich das nämlich gemacht. Ich wäre sofort zu Papa gezogen, wenn Mama auf die Idee gekommen wäre, so einen Widerling bei uns anzuschleppen. Da wäre ich lieber nach Ungarn, ehrlich.

Der Typ fing an zu grinsen.

»Zu seinem Vater«, wiederholte er höhnisch. »Bestimmt.«

»Könnten Sie mir dann vielleicht die Adresse geben?«, fragte ich und wich zwei Schritte zurück, weil er so eklig war.

»Im Bau 13«, sagte der Mann und lachte jetzt richtig.

»Ist das die Adresse?«

»Verstehst du's nicht, Kleine? Sein Vater ist im Bau. Im Knast. Der sitzt ein. Hat er dir das nicht erzählt? Also, bei dem ist er wohl eher nicht oder er hat selber was verbrochen. Bei seiner Mutter ist er übrigens auch nicht. Die ist schon vor hundert Jahren abgehauen, und keiner weiß, wo die jetzt lebt. Dein Lazlo sitzt bei einem Kumpel und schmollt, glaub's mir. Der ist sauer, weil ich ihm gesagt habe, dass das Drecksvieh verschwinden muss, das er hier reingeschleppt hat.«

»Welches Drecksvieh? Meinen Sie Krötz? Aber der tut doch niemandem was.«

»Dann nimm du das Ding doch. Mir reicht es, dass ich den Sprössling von meinem Bruder aufgenommen habe, ich will nicht noch sein ekliges Vieh. Das habe ich schon als Kind gehasst. Glotzt blöd, macht nichts außer fressen und kacken und –«

Mann, war der fies. Ich wurde so sauer, dass ich ihn einfach unterbrach.

»Sie haben ja überhaupt keine Ahnung von Schildkröten. Das sind superkluge Tiere. Und von Kindern verstehen Sie auch nichts. Sonst wüssten Sie, dass man Minderjährige suchen muss, wenn sie fortgelaufen sind. Sie haben doch eine Verantwortung.«

Der Mann schaute mich genervt an. »Jetzt spiel dich mal nicht so auf. Der kommt schon wieder«, sagte er und knallte mir die Tür vor der Nase zu.

Auf dem Heimweg habe ich versucht, mir vorzustellen, wie das für mich wäre, wenn Papa im Gefängnis sitzen würde, und Mama wäre abgehauen, und ich wüsste nicht, wo sie jetzt lebte. Und ich hätte noch nicht mal Geschwister, bei denen ich wohnen könnte, sondern nur einen fiesen Onkel, der mich hasste.

Doch ich schaffte es gar nicht, mir das richtig auszumalen, weil es einfach zu schrecklich war. Spätestens wenn ich mir überlegte, dass ich nicht mal wissen würde, ob Mama überhaupt noch lebte, weil ich schon seit Jahren nichts mehr von ihr gehört hätte, musste ich ganz schnell an was anderes denken, um nicht loszuheulen.

Aber genauso furchtbar musste sich Lazlo die ganze Zeit fühlen. Oder noch viel schlimmer, weil es bei ihm ja nicht ausgedacht war, sondern echt.

Und ausgerechnet so jemandem hatte ich den Job versaut, und zwar gleich doppelt. Nachdem ich das mit Krötz verraten hatte, würde seine Chefin ihn in hundert Jahren nicht mehr einstellen.

Das hatte ich nicht so gut hingekriegt.

Aber noch war nicht alles verloren.

Ich hatte nämlich schon eine richtig tolle Idee. Lazlo würde einfach bei uns einziehen. Igors Zimmer war ja frei. Und später, wenn Igor zurück war, würden wir das Wohnzimmer räumen. Das brauchten wir gar nicht so unbedingt, weil wir sowieso meistens in der Küche saßen. Und falls Papa gegen Schildkröten allergisch war, könnte Krötz ja im Garten wohnen. Lazlo und ich würden ihm ein super Gehege bauen, wo er das ganze Jahr über bleiben könnte, und Lazlo müsste auch gar keinen Job mehr finden, weil Mama und Papa das Futter für Krötz bestimmt bezahlen würden.

Ich musste ihn nur erst finden, damit ich alles klarmachen konnte.

Von da an rannte ich jeden Tag durch unser Viertel und hoffte, dass mir ein langer, dünner Junge mit Schuhkarton unterm Arm begegnete. Ich hatte keine Ahnung, wo ich nach Lazlo suchen sollte. Ich kannte keine Freunde von ihm, ich wusste nicht, auf welche Schule er ging, ich wusste noch nicht mal seine Handynummer.

Ich lief mir die Hacken wund, aber ich fand ihn nicht.

An einem Morgen, als ich mal wieder im Park nach ihm Ausschau hielt, begegneten mir die Gremlins. Sie waren mit ihrer Kindergartengruppe auf dem Spielplatz und hatten hellbraune Haare.

Sobald Marek mich sah, sprang er von der Schaukel und rannte zu mir her.

»Ich bin nicht mehr grün!«, rief er. »Mama hat mich zurückgemalt.«

»Und deine Läuse?«

Er beschrieb einen riesigen Kreis mit seinen Armen.

»Das waren noch so, so viele«, stöhnte er. »Aber die sind jetzt alle tot. Und die von Matti auch.«

Ich kratzte mich am Kopf. Es juckte wieder.

»Das musst du auch machen, Toni«, sagte Marek ernst. »Sonst darf ich nie mehr mit dir spielen.«

»Und wie geht's Pauli?«, fragte ich.

»Die ist einkaufen. Die will noch ein Kleid zum Tanzen. Mama sagt, die spinnt.«

Eine Erzieherin kam zu uns hergerannt.

»Marek, du darfst nicht einfach vom Spielplatz weglaufen«, schimpfte sie und schaute mich streng an.

»Entschuldigung«, sagte ich. »Wir haben uns nur kurz unterhalten. Sie kennen mich doch. Ich hole ihn manchmal vom Kindergarten ab.«

»Trotzdem«, meinte sie.

Jetzt kam auch Matti angerannt.

»Toni hat immer noch Läuse«, erklärte Marek ihm. »Die kratzt sich schon wieder am Kopf.«

Die Erzieherin guckte mich noch böser an.

»Da musst du aber ganz schnell was machen«, sagte sie. »Nicht dass du die beiden wieder ansteckst. Wir sind hier zum ersten Mal seit drei Monaten läusefrei.«

Sie scheuchte die Gremlins auf den Spielplatz zurück und ging hinterher.

Drei Monate Läuse in einem Kindergarten mit ungefähr fünfzig Kindern. Ich wollte mir gar nicht vorstellen, wie viele Läuse da massakriert worden waren. Irgendwann starben die bestimmt aus.

Jedes Mal, wenn ich von meiner erfolglosen Suche nach Lazlo zurückkam und die Haustür aufschloss, hoffte ich, dass ich endlich wieder Mr Bond hörte. Früher hatte er immer gebellt, wenn ich ins Haus kam, und wenn ich an seiner Wohnung vorbeiging, hatte er gewinselt, und ich war stehen geblieben und hatte mit ihm durch die Tür geredet.

Aber jetzt war alles still. Mr Bond war noch nicht zurück und das Treppenhaus war öde und leer. Nur Frau Meister, die ganz unten wohnte, schaute ab und zu aus ihrer Tür, wenn ich dort vorbeikam.

»Geht es euch denn gut, so allein da oben?«, fragte sie dann.

»Ja, danke, wir kommen klar«, sagte ich.

»Und was ist mit dem jungen Mann mit den braunen Locken? Ist der jetzt ganz bei euch eingezogen?«

»Nee, der ist nur wegen dem Abi da. Valli und er lernen zusammen. Wenn das Abi rum ist, muss er wieder gehen«, behauptete ich.

»Ach so, dann ist ja gut«, sagte Frau Meister und schloss ihre Tür.

Aber ein paar Tage später fragte sie mich wieder das Gleiche. Wahrscheinlich hatte sie sonst niemanden zum Reden. Da ging es ihr kaum anders als mir. Ich redete die meiste Zeit mit mir selber oder mit Paulihund. Das war auch nicht der Kracher.

Wenn Mama sich nicht manchmal aus Ungarn gemeldet hätte, hätte ich wahrscheinlich völlig verlernt, wie man sich mit normalen Leuten unterhielt und nicht nur mit Schlüsselanhängern in Hundeform. Aber leider wollte sie immer wissen, was ich Schönes in den Ferien vorhatte, und ich musste mir jedes Mal irgendwas aus den Fingern saugen, damit sie sich keine Sorgen um mich machte. Sie sollte sich ja schließlich um ihre Ehe kümmern.

»Hier ist alles total super«, behauptete ich dann. »Ich bin den ganzen Tag draußen unterwegs, voll gut. Und Valli lernt Tag und Nacht mit Leon.«

»Wie? Ist der jetzt immer hier? Und was machen die? Lernen? Das glaubst du doch nicht im Ernst«, sagte Mama.

»Doch, die gucken Filme zusammen, aber das ist okay, Mama, ehrlich. Valli ist der visuelle Lerntyp, das weiß ich genau. Da passt das.«

»Wie bitte?«, fragte Mama. »Ist das jetzt Valentinas neueste Begründung dafür, dass sie keinen Handschlag für ihr Abi macht? Mit der muss ich aber mal reden.«

»Nein, nein, Mama, das stimmt wirklich, das weiß ich von Paulina.« Von meiner Internetrecherche sagte ich mal lieber nichts. »Paulina hat mir erklärt, dass es einen Lerntyp gibt, der am besten lernt, wenn er Filme schaut. Dann kann er sich alles merken. Und genau das macht Valli jetzt.«

Mama schnaufte laut am Telefon. Ich glaube, sie war nicht ganz überzeugt von dem, was ich erzählt hatte.

»Wie geht's mit Papa?«, fragte ich schnell. »Schafft ihr euch eine schöne Insel zu zweit?«

»Wo hast du denn den Spruch her?« Mama lachte kurz, aber es klang nicht besonders fröhlich. »Also, ich weiß ja nicht, was du dir vorstellst, aber so ganz klasse haben wir es hier nicht. Es ist ziemlich stressig. Ich bin froh, wenn ich wieder bei euch bin.«

»Das kommt bestimmt, weil ihr euch so lange nicht gesehen habt«, sagte ich. »Vielleicht müsst ihr euch erst wieder richtig streiten, bevor es schön wird.«

Mama seufzte. »Nee, ein Streit mit Papa ist, glaube ich, das Letzte, was ich gerade brauchen kann. Wir streiten schon mit so vielen anderen Leuten hier, dass ich das mit Papa mal lieber sein lasse.«

Vielleicht sollte Mama doch besser schnell zurückkommen und Papa mitbringen, überlegte ich. Hier kriegten sie das mit dem Zusammen-Streiten nämlich immer gut hin.

Aber ich hatte keine Zeit, ihr das vorzuschlagen, weil Papa das Telefon brauchte, und Mama wollte vorher noch mit Valli sprechen.

Valli setzte sich an den Küchentisch, um mit Mama zu telefonieren, und ich drückte mich ein bisschen im Flur rum, damit ich alles mitkriegte, aber ohne dass Valli es merkte. Sie hasst es nämlich, wenn ich zuhöre, während sie telefoniert.

Eine Zeit lang redete nur Mama, und zwar ziemlich laut, aber ich konnte trotzdem nicht verstehen, was sie sagte.

»Nein, Mama, nein«, unterbrach Valli sie irgendwann ganz energisch. »Das hat sie falsch verstanden. Leon und ich ergänzen uns wirklich super beim Lernen. Er ist nämlich der visuelle Lerntyp, nicht ich, deshalb schauen wir uns die Filme an. Aber ich bin der kommunikative Typ, den gibt es nämlich auch. Deshalb sprechen wir danach immer über das, was wir gesehen haben, dann kann ich es mir viel besser merken.«

Das fand ich echt erstaunlich. Dann waren Valli und ich ja der gleiche Lerntyp. Das hätte ich nicht geglaubt.

Eine Weile redete wieder Mama.

Und dann kam wieder Valli: »Ja, klar, Geschichtsfilme, Mama, und wegen Leon noch Naturfilme. Denkst du, wir gucken den ganzen Tag nur amerikanische Serien?«

Komisch. Das hatte ich eigentlich auch gedacht.

Siebter Eintrag in meinem Läuseprotokoll:

Tag 21 nach Ausbruch der Epidemie:
Die Untersuchungsreihe wird demnächst
im Eigenversuch fortgesetzt.
Fremdversuche wurden leider ohne Ergebnis
abgebrochen.

23. Kapitel

Als ich nach den Ferien ins Klassenzimmer kam, war Paulina nicht mehr da. Sie hatte sich einfach von mir weggesetzt. Ich wäre am liebsten wieder umgekehrt und nach Hause gerannt.

»Hier war noch frei, und ich glaube, ich kann mich vorne besser konzentrieren«, sagte sie zur Sommerhalder, als die wissen wollte, warum sie jetzt neben Kristin sitzen würde.

»Das ist bestimmt eine gute Idee«, meinte die Sommerhalder. Da hätte ich ihr gerne den Hals umgedreht.

Und während der ganzen langen Mathestunde schaute Paulina kein einziges Mal zu mir her.

In der großen Pause ging ich zu ihr hin, als Kristin und sie gerade ihre Jacken anzogen.

»Marek hat mir erzählt, dass Matti und er keine Läuse mehr haben«, sagte ich zu ihr. »Hast du die Salatmethode denn noch mal an ihnen ausprobiert, bevor deine Mutter mit dem Gift gekommen ist?«

Ich hatte mit den Läusen anfangen wollen, weil das unverfänglicher war als das Jungsthema, aber Paulina verdrehte voll genervt die Augen und zog mich aus dem Klassenzimmer.

»Spinnst du?«, sagte sie, als wir auf dem Schulhof standen. »Du kannst doch nicht ständig vor anderen Leuten über unsere Läuse reden.«

»Hast du denn jetzt auch welche?«, fragte ich.

»Nein! Und die Gremlins haben auch keine mehr. Das Thema ist durch. Aus und vorbei. Und nein, ich hab's nicht noch mal mit dem Teebaumöl und dem Salat probiert. Mama hätte mich umgebracht, wenn ich wieder damit angekommen wäre. Und ich hatte auch keine Lust mehr.«

»Hast du sie einfach sterben lassen?«, fragte ich unglücklich.

Paulina regte sich so auf, dass sie einen ganz roten Kopf kriegte. »Mann, Toni, ich weiß, dass du das nicht verstehst«, zischte sie. »Aber ich will mich nicht den Rest meines Lebens mit den Läusen meiner kleinen Brüder beschäftigen. Das Thema steht mir bis oben.«

»Warum bist du denn jetzt schon wieder so sauer?«, zischte ich zurück. »Du meldest dich nicht, du setzt dich von mir weg und jetzt brüllst du mich auch noch an. Wieso spinnst du denn so rum?«

Paulina holte tief Luft und erklärte ganz ruhig: »Ich glaube, wir brauchen mal eine Pause voneinander. Wir haben uns irgendwie auseinanderentwickelt. Das passiert. Und irgendwann wird es vielleicht auch wieder anders. Aber jetzt gerade würden wir nur streiten.«

»Ich will doch gar keinen Streit mit dir.«

»Wie? Du sagst doch immer, dass man unbedingt streiten muss, um Sachen zu klären. Das ist doch eine von deinen komischen Ideen.«

»Aber das gilt nur für Männer und Frauen, nicht für uns. Wir verstehen uns auch ohne Streit, wir kennen uns doch schon so ewig.«

»Wir verstehen uns gar nicht mehr«, flüsterte Paulina und hatte plötzlich Tränen in den Augen. »Und ich glaube auch nicht, dass du mich noch kennst.«

Und dann rannte sie ganz schnell weg.

Ich war so entsetzt, dass ich mitten auf dem Schulhof stehen blieb, auch als es zur nächsten Stunde klingelte. Ich konnte mich einfach nicht mehr bewegen.

Erst als alle wieder in ihren Klassenzimmern waren, lief ich über den leeren Schulhof und verkroch mich in unserem Versteck hinter den Ginsterbüschen.

»Alles wird gut«, habe ich mir vorgesagt, weil das nämlich hilft. »Alles wird wieder gut. Das weiß ich bestimmt.«

Ich musste es allerdings ziemlich oft wiederholen, bis ich ein bisschen dran glaubte, und weil ich es nicht gleich wieder vergessen wollte, zog ich Paulihund aus meiner Tasche und erzählte es ihm.

»Alles wird wieder gut, weil in zwei Wochen endlich alles vorbei ist. Dann beginnt dieser ultrablöde, extrem bescheuerte, mistige Tanzkurs, und weißt du, was dann passiert? Dann tanzen diese Superjungs genau ein Mal mit Pauli und den anderen und klauen sich dabei genügend Haare für ihre Dopingprobe. Und am nächsten Dienstag stehen sie allein da und halten nach ihren Jungs Ausschau, aber keiner kommt. Kein einziger. Und am Dienstag drauf auch nicht und eine Woche später auch wieder nicht und eben überhaupt nie mehr bis zum Abschlussball. Ha! Und dann muss Pauli mit Kristin tanzen und Leyla mit Jana oder andersrum, und kannst du dir vorstellen, wie die sich dann totärgern, weil sie so blöd gewesen sind und mir nicht geglaubt haben? Die hätten sich locker neue Jungs bei Nico besorgen können, wenn Pauli mir nur ein Mal richtig zugehört hätte.«

Na ja. Ich fühlte mich ziemlich gut, als ich Paulihund das alles erzählte, bis mir einfiel, dass das wahrscheinlich ziemlich irre aussah, wenn man sich hinter einem Ginsterbusch versteckte und mit einem Schlüsselanhänger in Hundeform redete, den man sich aufs Knie gesetzt hatte. Hoffentlich lungerte wirklich niemand mehr auf dem Schulhof rum, sonst hätte ich ihn kidnappen und im Keller verstecken müssen, bis ich mein Abi hatte und von hier wegkam.

Obwohl.

Eigentlich war das egal.

In zwei Wochen würde niemand mehr denken, dass ich nicht ganz dicht war, sondern alle würden begreifen, dass ich einfach nur ein bisschen weiter gedacht hatte als alle anderen. Und bis es so weit war, musste man eben ab und zu mit einem Stoffhund reden. Weniger als alle anderen um einen rum kapierte der auch nicht.

»Und weißt du, was?«, fragte ich Paulihund und ließ ihn mit dem Kopf wackeln. »Dann ist Pauli total zerknirscht und entschuldigt sich tausendmal bei mir, weil sie so gemein war, und sagt, dass sie ganz bestimmt keine Pause von mir braucht, das hätte sie nur behauptet, weil sie sauer war, und ich sag ihr, dass sie sich gar nicht entschuldigen muss, weil ich ja verstehen würde, dass das alles ein bisschen viel für sie gewesen wäre und dass ich es ihr vorsichtiger hätte beibringen müssen. Und wir versöhnen uns und sie packt ihre Sachen zusammen und setzt sich wieder neben mich.«

Das war mein Happy End.

Aber nachdem ich es Paulihund erzählt hatte, gefiel es mir plötzlich überhaupt nicht mehr. Ich konnte meine beste Freundin doch nicht in ihr Unglück rennen lassen, wenn ich noch eine Möglichkeit hatte, es zu verhindern. So fies durfte man echt nicht sein. Ganz egal, wie gemein jemand zu einem gewesen war.

Deshalb ging ich in der zweiten großen Pause zu Nico. Leider war er der Einzige, der das Ganze jetzt noch in Ordnung bringen konnte. Und das musste er auch. Immerhin hatte Paulina seine Erdkundehausarbeit geschrieben, und Jana versorgte ihn immer noch mit Nutellabroten, das wusste ich genau, weil ich gesehen hatte, dass sie zwei Vesperboxen mit in die Pause genommen hatte. Und seine Hausaufgaben kriegte er bestimmt auch noch von Kristin und Leyla gemacht.

Dann musste er jetzt eben auch noch mal was für sie tun.

Ich habe ihn mir gleich gekrallt, als er aus seinem Klassenzimmer gekommen ist. Nico taucht immer erst ganz spät auf, ich glaube, er findet es cool, als Letzter in die Pause zu gehen und nicht gleich rauszurennen wie die anderen alle. Er läuft dann auch immer ganz albern, mit so langsamen, schlabberigen Schritten, als ob er eigentlich zwei Meter groß wäre. Dabei ist er mindestens drei Zentimeter kleiner als ich.

»Ich muss unbedingt mit dir reden«, habe ich zu ihm gesagt und mich voll in seinen Weg gestellt. Er wollte nämlich grade an mir vorbeilatschen.

»Sorry, Toni. Die Tanzpartneragentur ist geschlossen«, meinte er.

»Deshalb komme ich ja. Die musst du noch mal aufmachen.«

Er schüttelte den Kopf. »Zu spät. Du musst dir woanders einen Partner besorgen.«

»Um mich geht's gar nicht«, erklärte ich ihm, aber weiter kam ich nicht, weil uns die Pausenaufsicht entdeckte und sofort rausschmiss.

Unten auf dem Pausenhof wollte er wieder vor mir abhauen. Spätestens da hätte ich stutzig werden müssen. Wurde ich aber nicht. Ich war echt so was von vernagelt.

Nico lief immer schneller über den Hof, aber ich blieb ihm auf den Fersen und wunderte mich nur, wie jemand mit so einem komischen Gang so rasen konnte. Wir spurteten an Paulina vorbei, die mit Jana und Kristin und Leyla rumstand. Sie schaute mich ganz komisch an, aber ich tat, als würde ich sie nicht sehen.

»Jetzt bleib stehen oder ich werd sauer«, habe ich Nico irgendwann zugebrüllt, als es mir zu blöd wurde, neben ihm über den Schulhof zu rennen. Am liebsten hätte ich ihm ein Bein gestellt, damit das mal ein Ende hatte. Das kann ich nämlich echt gut, das hat mir Igor beigebracht. Aber auf den Ärger mit der Pausenaufsicht, wenn Nico sich wegen mir langlegte, war ich jetzt nicht so scharf.

»Mann, was willst du denn?«, knurrte er und blieb endlich stehen. »Stalkst du mich oder was? Ich tanz nicht mit dir.«

»Ich mit dir aber ganz bestimmt auch nicht«, sagte ich und erklärte ihm, dass es um die anderen aus meiner Klasse ginge, denen er schon einen Tanzpartner organisiert hatte. »Du musst ihnen unbedingt neue Jungs besorgen. Die, die sie von dir gekriegt haben, haben eine total krumme Sache vor. Das sind Fußballer vom BSC und die nutzen Paulina und die anderen nur aus.«

»Ach, Quatsch«, sagte Nico. »Das sind ganz normale Jungs.«

Hallo? Hatte der überhaupt keine Ahnung, welche Typen bei

seiner Tanzpartneragentur mitmachten? Hatte er sich die Jungs vorher gar nicht angeschaut? Wie war er denn dann an die gekommen?

»Betriebsgeheimnis«, meinte Nico, als ich ihn das fragte. »Aber wieso weißt du überhaupt, wen ich vermittelt habe? Das ist absolut gegen die Abmachung. Deine Freundinnen hätten die Fotos gar nicht rumzeigen dürfen.«

»Haben sie auch nicht. Nur ich habe die gesehen. Und ich mache bei deiner Tanzpartneragentur ja nicht mit, deshalb war das auch okay. Und außerdem geht's darum überhaupt nicht. Sondern darum, dass du Paulina und den anderen völlig unbrauchbare Jungs angedreht hast.«

»Woher willst du das denn wissen?«

»Die wollen gar nicht tanzen. Die haben sich nicht mal unter ihrem richtigen Namen für den Anfängerkurs angemeldet. Das weiß ich, weil ich in der Kartei der Tanzschule nachgeschaut habe. Die Namen von denen tauchen nirgends auf. Paulina meint, das haben die deshalb gemacht, damit sich nicht so viele Fans anmelden. Weil die doch schon in der A-Jugend spielen und berühmt sind. Aber das glaube ich nicht. Ich glaube, die benutzen deine Tanzpartneragentur für ganz andere Zwecke. Die suchen niemanden zum Tanzen. Die sind in einen Dopingskandal verwickelt und nur scharf auf die Haare von Paulina und den anderen. Aber mehr kann ich dir dazu noch nicht sagen.«

Nico hatte mich immer verblüffter angestarrt, während ich ihm das alles erzählt hatte. Und als ich jetzt fertig war, glotzte er einfach nur stumm weiter, mit offenem Mund wie ein Riesenkarpfen.

Erst nach einer ganzen Weile fragte er: »Wo hast du denn den Blödsinn her?«

»Also«, sagte ich und holte noch mal ganz weit aus, weil das Ganze ja schon ein bisschen kompliziert war, wenn man die Zusammenhänge nicht kannte. »Die A-Jugend vom BSC ist in einen Dopingskandal verwickelt. Das weiß ich, weil zwei Freunde von mir darüber eine Reportage schreiben.«

Okay, die Reportage war womöglich ins Wasser gefallen, aber das musste Nico ja nicht interessieren. Der musste nur kapieren, dass die Jungs, die er vermittelt hatte, nichts taugten.

»Und ich habe dann mal recherchiert, und es ist nämlich so: Wenn man nachweisen will, dass jemand gedopt hat, braucht man nur ein paar Haare von dem, gar nicht viel, ein kleines Büschel reicht, und die Haarwurzeln müssen noch nicht mal dabei sein. Durch eine Analyse der Haare kann man dann rauskriegen, welche verbotenen Mittel er genommen hat. Das macht man auch bei Drogentests so, und das Ganze funktioniert sogar, wenn derjenige, von dem man die Haare hat, schon längst keine Dopingmittel oder Drogen mehr nimmt, weil in den Haaren alles noch ewig lange gespeichert ist. Viel länger als im Blut zum Beispiel. Deshalb habe ich einfach ganz logisch kombiniert: Die Jungs von der A-Jugend haben dopingverseuchte Haare. Um beim Dopingtest nicht überführt zu werden, müssen sie also fremde Haare auftreiben und beim Test abgeben.« Ich schaute Nico prüfend an. »So weit verstehst du alles, oder?«

Er schüttelte den Kopf und schaute immer noch ganz fassungslos. »Ich versteh gar nichts«, sagte er. »Aber red ruhig weiter.«

Und das machte ich auch.

»Die Haare, die sie abgeben, müssen natürlich garantiert unverseucht sein. Das können sie jetzt aber schlecht die Leute fragen, von denen sie Haare klauen möchten. ›Hallo, du hast in der letzten

Zeit nicht zufällig Drogen genommen, oder? Ich würde dir nämlich gern ein paar Haare ausreißen und das geht dann nicht.‹ Das kann man ja zu keinem Menschen sagen. Und genau deshalb ist deine Tanzpartneragentur die perfekte Organisation für sie. Ohne dass es irgendjemand bemerkt, kommen sie an die Haare von Achtklässlerinnen ran, in denen ganz bestimmt noch keine Drogen oder Dopingmittel abgespeichert sind. Höchstens Läusegift.«

Plötzlich fing Nico an zu grinsen. Das war mir aber egal. Hauptsache, er hörte zu und machte nachher, was ich wollte.

»Ich weiß, das klingt schräg«, sagte ich. »Trotzdem ist es so, garantiert. Ich kann es nur nicht beweisen. Dazu müsste ich die Haare von denen analysieren. Ich habe sogar eine Haarprobe aus der Bürste von ihrem Kapitän, aber ich kenne niemand, der so eine Analyse machen könnte. Ich kann ja nicht einfach zu einem von unseren Chemielehrern hingehen und den fragen.«

Nico grinste immer noch.

»Und das glaubst du wirklich?«, fragte er.

»Ja, klar! Und weißt du, wie ich drauf gekommen bin? Durch die Haarfarben! Weil die alle mit Mädchen tanzen wollten, die genau ihre Haarfarbe haben. Warum wäre denen das denn sonst so wichtig? Und als ich das mit den falschen Namen rausgefunden habe, war mir alles klar. Ich meine, mal ehrlich, das war doch von Anfang an komisch, dass diese Jungs mit welchen von uns tanzen wollten. Ich verstehe echt nicht, warum du die in deine Agentur aufgenommen hast. Das kann man sich doch denken, dass Siebzehnjährige, die mit Dreizehnjährigen tanzen wollen, nicht normal ticken. Und dann noch so berühmte wie die. Da hättest du echt selber drauf kommen können, dass daran was faul ist. Die haben dich voll reingelegt.«

»Ich glaub's nicht«, sagte Nico, und jetzt lachte er schallend.

»Das ist aber so«, beharrte ich und wusste nicht, ob er so blöd lachte, weil er jetzt auch einen Schock hatte, oder ob er das echt so irre lustig fand. »Und witzig ist das übrigens gar nicht«, schob ich deshalb zur Sicherheit noch hinterher. »Was meinst du, wie unglücklich Paulina ist, wenn sie in zwei Wochen ohne Tanzpartner dasteht? Und dabei hat sie sich ein ganzes Wochenende mit deiner blöden Hausarbeit versaut. Und mit ihrem Freund hat sie wegen deiner Agentur auch Krach gekriegt. Und deshalb musst du ihr jetzt helfen und ihr einen neuen Tanzpartner besorgen. Und den anderen Mädchen auch. Die schuften ja immer noch für dich.«

Nico schüttelte den Kopf. So ein Idiot. Aber wenigstens hatte er aufgehört zu lachen.

»Nein«, sagte er. »Das kannst du vergessen. Die Tanzpartneragentur übernimmt keine Haftung, wenn welche von den Jungs abspringen. Ich habe nur die Vermittlung organisiert. Wenn ihr Mädchen eure Jungs nicht halten könnt, ist das nicht mein Problem.«

Das regte mich jetzt aber total auf. Wenn jemand so einen Mist anrichtete wie Nico mit seiner Agentur, dann sollte er wenigstens auch dafür geradestehen, wenn es schieflief. Und außerdem war es für ihn ja wohl kein Problem, neue Jungs aufzutreiben. Der war einfach nur zu faul dazu.

»Aber klar ist das dein Problem, wenn du solche Nieten vermittelst. Außerdem hast du doch selber gesagt, dass du jede Menge Jungs an der Hand hast. Da sind dann ja wohl auch welche dabei, die wirklich tanzen wollen. Immerhin heißt dein komisches Ding ja Tanzpartneragentur und nicht Verbrecherkartei oder so was. Also. Jetzt guckst du, welche Jungs du noch auf Halde liegen hast, und die vermittelst du. Und den hübschesten kriegt Paulina. Die wird nämlich extrem unbegeistert sein, wenn sie erfährt, dass es mit ihrem A-Jugend-Kapitän nicht geklappt hat.«

»Echt irre«, meinte Nico und kicherte komischerweise schon wieder. »Aber ich mache überhaupt nichts mehr. Die Tanzpartner-agentur ist geschlossen. Reklamationen werden nicht mehr entgegengenommen.«

Er wollte weggehen, aber ich hielt ihn an der Jacke fest.

»Sag mal, geht's noch?«, schrie ich ihn an. »Du bleibst jetzt hier und klärst das mit mir!«

Vor lauter Wut war ich richtig laut geworden und eine ganze Menge Leute schaute neugierig in unsere Richtung.

»Verdammt, Toni, brüll hier nicht so rum«, fluchte Nico und zog mich an den Rand des Pausenhofs, Richtung Mülltonnen.

Jetzt glaubten bestimmt alle, wir hätten eine Beziehungskrise und würden deshalb streiten. Igitt.

»Du besorgst denen jetzt sofort neue Jungs«, sagte ich drohend. »Oder –«

»Oder was?«, fragte Nico und klang voll höhnisch. »Willst du es an die große Glocke hängen, dass deine Freundinnen meine Hausaufgaben gemacht haben? Dann kriegen die genauso Ärger wie ich.«

»Ach, Blödsinn. Du hast sie doch gezwungen. Die konnten gar nichts dafür. Aber du bist wegen Erpressung dran und wegen Erschleichung von Leistungen.«

Nico lachte noch lauter. Dabei wusste ich das, weil Igor deshalb mal eine Anzeige von unseren Verkehrsbetrieben gekriegt hat. Erschleichen bedeutet, dass man etwas kriegt, ohne dass man dafür zahlt, obwohl der andere denkt, man würde dafür zahlen.

Also, wenn jemand zum Beispiel im Bus schwarzfährt, so wie Igor. Dann erschleicht er sich das Busfahren, weil er keine Gegenleistung dafür bringt. Und genau so war's bei Nico. Er hatte sich jede Menge Nutellabrote und Hausaufgaben erschlichen.

Aber das sah er überhaupt nicht ein.

»Jetzt hör mir mal gut zu«, sagte er. »Du hältst die Klappe. Du sagst gar nichts. Weder zu Paulina noch zu den anderen Mädchen. Und erst recht nicht zu irgendwelchen Lehrern. Denn wenn du das machst, stell ich die Fotos von deinen Freundinnen ins Internet. Vier Fotos, auf denen sich aufgedonnerte Achtklässlerinnen bei einer Tanzpartneragentur anpreisen, weil sie hoffen, jemanden zu finden, der mit ihnen tanzt. Peinlicher geht's ja wohl nicht.«

Hä? Was war das denn jetzt? War der noch ganz dicht? Er hatte ihnen doch extra gesagt, dass sie ein Abendkleid anziehen mussten. Sonst hätten sie das ja gar nicht gemacht.

»Warum bist du denn plötzlich so fies?«, fragte ich empört. »Die können doch auch nichts dafür, dass die Jungs dich reingelegt haben. Und die Fotos waren nur für deine Tanzpartneragentur, die darfst du nicht ins Internet stellen.«

Nico fing wieder an zu grinsen, richtig breit. Man konnte alle seine blöden Zähne sehen.

»Mich hat gar keiner reingelegt, Toni. So was passiert mir nicht. Die ganze Geschichte hast du dir nur zusammengesponnen. Die Wahrheit ist viel einfacher: Die Jungs haben nie bei meiner Tanzpartneragentur mitgemacht. Das war alles nur gefakt. Ich habe ihre Bilder aus einer Fußballzeitschrift abfotografiert.« Er krümmte sich vor Lachen. »Stell dir vor, die haben nicht die leiseste Ahnung davon, dass vier Dreizehnjährige mit ihnen tanzen wollen. Und dass die Jungs die gleiche Haarfarbe haben wie deine Freundinnen, liegt nur daran, dass ich sichergehen wollte, dass den Mädchen ihr Traumboy auch gefällt.« Er wischte sich mit dem Handrücken eine Lachträne aus dem Augenwinkel. »Mann, echt, Toni, das ist so abgefahren, was du dir ausgedacht hast. Voll irre. Das solltest du aufschreiben.«

Ich hab gedacht, ich fall um. Konnte das wirklich sein? Hatte ich mich dermaßen getäuscht? Ich wollte es einfach nicht glauben.

Nico lachte immer noch. »Jetzt schau doch nicht so entsetzt«, prustete er. »Das ist schließlich kein Weltuntergang. Und es muss ja auch niemand davon erfahren. Das kann genauso unter uns bleiben wie meine gefakte Tanzpartneragentur. Kapierst du? Wenn du den Mund hältst, halte ich ihn auch. Aber wenn du anfängst zu quatschen, stell ich jedes einzelne Foto von deinen Freundinnen ins Netz. Zusammen mit einer schönen Überschrift.« Er hob die rechte Hand und zeichnete einen Strich in die Luft. Das sollte wohl die Überschrift darstellen: »›Achtung, Jungs‹«, sagte er und schaute mich dabei an. »›Hier seht ihr, was Mädchen alles machen, um sich einen von euch zu angeln. Taucht bloß ab.‹ Und deine irre Story stell ich gleich noch dazu. Dann hat die ganze Schule was zu lachen. Und nicht nur die. Das zieht richtig weite Kreise. Du weißt ja: Was einmal im Internet steht, kriegt keiner mehr gelöscht.«

Ich brauchte Zeit, um zu begreifen, was Nico da eigentlich gesagt hatte. Deshalb ließ ich auch noch Deutsch ausfallen und ging heim. Ich kriegte es einfach nicht auf die Reihe, dass jemand so fies sein konnte. Nico hatte Paulina und die anderen von Anfang an betrogen und die Tanzpartneragentur nur erfunden, damit sie für ihn arbeiteten. Er hatte noch nicht mal versucht, Jungs zu organisieren, sondern die erstbesten Typen aus einem Fußballheft abfotografiert. Wie dreist konnte man eigentlich sein? Und es war reiner Zufall, dass er die A-Jugend vom BSC ausgesucht hatte. Es hätten auch ganz andere Jungs sein können.

Mit der Dopinggeschichte von Jonas und Ben hatte das gar nichts zu tun.

Ich musste diesen Robin anrufen. Dem konnte es doch nicht egal sein, wenn jemand die Fotos von ihm und seiner Mannschaft für eine derart miese Aktion missbrauchte. Und wenn ich ihm alles erklärt hätte, würde er vielleicht sogar mit Paulina tanzen. Aus Mitleid oder so.

Aber was, wenn er direkt zu Nico ging und ihm Stress machte? Dann würde Nico die Fotos von Paulina und den anderen sofort ins Netz stellen und sie wären die Lachnummer der ganzen Schule. Nein, der ganzen Welt. Paulina könnte noch in fünfzig Jahren ihren Namen googeln und als Erstes würde immer ihr bescheuertes Foto mit Knutschmund und durchsichtigem Kleid auf dem Bildschirm erscheinen. Zusammen mit dieser widerlichen Überschrift von Nico.

Über mich würden sie auch lachen, klar. Aber das fand ich jetzt nicht so schlimm. Von mir gab es wenigstens kein Foto, auf dem ich kaum was anhatte und aussah wie eine schmollende Ente. Und immerhin hatte ich dieser komischen Tanzpartneragentur von Anfang an misstraut.

Ich war ja nur nicht drauf gekommen, dass Nico der Fiesling war. Damit hatte ich echt nicht gerechnet.

Aber ich kriegte ihn noch dran, das schwor ich mir. Das Spiel war noch nicht aus.

Das eigentliche Problem waren die Fotos. Wenn Nico die nicht mehr hatte, konnte er Paulina und den anderen auch nicht mehr schaden. Danach könnte ich wirklich zu Robin gehen und ihn bitten, ein paar Jungs zu organisieren, die beim Sommertanzkurs mitmachten. Der kannte doch jede Menge. Und er selber würde Paulina nehmen.

Das wäre schön.

Und danach ginge es Nico an den Kragen. Irgendwas würde mir bestimmt noch einfallen, um ihm klarzumachen, dass er so eine Aktion besser nie wieder brachte.

Aber erst mal musste ich an sein Handy kommen und die Fotos löschen.

24. Kapitel

Am nächsten Morgen lief ich in der zweiten Englischstunde nach vorne zum Pult.

»Toni, was ist los?«, fragte Herr Reimer.

»Mir ist so schlecht«, sagte ich und versuchte, so elend wie möglich auszusehen. »Ich habe Angst, dass ich brechen muss. Deshalb wollte ich fragen, ob Sie mir das Krankenzimmer aufschließen können, damit ich mich dort hinlegen kann.«

»Soll dich nicht lieber jemand heimbegleiten?«

»Nee, zu Hause ist niemand. Ich würde mich lieber hier hinlegen.«

Herr Reimer ging mit mir zum Krankenzimmer und schloss es auf. Ich legte mich stöhnend auf die Liege an der Wand.

»Ich sag im Sekretariat Bescheid, dass sie dir jemanden aus der Sanigruppe schicken«, sagte Herr Reimer mitleidig und ging wieder zurück ins Klassenzimmer.

Kurz darauf kam ein Junge aus der Oberstufe rein. Ich kannte ihn vom Sehen.

»Ich soll auf dich aufpassen. Damit du nicht aus den Latschen kippst, wenn du kotzen musst«, erklärte er und stellte einen Plastikeimer neben meine Liege. Er setzte sich auf den Stuhl am Fenster und zog sein Handy aus der Hosentasche. »Lass dir ruhig Zeit mit dem Gesundwerden, hier habe ich wenigstens mal meine Ruhe.«

Und dann war er still und spielte irgendwas auf seinem Handy.

Ich schloss die Augen und versuchte weiter, krank auszusehen.

Als es zur großen Pause klingelte, setzte ich mich auf.

»Alles okay?«, fragte der Junge und schaute mit halbem Auge von seinem Spiel hoch.

»Ich muss mal aufs Klo«, sagte ich.

»Da kann ich dich aber schlecht begleiten«, meinte er. »Soll ich eins von den Mädchen rufen?«

»Nee, nicht nötig, danke. Ich geh danach auch wieder in meine Klasse zurück. Du musst nicht auf mich warten.«

»Okay dann«, sagte der Junge, »schade eigentlich«, und verschwand.

Ich lief durch das leere Schulhaus bis zu dem Gang, in dem das Klassenzimmer der b lag. Dort hatte die Sommerhalder Pausenaufsicht. Sie stand im Treppenhaus und unterhielt sich mit einer anderen Lehrerin. Sie waren so in ihr Gespräch vertieft, dass ich unbemerkt an ihnen vorbeischleichen und ins Zimmer der b schlüpfen konnte.

Ich suchte alle Reihen ab, weil ich keine Ahnung hatte, wo Nico saß. Wahrscheinlich irgendwo hinten. In der dritten Reihe entdeckte ich auf einem der Tische endlich einen Collegeblock, auf dem ganz fett »NICO« stand. Und unter dem Tisch lag ein schmuddeliger dunkelblauer Rucksack. Das war seiner, ganz klar. Ich wühlte drin rum, aber ich fand einfach kein Handy. Bestimmt hatte er es mit in die Pause genommen. War ja logisch. Jeder nahm sein Handy mit, wenn er ein Smartphone hatte und nicht so ein uraltes Teil wie ich, mit dem man sowieso nichts machen konnte außer telefonieren.

Die ganze Aktion war umsonst.

Enttäuscht pfefferte ich den Rucksack wieder unter den Tisch. Es gab ein klackerndes Geräusch. Genau so klang es, wenn man ein Handy in der Außentasche seiner Schultasche hatte und die volle Lotte auf den Boden knallte. Ich hob den Rucksack hoch und klopfte die Außenseiten ab. An der linken Seite entdeckte ich ein schmales Seitenfach. Das hatte ich vorhin völlig übersehen. Schnell zog ich den Reißverschluss auf und holte ein paar eklige Papiertaschentücher und das Handy raus. Nico hatte es tatsächlich im Klassenzimmer gelassen. War der blöd. Hoffentlich war es durch den Absturz grade nicht kaputtgegangen.

Ich drückte auf den Einschaltknopf und Nico glotzte mich an. Er saß auf einem Stein in irgendeinem Meer, mit einem komischen Stoffhut auf dem Kopf und einer Zigarette im Mundwinkel. Man sah gleich, wie unglaublich cool er sich vorkam.

Leider war auf dem Bildschirm nicht nur das Foto, sondern auch eine Mustersperre. Den Mist kannte ich von Valli. Bei ihr war's ja noch einfach gewesen, weil ihr Entsperrmuster natürlich ein L war, wegen Leon. Aber wie sollte ich das von Nico rauskriegen? Es gab tausend Möglichkeiten und ich hatte doch gar keine Zeit.

Ich musste sein Handy mitnehmen und zu Hause versuchen, die Mustersperre zu knacken. Anders ging es nicht. Und morgen schmuggelte ich es einfach wieder zurück. Oder ich gab es im Sekretariat ab und behauptete, ich hätte es auf dem Pausenhof gefunden. Das war noch besser.

Plötzlich ging die Tür auf und die Sommerhalder stand im Raum. Ich dachte, ich sterbe vor Schreck.

»Antonia, was machst du denn im Klassenzimmer der 8b?«, fragte sie erstaunt.

»Ich?«, stammelte ich und schob Nicos Handy in meine Hosentasche. Mein Herz schlug so doll, dass man das Wummern bestimmt durch mein T-Shirt durchsah. Wahrscheinlich konnte man es sogar hören. Boing, boing, boing. »Ist das nicht das Zimmer von der a?«

»Sag mal, willst du mich für dumm verkaufen? Weißt du nicht mehr, wo dein Klassenzimmer ist?«

»Ich … ich bin krank«, stotterte ich. »Sie können Herrn Reimer fragen. Der hat mich ins Krankenzimmer gebracht. Und dann war ich auf dem Klo. Und danach habe ich mich irgendwie verlaufen. Ich weiß auch nicht so genau.«

Ich musste mich gar nicht besonders anstrengen, um verwirrt zu wirken. Ich war so mit den Nerven runter, dass ich sowieso nur noch stammeln konnte. Wenn die Sommerhalder Nicos Handy in meiner Hosentasche fand, war ich geliefert. Die holte bestimmt die Polizei und die würde eine Akte über mich anlegen und ich wäre für immer eine Diebin. Und meine Eltern müssten sofort herkommen, und sie würden die totale Krise kriegen, weil ich noch schlimmer war als Igor, der hatte wenigstens nur wegen seiner Partys und dem Schwarzfahren Ärger mit der Polizei gehabt, aber ich bestahl meine Mitschüler. Und natürlich würden sie mich von der Schule werfen, war ja klar. Und Nico, dieser blöde Idiot, würde mich einfach nur auslachen und die Fotos von Paulina und den anderen aus Rache ins Netz stellen.

Alles wäre aus.

»Jetzt aber raus mit dir!«, sagte die Sommerhalder. »Ich bringe dich zurück ins Krankenzimmer. Und dort bleibst du, bis deine Schwester dich abholt, ist das klar?«

»Die ist aber zu Hause. Die hat heute erst ganz spät Schule«, flüsterte ich schwach. »Ich kann selber heimlaufen, echt. Mir geht's wirklich schon viel besser.«

Aber darauf ließ sich die Sommerhalder nicht ein.

»Ich lass dich doch nicht allein durch die Stadt gehen, wenn du dich schon im Schulhaus verirrst, Antonia, wie stellst du dir das vor?«, sagte sie. »Du bleibst schön hier, bis Valentina kommt.«

Auf dem Weg ins Krankenzimmer brachte sie mich bei Frau Braun im Sekretariat vorbei und ich musste von ihrem Telefon aus Valli anrufen. Sie ging nicht an ihr Handy, deshalb erzählte ich ihrer Mailbox, dass sie mich sofort abholen sollte, wenn sie das hörte. Ich wollte meine Beute so schnell wie möglich in Sicherheit bringen.

Aber Valli kam leider zu spät.

Und deshalb wurde dieser Dienstag zum allerschwärzesten Tag meines ganzen Lebens.

25. Kapitel

Kurz gesagt: Ich bin aufgeflogen.

Schon gleich nach der Pause merkte Nico, dass sein Handy verschwunden war. Keine Ahnung, warum er überhaupt danach gesucht hat. Ich meine, der hatte doch Mathe. Die Sommerhalder brachte einen ja schon um, wenn man es wagte, in ihrem Unterricht auch nur an sein Handy zu denken.

Aber Nico, der Blödmann, hat danach gesucht. Bestimmt hat er so lange in seinem Rucksack gewühlt, bis die Sommerhalder ihn angemotzt hat, was er da eigentlich machte. Ich bin ja nicht dabei gewesen, aber ich kann's mir richtig vorstellen. Und wie er dann gejammert hat: »Mein Handy ist weg, Frau Sommerhalder, und das war noch vor der Pause da, ich bin mir ganz sicher. Das muss mir jemand gestohlen haben.«

Und dann ist der Sommerhalder eingefallen, dass ich ja während der Pause in seinem Klassenzimmer gewesen war. Und dass sie mich dort erwischt hatte mit einer ganz seltsamen Begründung, warum ich überhaupt dadrin war.

Ungefähr so muss es gewesen sein.

Deshalb ist sie zum Krankenzimmer gerast und sofort reingestürmt, ohne anzuklopfen. Und dort hat sie mich dann erwischt.

Mit Nicos Smartphone in der Hand, weil ich nicht bis zu Hause warten wollte, um seine blöde Mustersperre zu knacken.

Und das war's dann.

»Ist das dein Handy, Antonia?«, fragte sie mich, mit einem Blick, der einen fast durchbohrte.

Und ich nickte.

»Okay. Dann mache es jetzt mal bitte an.«

»Das geht nicht. Ich hab vergessen, was für eine Mustersperre ich habe, weil ich doch heute so komisch verwirrt bin«, versuchte ich mich rauszureden.

Aber die Sommerhalder war ja nicht blöd. Sie schleppte mich direkt ins Sekretariat, und ich musste auf dem Besucherstuhl sitzen bleiben, während sie wieder davonrannte.

»Geht's dir noch nicht besser?«, wollte Frau Braun wissen.

»Nein, gar nicht«, flüsterte ich und wäre so gern ganz weit weg gewesen.

Aber da kam die Sommerhalder schon zurück und diesmal hatte sie Nico dabei. Sie stellten sich direkt vor mich hin, als ob sie Angst hätten, dass ich ihnen entwischte.

Ich wäre ja auch am liebsten weggerannt, aber die Sommerhalder gibt auch noch Sport, die hätte mich sofort eingeholt.

»Zeig uns bitte noch mal dein Handy«, sagte sie zu mir. Und als ich es ihr hinhielt, fragte sie Nico, ob er es kennen würde.

»Klar, das ist meins«, sagte er. »Auf das war Toni schon lange scharf.«

Nico ist so ein Idiot.

»Dann zeig uns mal, ob du es ankriegst«, sagte die Sommerhalder, und ich musste Nico das Handy geben, und natürlich kriegte er die Mustersperre sofort raus.

Frau Braun sagte: »Oje«, und die Sommerhalder schüttelte den Kopf und seufzte schwer.

»Das hätte ich nicht von dir gedacht, Antonia. Dass du einen Mitschüler bestiehlst und auch noch lügst, wenn man dich ertappt.«

»Das war anders«, verteidigte ich mich.

Nico sog scharf die Luft ein und hauchte: »Vorsicht.« Ganz nah an meinem Ohr.

Ich hasste ihn so.

»Ich gebe Frau Eberhard Bescheid«, sagte Frau Braun und lief ins Nebenzimmer, um unsere Direktorin zu holen.

Und genau in dem Moment tauchte Valli auf, weil sie endlich mal ihre Mailbox abgehört hatte. Aber jetzt war es zu spät. Ich saß ja schon in der Falle.

Warum gehen die Leute eigentlich nie rechtzeitig an ihr Handy, wenn es wichtig ist?

»Was ist los, Toni?«, fragte Valli, als sie mich auf dem Stuhl sitzen sah. »Geht's dir so schlecht? Soll ich Leon fragen, ob er uns mit dem Auto abholen kann?«

»Einen Moment«, sagte die Sommerhalder. »Wir müssen leider noch etwas klären.«

»Aber warum denn?«, fragte Nico und steckte sein Handy in die Hosentasche. »Ist doch ganz klar, dass das meins ist.«

Die arme Valli schaute von einem zum anderen und verstand gar nichts.

Die Sommerhalder wartete, bis Frau Braun mit unserer Direktorin zurück war, und dann erzählte sie ihr alles, und Valli hörte auch zu und wurde ganz rot, weil sie sich so für mich schämte.

»Das tut mir ja so leid«, sagte sie immer wieder zu Nico und zur Sommerhalder und zu Frau Eberhard, und Nico nickte gönnerhaft und tat ganz verständnisvoll, und ich wäre vor Wut fast geplatzt, weil er doch ein viel größerer Verbrecher war als ich.

Als die Sommerhalder alles berichtet hatte, ging sie in ihre Klasse zurück, aber Valli hörte immer noch nicht auf, sich für mich zu entschuldigen.

»Das war bestimmt, weil sie sich so sehr ein Smartphone wünscht«, erklärte sie der Direktorin. »Und die Situation bei uns zu Hause ist zurzeit nicht einfach. Unsere Eltern sind momentan beide weg, und ich habe mit dem Abi zu tun, das wissen Sie ja. Das spielt sicher alles eine Rolle. Ich will wirklich nicht verharmlosen, was meine kleine Schwester getan hat, es ist natürlich absolut nicht in Ordnung, jemanden zu bestehlen, aber Toni ist eben doch noch ganz schön kindlich für ihre dreizehn Jahre.«

Was bitte erzählte sie denn da? Das war ja wohl der Hammer. Meine Schwester machte mich zum Baby, nur weil ich versucht hatte, einem Erpresser das Handwerk zu legen? Am liebsten hätte ich ihr den Mund zugehalten, aber ich konnte nur dastehen und zuschauen, wie Nico immer breiter grinste.

»Na, zwischen Mein und Dein sollte sie in der achten Klasse trotzdem schon unterscheiden können«, sagte Frau Eberhard und runzelte die Stirn. »Das können wir nicht einfach so hinnehmen, Valentina. Eine Klassenkonferenz muss ich dazu auf jeden Fall einberufen. Und eine Entschuldigung deinerseits bei Nico wäre jetzt mal dringend angebracht, Antonia.«

Aber lieber wäre ich erstickt.

»Das geht nicht«, sagte ich. »Ich kann mich nicht entschuldigen. Und ich wollte das Handy nicht klauen, sondern nur kurz ausleihen.«

»Ja, klar!«, höhnte Nico. »Wer's glaubt.«

Frau Eberhard schaute ihn streng an. »Du kannst zurück in den Unterricht, Nico. Antonia wird sich später noch bei dir entschuldigen. Jetzt führt das wahrscheinlich zu nichts.«

Sobald Nico weg war, nahm Frau Eberhard mich mit in ihr Büro. Valli durfte mich nicht begleiten, sondern musste im Sekretariat warten. Das Direktorenzimmer war viel gemütlicher als das Sekretariat. Es stand sogar ein Sofa drin, aber ich musste mich auf den Stuhl direkt gegenüber von Frau Eberhard setzen. Nur der riesige Schreibtisch mit jeder Menge Schnellheftern und Papierstapeln drauf stand zwischen uns.

Ich war schon einmal hier gesessen. Damals war ich noch in der vierten Klasse und hatte Mama dabei, weil wir mich fürs Gymnasium anmelden wollten. Frau Eberhard fragte mich ewig viele Sachen, über meine Hobbys und alles, und am Ende sagte sie, dass sie sich freuen würde, wenn so jemand wie ich auf ihre Schule käme. Jetzt erklärte sie mir bestimmt, dass ich hier nicht mehr bleiben durfte.

Ich schaute ganz fest auf den Porzellanbecher mit den vielen Stiften, der auf dem Schreibtisch stand, um nicht gleich loszuheulen.

»Eine Schuld wird nicht kleiner, wenn man sie leugnet, Antonia«, sagte Frau Eberhard und guckte mich streng an. »Aber natürlich sollst du auch Gelegenheit haben, deine Sicht der Dinge klarzulegen. Also. Dann erzähl mir doch jetzt mal, warum du Nicos Handy ausleihen wolltest, wie du sagst.«

»Ich wollte was nachschauen«, behauptete ich.

»Und was?«

»Das kann ich Ihnen nicht sagen.«

Frau Eberhard seufzte und klopfte mit einem Kugelschreiber auf den Tisch. »Na, du gibst dir ja nicht gerade viel Mühe, mich von deiner Unschuld zu überzeugen.«

»Ich weiß«, flüsterte ich.

Aber was hätte ich denn machen sollen? Ich konnte ihr doch nichts von Nicos Tanzpartneragentur erzählen. Dann hätte ich auch damit rausrücken müssen, dass Paulina und Leyla und Kristin seine Schulaufgaben gemacht hatten, und sie kriegten womöglich doch genauso viel Ärger wie er, weil sie die Lehrer ja auch betrogen hatten. Und sobald Nico erfuhr, dass ich ihn verraten hatte, stellte er ihre Fotos ins Internet. Und sie würden für immer dort stehen und alle würden sie sehen und weiterschicken. Und keine Direktorin der Welt konnte etwas dagegen tun, dass Paulina und die anderen überall zum Gespött werden würden. Die vier doofen kleinen Mädchen, die sich für einen Tanzpartner lächerlich gemacht hatten. Wie wollte eine Direktorin denn dagegen vorgehen? Jedem mit Schulverweis drohen, der mitlachte? Und wenn die schlimmsten Spötter gar nicht auf unserer Schule waren?

Echt. Die Erwachsenen bildeten sich so gern ein, dass sie einem helfen könnten. Dabei machten sie alles meistens nur schlimmer.

»Antonia? Hast du mir wirklich nichts mehr zu sagen?«, fragte Frau Eberhard nach einer Weile, in der wir uns nur stumm gegenübergesessen hatten.

»Nein«, flüsterte ich. »Ich habe alles gesagt.«

Frau Eberhard stand auf und ging zur Tür. »Also gut. Dann gehst du jetzt am besten mit deiner Schwester nach Hause und denkst in Ruhe darüber nach, was du getan hast. Und morgen früh, noch vor der ersten Stunde, kommst du wieder in mein

Büro, und wir unterhalten uns noch mal. Haben wir uns verstanden, Antonia?«

Ich nickte und schlich aus dem Zimmer.

Als ich mit Valli aus dem Sekretariat kam, hatte die zweite große Pause schon angefangen. Valli schob mich zwischen den ganzen Kindern durch, die auf dem Schulhof standen, und ich hatte das Gefühl, alle starrten mich an. Garantiert hatte Nico schon überall brühwarm herumerzählt, dass ich ihm sein Handy gestohlen hatte.

Paulina saß mit Leyla und Jana und Kristin auf den Holzblöcken mitten auf dem Hof. Als sie mich kommen sah, drehte sie sich einfach weg.

Valli hielt den Mund, bis wir vom Schulgelände runter waren, aber dann platzte alles aus ihr raus. Dass sie es überhaupt nicht fassen könnte, dass ihre kleine Schwester zur Diebin geworden wäre, und was das denn sollte, ich hätte doch alles, was ich bräuchte, und wie ich denn nur auf die Idee kommen könnte, Mitschüler zu bestehlen, das sei ja das Letzte, und ob ich denn gar keine moralischen Werte hätte, und genau so würden kriminelle Karrieren anfangen, und so hätte sie sich ja in ihrem ganzen Leben noch nie geschämt wie gerade im Sekretariat, und sie müsste auf dieser Schule noch Abi machen, dabei wäre sie jetzt bestimmt auch bei den Lehrern untendurch, die würden doch garantiert denken, dass wir eine komplett asoziale Familie seien, und mit Igor als Bruder wäre es ja auch schon nicht leicht gewesen, aber ich würde das ja alles toppen, und so ging es die ganze Zeit weiter, bis ich es nicht mehr ausgehalten habe.

»Sag mal, geht's noch?«, habe ich sie angebrüllt und bin mitten auf dem Gehweg stehen geblieben. »Du glaubst doch nicht im Ernst, dass ich dem sein blödes Handy klauen wollte? Bevor ich was haben wollte, was dem gehört, würde ich lieber tot umfallen. Da würde ich ja eher eine Buschtrommel benutzen. Ich wollte das Handy nur kurz ausleihen, weil ich was nachschauen musste. Das war alles. Das hätte ich dem doch sofort wieder in den Rucksack zurückgeschmuggelt.«

»Und das musstest du unbedingt in der Schule auf einem fremden Handy machen? Hätte das nicht bis zu Hause Zeit gehabt?«, schimpfte Valli und war fast so laut wie ich.

Eine Frau mit Kinderwagen wechselte die Straßenseite, damit sie nicht an uns vorbeimusste. Wahrscheinlich hatte sie Angst, wir weckten ihr Baby auf.

»Nee, das, was ich nachschauen musste, war nur auf Nicos Handy«, sagte ich leiser. Ich wollte kein Baby aus dem Schlaf reißen. Das würde noch früh genug mitkriegen, wie fies die Welt war. Das brauchte mich dafür nicht.

»Und was war das Superwichtiges?«, fragte Valli.

Aber das durfte ich ihr doch genauso wenig sagen wie den Lehrern. Valli wäre garantiert sofort zu unserer Direktorin gerannt und hätte einen tierischen Aufstand wegen Nicos miesem Betrug gemacht, und es wäre ihr ganz egal gewesen, was dann mit Paulina und den anderen passierte. Wenn Valli sauer ist, geht sie über Leichen.

»Das ist Privatsache«, habe ich mich rausgeredet, und damit sie nicht gleich wieder anfing, mich anzuschreien, habe ich als Erste angefangen zu zetern. Die Frau mit dem Kinderwagen war jetzt auch weit genug weg. »Und warum hast du denen vorhin eigentlich so einen Mist erzählt? Du hast getan, als ob ich noch ein Baby wäre, obwohl du überhaupt nicht gewusst hast, um was es geht. Die denken doch jetzt echt, ich wäre zu blöd, um zu wissen, dass man anderen Leuten nichts klaut. Das ist doch das Letzte.«

»Wäre es dir lieber, wenn sie dich für eine skrupellose Diebin halten würden?«, giftete Valli zurück. »Das ist doch deine einzige Chance, damit sie dich nicht von der Schule werfen. Dass sie dich für ein bisschen blöd halten. Tut mir leid, aber das musst du jetzt aushalten. Blöd oder kriminell. Eine andere Wahl hast du nicht. Und jetzt geh endlich weiter, ich will heute noch mal heim.«

Wir liefen stumm nebeneinanderher. Erst als wir schon am Park waren, fing Valli noch mal an.

»Ich weiß gar nicht, was ich jetzt Mama und Papa sagen soll«, stöhnte sie. »Die müssen das ja erfahren. Aber die haben doch schon genug Schwierigkeiten. Und jetzt noch das. Hättest du nicht wenigstens ihnen zuliebe versuchen können, mal keinen Ärger zu machen? Jetzt denkt Mama bestimmt, dass das alles ihre Schuld wäre, weil sie dich zu viel allein gelassen hat.«

»Ich mach doch überhaupt keinen Ärger!«

»Ach nee«, sagte Valli trocken. »Du hast ja auch gar kein Handy geklaut. Stimmt ja. Du hast es nur ausgeliehen, und dieser Nico hat einfach vergessen, dass er es dir gegeben hat.«

»Jetzt sei doch nicht so fies! Glaub mir doch einfach mal, dass ich nicht geklaut habe. Und außerdem bin ich ganz bestimmt nicht schuld, wenn Mama und Papa Probleme haben. Wenn die sich scheiden lassen, dann nicht wegen mir, sondern wegen dir!«

Valli stöhnte. »Jetzt lass doch mal den Blödsinn mit der Scheidung. Darum geht's überhaupt nicht.«

»Doch, die sind schon bei Alarmstufe Rot. Oder mindestens

Orange. Wenn die sich in Ungarn nicht richtig um sich kümmern, dann klappt das nicht mehr mit denen. Dann suchen die sich jemand Neues. Tu doch nicht so, als ob du das nicht wüsstest.«

»Mein Gott, Toni«, seufzte Valli. »Was hast du dir denn jetzt schon wieder zusammengesponnen? Die haben Schwierigkeiten mit dem Verkauf von Papas Firma, darum geht es. Die denken doch nicht ans Fremdgehen. Sie müssen die Firma so schnell wie möglich loskriegen, sonst versenkt Papa da noch mehr Geld drin. Und allmählich haben wir keins mehr. Verstehst du? Deshalb ist Mama hingefahren und deshalb hat sie hier wie eine Bekloppte an ihren Übersetzungen gearbeitet. Damit überhaupt noch das Geld für unsere Miete reinkommt. Und das ist auch der Grund, warum sie so schlechte Nerven hat, und nicht mein Abi.«

»Und warum hat mir das keiner gesagt?«

Valli legte den Kopf schief und schaute mich an. »Weil du immer meinst, dass du dich in alles einmischen musst, und jedes Mal gibt's dadurch noch mehr Probleme. Manchmal halten wir das einfach nicht gut aus.«

Das war ja wohl das Allerungerechteste, was ich je gehört hatte. Ich war so sauer, dass ich Valli einfach stehen lassen habe und nach Hause gerannt bin, so schnell ich konnte, bis in mein Zimmer, und dort habe ich die Tür abgeschlossen und mich mit Paulihund unter meiner Decke vergraben.

Und da bleibe ich jetzt übrigens für immer.

26. Kapitel und Ende

Meiner Schwester ist es egal, ob ich verhungere oder nicht. Sie hat gesagt, dass sie mir ganz bestimmt kein Essen vor die Tür stellt. Sie ist nämlich stinksauer, weil ich ihr den Laptop noch nicht zurückgegeben habe.

Dabei liegt das nur daran, dass Leon und sie viel zu früh vom Kino heimgekommen sind, und deshalb konnte ich ihn nicht mehr rechtzeitig zurückschmuggeln. Als Valli gemerkt hat, dass ihr Laptop weg ist, ist sie natürlich sofort zu mir gerannt und hat vor meiner Zimmertür getobt, aber ich habe sie nicht reingelassen. Ich habe gedacht, wenn ich sowieso Ärger mit ihr kriege, behalte ich ihn lieber noch eine Weile, dann kann ich wenigstens meine Geschichte zu Ende schreiben.

Das hat die ganze Nacht gedauert und mindestens die Hälfte der Zeit hat Valli vor meiner Tür gestanden und mich beschimpft. Und natürlich hat sie auch damit gedroht, dass sie Mama sagt, dass ich an ihrem Laptop war, und dass ich dann kein Smartphone zum Geburtstag kriegen würde. Das weiß ich auch. Aber das ist mir so was von egal. Wenn Mama und Papa die Nico-Geschichte erfahren, kann ich das mit dem Smartphone doch sowieso knicken.

Klau ich mir halt ein neues.

Haha.

Zum Glück ist Leon irgendwann in den Flur gekommen und hat Valli gesagt, dass sie jetzt bitte mal ins Bett kommen soll, weil er bei dem Krach, den sie macht, nicht einschlafen kann.

Danach konnte ich endlich in Ruhe weiterschreiben. Und jetzt bin ich auch gleich mit allem fertig und dann kriegt Valli ihren Laptop ja wieder.

Doch ich mache nur ganz schnell meine Zimmertür auf, stelle ihn in den Flur und schließe mich sofort wieder ein. Ich will nicht riskieren, dass Valli mich in die Finger kriegt, weil sie mich dann sofort in die Schule schleppt. Da kennt sie keine Gnade. Aber ich will nicht noch mal zwischen allen Leuten durchlaufen und mich anglotzen lassen, als wäre ich die übelste Verbrecherin, und mit ansehen, wie sie sich an ihre Handys krallen, damit ich sie ihnen ja nicht stehlen kann.

Nur ist das Valli noch mehr egal, als dass ich verhungere. Ich habe die mitleidloseste Schwester überhaupt. Erst vorhin hat sie wieder völlig übertrieben gegen meine Tür gedonnert und gebrüllt: »Verdammt, Toni, in zehn Minuten fängt die Schule an, jetzt lass den Blödsinn und komm raus! Stell dich gefälligst dem, was du getan hast.«

Wie so ein Sheriff, der mit der Hand am Revolver vor dem Saloon steht und darauf wartet, dass der Böse sich zeigt, damit er ihn endlich abknallen kann.

»Nein!«, habe ich gerufen.

Ich wollte nicht der Böse sein.

»Ich schreib dir keine Entschuldigung!«

»Darfst du ja auch gar nicht! Das dürfen nur Mama und Papa.«

»Ja, und wenn das so weitergeht, stehen die morgen hier vor deiner Tür, und es gibt richtig Ärger.«

Danach hat sie leiser weitergeredet, aber ich habe trotzdem gehört, was sie gesagt hat. Unsere Türen sind ziemlich dünn.

»Was heißt eigentlich Hikikomori?«, hat sie Leon gefragt.

Ich habe nämlich ein Plakat draußen an meine Tür gehängt: »TONI HIKIKOMORI – ESSEN BITTE VOR DER TÜR ABSTELLEN.«

Leon hat es ihr erklärt und Valli hat vor Empörung geschnaubt wie ein Pferd.

»Bevor ich dir Essen hinstelle, kannst du von mir aus verhungern!«, hat sie durch die Tür gebrüllt.

»Jetzt reg dich doch nicht so auf«, hat Leon gemeint. »Dann geht sie eben mal einen Tag nicht zur Schule. Und wenn wir Pfannkuchen backen, locken wir sie hundertprozentig aus ihrem Zimmer.«

Das mit den Pfannkuchen ist natürlich voll fies, aber ich komme trotzdem nicht raus.

Ich habe eine viel bessere Idee: Ich tausche den Laptop gegen zehn Pfannkuchen und einen Kopfsalat. Ich müsste dringend mal mein Salat-Laus-Experiment fortsetzen. Wenn ich nicht mehr zur Schule gehe, werde ich nämlich ziemlich sicher Tierforscherin. Oder Erfinderin. Aber nur für Sachen, die den Tieren nützen. Vor allem den kleinen, für die sich sonst keiner interessiert.

Genial. Valli hat sich fast drauf eingelassen. Ich krieg drei Pfannkuchen im Tausch gegen ihren Laptop. Und ein paar Blätter Rucolasalat. Mehr haben wir nicht.

Tschüs, Laptop.

ES

GEHT

DOCH

NOCH

WEITER.

27. Kapitel

Jetzt ist es drei Tage später und ich habe Vallis Laptop wieder. Diesmal hat sie ihn mir freiwillig gegeben, ich kann's immer noch nicht fassen. Damit ich das Ende meiner Geschichte aufschreiben kann, hat sie gesagt, weil die zum Glück doch noch nicht ganz fertig gewesen ist. Das wäre auch echt zu blöd gewesen, weil Nico dann mit seinem miesen Betrug einfach davongekommen wäre, und Paulina wäre todunglücklich gewesen, und Valli hätte sich weiter so schrecklich für mich geschämt.

So war's dann aber nicht.

Weil Paulina nämlich zu mir gekommen ist.

Ich hatte die ganzen Ferien über so gehofft, dass sie mich mal besucht, doch als sie dann wirklich da war, ist es mir eigentlich schon egal gewesen. Das ändert jetzt auch nichts mehr, habe ich gedacht, und wahrscheinlich schreit sie mich sowieso nur an oder sagt mir, dass ich wohl völlig durchgedreht bin.

Ich hätte ihr die Wohnungstür auch gar nicht aufgemacht. Hikikomoris drücken ganz bestimmt auf keinen Türöffner. Valli hat sie reingelassen.

Und von mir aus hätte sie sofort wieder umdrehen können.

»Du darfst nicht rein«, habe ich gleich gesagt, als sie vor meiner

Zimmertür stand. »Und ich will nicht mit dir reden. Und auch mit sonst niemand. Höchstens noch mit Mr Bond und Krötz.«

»Wer ist Krötz?«

»Die Schildkröte von Lazlo. Aber über den rede ich auch nicht.«

Paulina setzte sich auf den Fußboden vor meinem Zimmer. Das konnte ich genau hören, weil sie mit dem Rücken an meiner Tür entlangschrammte.

»Ich darf aber hierbleiben, ja?«, fragte sie, als sie schon saß. »Ich sage dir einfach alles, was ich dir sagen will, und vielleicht hörst du ja zu. Okay?«

Ich habe nicht geantwortet. Aber zugehört habe ich schon.

»Also, als Nico überall rumgequatscht hat, dass du ihm sein Handy geklaut hättest, weil deine Eltern zu arm wären, dir eins zu kaufen, habe ich endlich auch kapiert, dass da was nicht stimmen kann«, fing Paulina an, und sie klang ganz schön zerknirscht. »Du würdest niemals ein Handy stehlen, wenn es nicht ganz, ganz wichtig wäre. Und schon gar nicht von dem.«

»Ich hab das nicht geklaut«, sagte ich durch die Tür. »Ich hab's nur geliehen.«

»Okay. Aber du würdest dir von so einem Idioten auch kein Handy leihen, ohne einen richtig wichtigen Grund dafür zu haben. Irgendwas an dieser Tanzpartneragentur kann wirklich nicht in Ordnung sein, habe ich mir also gedacht, sonst hätte Toni das nicht gemacht. Und deshalb habe ich Bekir angerufen.«

»Bekir? Warum? Seid ihr jetzt wieder zusammen?«

»Hey, ich denke, du redest nicht mit mir«, sagte Paulina. »Jetzt musst du auch still sein, bis ich alles erzählt habe, sonst komme ich durcheinander. Und übrigens weiß ich selber nicht, was ich grade mit Bekir bin. Ich habe ihn nur wegen dir angerufen.«

»Warum?«

Ich wollte doch gar nichts von Bekir.

»Ruhe. Ich habe ihn gefragt, ob er mir den Kontakt zum Kapitän der A-Jugend vermitteln kann. Ich müsste mit dem reden. Und obwohl Bekir gleich wieder stinkeifersüchtig war, hat er mir trotzdem die Handynummer organisiert. Voll süß, oder?«

»Ich sage nichts mehr.«

»Und dann habe ich Robin angerufen«, erzählte Paulina triumphierend. »Der hat vielleicht eine sexy Stimme! Aber das weißt du ja. Ich habe ihn gefragt, ob er sich zum Sommertanzkurs angemeldet hätte. Ha! Der hat gleich wieder aufgelegt, weil er gedacht hat, das wäre ein Telefonscherz. Ich musste den dreimal anrufen, bis er mir endlich zugehört hat. Und jetzt kommt der Hammer, Toni ...« Sie machte eine Riesenpause und holte tief Luft. »Stell dir vor, der wusste von nichts! Von gar nichts! Der hat sich nie bei Nico beworben.«

»Aber das weiß ich doch«, sagte ich, weil ich meinen Mund jetzt echt nicht mehr halten konnte. »Das hat Nico sich alles nur ausgedacht. Deswegen habe ich ihn in der Pause zur Rede gestellt. Und er hat gesagt, wenn ich ihn auffliegen lasse, würde er eure Fotos ins Netz stellen. Und das wäre doch auf gar keinen Fall gegangen. Deshalb wollte ich sein Handy haben. Um die Fotos von euch zu löschen. Nur habe ich die blöde Mustersperre nicht geknackt gekriegt.«

Im Flur war es totenstill, als ich ihr das erklärte. Ich hatte schon Angst, sie wäre vielleicht eingeschlafen, weil es ihr zu blöd war, mir zuzuhören, aber dann kriegte ich mit, wie sie aufstand und sich gegen meine Tür lehnte.

»Mann, Toni, ich war dermaßen vernagelt, weil ich so scharf auf den Tanzkurs war. Und ich war schrecklich fies zu dir. Das tut mir so leid«, flüsterte sie.

Und da habe ich mich getraut, sie zu fragen, ob sie das ernst gemeint hätte, als sie gesagt hatte, dass wir uns auseinanderentwickelt hätten. Und dass wir eine Pause voneinander bräuchten.

»Na ja, wir sind schon ziemlich verschieden zurzeit.« Paulina seufzte. »Aber du hast mir trotzdem total gefehlt. Ohne dich ist es einfach nicht schön.«

»Ohne dich aber auch nicht«, sagte ich und war zum ersten Mal seit ewig langer Zeit wieder froh.

Ich fragte sie auch gleich, ob wir noch mal zu zweit versuchen wollten, Nicos Handy zu klauen, doch sie meinte, das hätte sich schon erledigt. Sie würde aber erst weiterreden, wenn ich sie reinließe, weil sie das jetzt nicht im Flur rumtrompeten könnte.

»Oh, schade«, rief Valli quer durch den Flur. »Ich würde gern weiter mithören. Das ist ja wirklich interessant. Ich überlege gerade, ob ich diesem Nico erst den Hals umdrehen und ihn dann der Direktorin melden soll oder andersrum.«

»So was Ähnliches hat mir der Kapitän der A-Jugend auch schon angeboten«, sagte Paulina. »Aber ich habe eine bessere Idee, wie wir das regeln können.«

Ich schloss meine Tür auf. »Dann komm endlich rein.«

28. Kapitel

Am nächsten Morgen ging ich wieder in die Schule.

Wir mussten unseren Plan schnell durchziehen, weil die Sommerhalder mir ausgerichtet hatte, dass ich in der zweiten großen Pause wieder bei der Direktorin erscheinen müsste. Sie war mitten in den Ethikunterricht reingeplatzt, nur um mir das zu verkünden. Und dass sie hoffte, dass ich mittlerweile zur Vernunft gekommen wäre.

Also haben wir uns Nico gleich in der ersten großen Pause vorgeknöpft. Paulina, Leyla, Kristin, Jana und ich. Er schlappte gerade über den Hof, als wir ihn einkreisten und in Richtung der Mülltonnen abdrängten.

»Sag mal, geht's noch?«, beschwerte er sich, während er von uns langsam, aber unerbittlich weitergeschoben wurde. »Lasst mich gefälligst in Ruhe. Was wollt ihr denn von mir?«

Blöder kann man echt nicht fragen.

Wir sagten gar nichts, bis wir hinter den Mülltonnen angekommen waren, direkt am Maschendrahtzaun, der um unser Schulgelände läuft. Dort entdeckt einen die Hofaufsicht nicht so leicht.

Und dann legte Paulina los.

»So, drei Sachen. Und du hältst den Mund und hörst einfach nur zu«, befahl sie.

»Wenn's dir was bringt«, sagte Nico und lehnte sich grinsend an den Zaun.

Er wollte lässig aussehen, aber er wirkte ein bisschen wie ein Kaninchen im Käfig, weil wir so dicht um ihn rumstanden, und wir waren mindestens die Wölfe.

Das fühlte sich ziemlich gut an.

»Erstens«, fuhr Paulina fort. »Du gehst am Ende dieser Pause zu Frau Eberhard und sagst ihr, dass du gelogen hast. Dass Toni dir das Handy gar nicht geklaut hat. Sondern dass du es ihr geliehen hast. Und dass du das vergessen und deshalb so einen Aufstand gemacht hast, als du es nicht mehr in deinem Rucksack gefunden hast. Und als es dir nachher wieder eingefallen ist, war es dir zu peinlich, das zuzugeben.«

Nico tippte sich an die Stirn. »Du hast sie ja wohl nicht mehr alle.«

Er wollte sich an uns vorbeidrücken und abhauen. Aber Jana, Leyla, Kristin und ich hielten ihn fest.

»Lasst mich los, ihr hysterischen Weiber«, schimpfte er.

Das kümmerte uns aber gar nicht.

»Zweitens«, sagte Paulina. »Haben wir ausgerechnet, wie viele Stunden wir für dich gearbeitet haben. Ich les dir das mal vor.« Sie zog einen Zettel aus ihrer Hosentasche. »Also. Leyla: fünf Stunden für die Französischhausaufgaben, Kristin: sechs Stunden für die Mathehausaufgaben, Jana: vier Stunden für zwölf Nutellabrote, plus circa drei Euro, die das Nutellaglas gekostet hat, das entspricht ungefähr einer halben Stunde Arbeit, also bei Jana insgesamt viereinhalb Stunden.«

»Blödsinn!«, protestierte Nico und wollte Paulina den Zettel aus der Hand reißen, aber wir zerrten ihn zurück.

»Weiter im Text«, sagte Paulina unbeeindruckt. »Jetzt komme ich: sechs Stunden für deine blöde Hausarbeit. Und Toni –«

»Die hat ja gar nicht mitgemacht«, protestierte Nico und zappelte in unserem Klammergriff.

»Schnauze«, sagte Kristin und boxte ihn in die Seite.

»Bei Toni geht's um Schadenersatz«, erklärte ihm Paulina. »Wegen Rufschädigung, Erpressung, Nötigung, Lächerlichmachung ...«

»Lächerlichmachung«, spottete Nico. »Bei dir hakt's ja. So was gibt's gar nicht.«

»Bei mir gibt's das«, meinte Paulina. »Das sind umgerechnet sechs Stunden, die du Toni schuldest. Dazu kommen noch bei jeder von uns drei Stunden Strafe wegen groben Betrugs. Macht also: acht Stunden für Leyla, neun für Kristin, siebeneinhalb für Jana, neun für mich und neun für Toni. Und die musst du alle abarbeiten.«

»Das wird schön.« Kristin grinste.

»Das kannst du knicken«, erklärte Nico und tat wieder ganz lässig. »Denn jetzt sag ich euch mal was. Anscheinend hat euch Toni das noch nicht klargemacht: Ihr kriegt gar nichts von mir, überhaupt nichts. Kapiert? Und wenn auch nur eine Einzige von euch irgendwas gegen mich unternimmt, wenn sie auch nur dran denkt, dann landen eure Fotos im Netz. Vier extrem peinliche Idiotinnenfotos, auf denen sich ein paar Mädchen aufplustern, um bitte, bitte doch noch einen Tanzpartner abzukriegen.«

Er grinste so fies, als er »bitte, bitte« sagte, dass es mir wegen Paulina und den anderen richtig wehtat. Leyla, Kristin und Jana sahen auch so aus, als hätten sie ihm am liebsten eine reingedonnert. Ich bin ja total gegen Gewalt, aber da konnte ich sie echt verstehen.

Nur Paulina blieb cool.

»Ach ja«, sagte sie ganz ruhig. »Stell dir vor, das ist uns egal. Dann lachen sie eben. Aber es ist uns nicht egal, dass du uns betrogen und total übel ausgenutzt hast. Und dass Toni jetzt wie eine Diebin dasteht, dabei wollte sie nur nicht, dass du uns erpresst.«

»Das ist ihr ja super gelungen«, höhnte Nico.

»Jetzt hör mir mal gut zu«, redete Paulina weiter. »Ich weiß zufällig, dass du in Mathe und Französisch auf der Kippe stehst. Wenn wir deinen Lehrern erzählen, dass du seit Wochen deine Hausaufgaben nicht selber gemacht und eine Erdkundehausarbeit abgegeben hast, die gar nicht von dir ist, dann stehen deine Chancen verdammt schlecht, dass du uns nächstes Schuljahr auch noch nerven kannst.«

»Ihr kriegt doch selber tierisch Ärger, wenn das rauskommt. Ich habe euch ja schließlich nicht gezwungen, auf den Deal einzugehen«, sagte Nico und klang schon ein bisschen weniger cool.

Kristin schob sich nach vorne. »Klar kriegen wir Ärger. Doch spätestens nach den Sommerferien ist das wieder vergessen. Aber du kannst die ganze Achte noch mal machen. Blöd gelaufen.«

»Wenn sie dich überhaupt auf der Schule lassen«, ergänzte Leyla. »Bei Internetmobbing gibt's richtig Stress. Kann sein, dass die dich dafür von der Schule schmeißen.«

»Ich denke, du fliegst schon, wenn wir Frau Eberhard erzählen, wie übel du versucht hast, uns zu erpressen«, überlegte Paulina.

Im Lauf der letzten Sätze war Nico immer blasser geworden und so weit wie möglich zum Zaun zurückgewichen.

»Das dürft ihr nicht machen«, stammelte er. »Meine Eltern rasten aus, wenn ich von der Schule muss. Die drohen mir schon jetzt mit allem Möglichen, wenn ich sitzen bleibe. So fies könnt ihr nicht sein.«

»Dann würde ich an deiner Stelle gleich noch ein paar Arbeitsstunden draufpacken, damit wir dich nicht verraten«, schlug ihm Jana vor.

»Unser dritter Punkt fehlt auch noch«, sagte Leyla ungerührt zu Paulina.

»Stimmt. Drittens: Du löschst hier und jetzt unsere Fotos von deinem Handy. Und du unterzeichnest diese Erklärung«, Paulina fischte einen neuen Zettel aus ihrer Hosentasche, »dass du auch alle Fotos löschst, die du vielleicht schon auf deinen Computer zu Hause oder sonst wohin kopiert hast. Und wenn du erstens, zweitens und drittens erfüllt hast, kommst du vielleicht noch davon.«

Nico starrte uns entgeistert an. »Aber wie soll ich denn die ganzen Stunden abarbeiten? Muss ich jetzt mit jeder von euch tanzen?«

Paulina, Jana, Kristin und Leyla fingen an zu grölen.

»Nee, ganz bestimmt nicht.« Kristin kicherte. »Davon träumst du wohl. Aber da tanzen wir echt noch hundertmal lieber mit uns selber.«

Paulina holte einen dritten Zettel aus ihrer Hosentasche und gab ihn Nico. »Wir haben eine Liste vorbereitet, auf der draufsteht, was du für uns machen musst«, erklärte sie ihm.

Nico las ihn durch und kriegte ganz runde Augen vor Entsetzen. »Da bin ich ja wochenlang euer Sklave«, stöhnte er, und wir nickten zufrieden.

Es war uns gar nicht so leichtgefallen, uns passende Arbeiten für Nico auszudenken. Wir waren dafür fast den ganzen Abend lang zusammengesessen und hatten beratschlagt. Hausaufgaben konnte man ihn ja echt nicht machen lassen und den Rest unserer Sachen erledigten wir eigentlich lieber selber. Kristin hat sich schließlich überlegt, dass er bis zu den Sommerferien ihre Tasche schleppen muss, hin zur Schule und wieder zurück. Das haute mit acht Stunden ungefähr hin. Für Leyla muss er das Zimmer streichen, und zwar in Knallrosa. Das wird bestimmt hart für ihn.

»Und als extra Strafe packe ich jeden Tag meinen Atlas rein«, meinte sie.

Und Jana wollte einen Gutschein über ihre Stunden, weil sie noch Zeit braucht, um sich eine Arbeit auszudenken, die schlimm genug ist.

Paulina schrieb alles auf.

»Ich weiß meine Aufgabe jetzt auch«, sagte sie, als sie mit Schreiben fertig war. »Der darf für mich neun Stunden lang auf meine kleinen Brüder aufpassen. Ich will endlich mal auf einer Parkbank sitzen bleiben und mich in Ruhe unterhalten können, so wie andere Leute in meinem Alter auch.«

»Leute in deinem Alter reden nicht auf Parkbänken, die knutschen«, sagte Kristin.

Paulina seufzte. »Ach ja. Das habe ich schon ganz vergessen. Das möchte ich auch mal wieder.«

»Willst du den echt auf die Gremlins loslassen?«, fragte ich. »Tun die dir nicht leid?«

»Ich behalte ihn auf jeden Fall im Auge«, versprach Paulina. »Und die Gremlins werden eigentlich mit jedem fertig.«

Und damit hatte sie schon irgendwie recht.

»Was soll Nico denn für dich machen, Toni? Oder musst du auch noch überlegen?«, fragte Jana, während Paulina ihre Aufgabe auf Nicos Zettel schrieb.

»Eigentlich weiß ich es schon«, meinte ich. Es war mir nur ein bisschen peinlich, es vor den anderen zu sagen. Aber dann rückte ich doch damit raus. »Ich brauch ihn als Detektiv. Der muss einen Jungen für mich finden.«

Einen Jungen mit Pappkarton unter dem Arm.

»Holla«, sagte Kristin. »Hat's dich jetzt auch erwischt?«

Aber das war's ja gar nicht.

»Ich will dem nur helfen«, behauptete ich und merkte, dass ich rot wurde. So blöd.

Paulina grinste mich an und streichelte kurz meine Hand. Und dann schrieb sie meine Aufgabe auf unsere Liste.

Nico löschte tatsächlich die Fotos und ging gleich am Ende der Pause zu unserer Direktorin. Wir begleiteten ihn bis zu ihrer Tür, damit er sich nicht aus Versehen verlief, und warteten im Gang, solange er in ihrem Büro war.

Er war ganz schön lange drin, und als er rauskam, sah er ein bisschen mitgenommen aus. Aber immerhin hielt er den Daumen hoch. Das bedeutete hoffentlich, dass Frau Eberhard ihm geglaubt hatte.

Ich wollte gerade mit den anderen ins Klassenzimmer zurückgehen, als die Tür des Direktorenzimmers wieder aufging.

Frau Eberhard streckte den Kopf raus. »Hallo, Antonia. Wenn du schon vor meiner Tür stehst, können wir auch gleich noch mal reden.«

Eigentlich hatte ich gehofft, dass mir ein zweiter Besuch bei ihr erspart blieb, aber jetzt musste ich mich wohl oder übel wieder ihr gegenüber an den Schreibtisch setzen.

»Ich verstehe ja nicht, was genau zwischen euch gelaufen ist.« Sie schaute mich scharf an. »Ich nehme das jetzt mal so hin, wie Nico es erzählt hat, auch wenn mir ein paar Punkte in der Geschichte etwas komisch vorkommen. Auf jeden Fall tut es mir leid, dass wir dich falsch verdächtigt haben, Antonia. Aber bitte achte auch darauf, dass solche Missverständnisse nicht mehr vorkommen, und triff klare Absprachen mit deinen Klassenkameraden.«

»Mach ich, Frau Eberhard, ich verspreche es«, sagte ich.

Und danach durfte ich zum Glück wieder gehen.

Als ich rauskam, stand Paulina vor der Tür und wartete auf mich, obwohl die nächste Stunde schon angefangen hatte und sie es hasst, zu spät zu kommen.

29. Kapitel

Mr Bond war wieder da. Ich kam von der Schule nach Hause, und schon als ich die Haustür aufschloss, fing er an zu bellen und sprang mir auf der Treppe entgegen. Ich nahm ihn auf den Arm und schleppte ihn zu Jonas hoch, obwohl das echt anstrengend war. Für einen so kleinen Hund wiegt Mr Bond erstaunlich viel.

Jonas stand in seiner Wohnungstür und lachte mich aus.

»Der Dicke kann aber schon noch selber laufen, das weißt du, ja?«, sagte er.

»Ich habe ihn so vermisst«, schnaufte ich.

»Kannst du kurz reinkommen?«, fragte er. »Ich würde gern mit dir reden.«

Zum Glück klang er nicht mehr sauer, sondern wieder richtig nett. So wie früher meistens.

Wir saßen auf seinem Sofa und tranken Mate-Tee, und Mr Bond lag neben mir, mit seinem Kopf auf meinen Beinen.

Er schnarchte leise, während ich ihn kraulte. Es war wunderschön.

Ich hätte nur gern gewusst, worüber Jonas mit mir reden wollte. Ich hatte nämlich gar nicht so viel Zeit.

»Die Fußballrecherche war ein Riesenflop«, fing er endlich an.

»Das wollte ich dir sagen. Und dass es nicht an dir liegt, wenn wir die Reportage nicht machen. Der Dopingverdacht hat sich als völlig haltlos erwiesen, das war eine Falschinformation, die ein gegnerischer Fußballklub gestreut hat. In dem Arzneischrank waren nur Pflaster, das habe ich selber gesehen, als ich noch mal da eingestiegen bin. Die Jungs haben nie gedopt. Wahrscheinlich hätte deine Tanzgeschichte mehr hergegeben.«

Ich schüttelte den Kopf. »Da war auch alles anders, als ich gedacht habe.«

»Aber deine Mädels haben jetzt wenigstens jemanden zum Tanzen, oder?«

»Nein. Noch nicht. Deshalb muss ich auch gleich wieder los. Aber ich wollte noch fragen, ob ich jetzt doch ab und zu wieder mit Mr Bond rauskann. Ich hab nicht mehr so viel zu tun und ich pass auch wirklich gut auf ihn auf.«

»Das weiß ich«, sagte Jonas. »Du machst das super. Und es war fies von mir, dass ich dich so angemacht habe, als er den Jungs abgehauen ist. Ich war so frustriert, weil alles schiefgelaufen ist, aber du konntest echt am wenigsten dafür. Es tut mir wirklich leid, Toni. Du kriegst Mr Bond auf jeden Fall wieder. Wenn er bei Ben ist, wird er auch immer viel zu fett.«

Mann, war ich froh.

Später am Nachmittag trafen Paulina und ich uns mit Robin in einem Café in der Innenstadt. Das hatte er vorgeschlagen, nachdem ich bei ihm angerufen und ihm gesagt hatte, dass wir doch noch seine Hilfe brauchten. Paulina war so aufgeregt, als wir zum Café liefen, dass sie sich ständig selber ein Bein stellte. Zum Schluss hakte ich sie unter, damit es überhaupt mal vorwärtsging.

So waren wir nur ein bisschen zu spät dran, und Robin saß schon da, als wir am Café ankamen.

»Der sieht ja noch viel besser aus als auf seinem Foto«, flüsterte Paulina mir zu, als wir ihn durch die Fensterscheibe beobachteten. »Ich pack das nicht.«

»Doch. Du reißt dich jetzt zusammen«, sagte ich und schob sie zur Eingangstür.

Robin grinste über beide Ohren, als er uns sah.

Ich wusste nicht, ob er sich so freute, dass wir endlich kamen, oder ob er mitkriegte, dass ich Paulina bis zu seinem Tisch schieben musste.

»Schön, euch zu sehen«, meinte er.

»Danke, dass du gekommen bist.« Ich drückte Paulina schnell auf einen Stuhl, weil ich Angst hatte, dass sie sonst umkippte.

»Was wollt ihr trinken?«, fragte er. »Ich hole es euch an der Theke, das geht schneller. Ich habe leider nicht viel Zeit, weil ich noch was für die Schule machen muss.«

»Apfelsaftschorle«, sagte ich. »Für uns beide.«

Paulina starrte ihn nämlich nur an und brachte keinen Ton raus.

»Guck, er ist auch nur ein Mensch«, flüsterte ich ihr zu, als Robin vorne am Tresen stand. »Sogar so einer muss Hausaufgaben machen. Du kannst dich wieder einkriegen.«

»Der ist ja in echt genauso nett wie am Telefon«, hauchte sie. »Ich glaube, ich werde Fan.«

»Das bist du doch schon längst.«

Robin kam mit unseren Getränken zurück.

»Und ihr habt jetzt wirklich alles mit diesem Nico klären können?«, fragte er, als er wieder saß.

»Na ja, fast alles«, sagte ich und stupste Paulina an, damit sie es ihm erzählte. Immerhin war es ihre Idee gewesen, wie wir Nico in die Enge treiben konnten.

Paulina fing so stockend an zu reden, dass ich schon dachte, ich müsste einspringen, damit wir nicht noch morgen hier saßen, aber irgendwann kam sie dann doch in Fahrt und kriegte die Geschichte zu Ende.

Robin war schwer beeindruckt, als sie fertig war.

»Das habt ihr cool hingekriegt«, meinte er. »Klasse Idee mit den Arbeitsstunden. Ich hätte ihm ja tierisch gern auch noch die Meinung gesagt, weil das absolut nicht geht, dass einer den Verein dermaßen in Verruf bringt. Aber ihr habt das schon super geklärt. Ich bin gar nicht mehr nötig.«

Paulina seufzte. »Doch, leider schon.« Sie verstummte und schaute mich Hilfe suchend an.

»Es ist nämlich so«, machte ich weiter. »In fünf Tagen fängt der Tanzkurs an, und Paulina und die anderen drei Mädchen haben immer noch keinen, mit dem sie tanzen können. Und deshalb wollten wir dich bitten, ob du nicht vielleicht im Verein fragen könntest, ob die eventuell das Training der C-Jugend auf einen anderen Abend als den Dienstag legen könnten. Also, nur für ein paar Wochen, solange der Tanzkurs dauert. Weil dann vielleicht doch ein paar von den Jungs in unserem Alter Lust hätten mitzumachen.«

Robin sah uns erstaunt an und dann nickte er plötzlich. »Okay. Vielleicht ist das gar keine schlechte Idee. Ich kann auf jeden Fall den Trainer fragen. Lasst mich mal kurz telefonieren.«

Er stand auf und ging nach draußen. Paulina und ich beobachteten durch das große Schaufenster, wie er sein Handy aus der Hosentasche zog und eine Nummer wählte. Er redete ewig lange, und dann war er plötzlich still und nickte nur ab und zu, obwohl man das durchs Telefon ja gar nicht sehen konnte. Kurz darauf lachte er und drückte wieder auf seinem Handy rum. Anscheinend wählte er eine neue Nummer.

Paulina murmelte irgendein seltsames Gebet vor sich hin und verknotete vor lauter Nervosität ihre Füße unter dem Tisch mit meinen. Ich kapierte nicht ganz, was es an unserem Vorschlag so lange zu bereden gab und warum er jetzt jemand anders anrief. Die machten da anscheinend ein Riesending draus. Dabei war es doch ganz einfach: Entweder der Trainer war einverstanden oder eben nicht. Ich wollte schon Paulina fragen, ob Fußballer immer so lange brauchten, bis sie sich für was entscheiden konnten, aber da ging die Tür wieder auf, und Robin kam zurück an unseren Tisch.

Er grinste breit.

»Uns ist noch was Besseres eingefallen«, sagte er. »Die Jungs aus der C-Jugend, die den Tanzkurs machen, dürfen solange am Freitagabend bei der A-Jugend mittrainieren. Ich bin mir sicher, das zieht. So kriegen wir garantiert vier Tänzer für euch zusammen. Und den Jungs schadet es bestimmt nicht, wenn sie im Tanzkurs mal ein bisschen Eleganz lernen. Dann hobeln sie beim nächsten Spiel vielleicht nicht mehr ganz so schlimm.«

Die Idee war gut.

Die war sogar richtig super.

Paulina fand das auch. Sie strahlte Robin begeistert an. »Das ist genial!«, sagte sie.

Ich glaube, am liebsten wäre sie ihm um den Hals gefallen und hätte ihn abgeknutscht.

»Na ja, ich finde, wir sind euch was schuldig, nachdem ihr es geschafft habt, den Verein aus dieser Tanzpartnersache rauszuhalten. Wir haben zurzeit genug schlechte Presse, weil jemand Lügenmärchen über uns verbreitet«, sagte Robin.

»Meinst du die Dopinggeschichte?«, fragte ich.

Robin nickte. »Das ist eine richtig miese Kampagne.«

»Welches Doping?«, wollte Paulina wissen. »Hast du etwa schon wieder Angst um meine Haare, Toni?«

»Nee, das hat alles gar nicht gestimmt«, sagte ich. »Jonas und Ben haben das nur gedacht. Aber in echt haben die Jungs gar nie gedopt. In dem Arzneischrank in ihrer Spielerumkleide sind nur Pflaster.«

»Na, du bist ja gut informiert.« Robin lachte. »Liegst du immer unter der Bank, wenn wir uns umziehen, oder was?«

Das war mir ganz schön peinlich.

Paulina schaute mich groß an und sagte: »Ich kapier gar nichts mehr.«

Ich erzählte ihnen, dass ich das mit den Pflastern von Jonas wusste. Nur dass er dafür in die Umkleide eingebrochen war, behielt ich für mich.

»Die haben wochenlang über Doping beim BSC recherchiert, und dann hat sich rausgestellt, dass das alles nicht gestimmt hat«, sagte ich. »Das war die reine Verleumdung.«

»Aber irgendwas bleibt immer hängen«, meinte Robin bitter. »Das können wir noch so oft dementieren. Die schlechten Sachen werden immer schneller verbreitet als die guten. Selbst wenn alles gelogen ist. Kein Journalist interessiert sich dafür, wenn man sauber ist.«

Aber das musste doch nicht so sein, überlegte ich. Was wäre, wenn Jonas und Ben die Spieler interviewten und darüber schrieben, was für miese Lügen in die Welt gesetzt wurden, nur um einem anderen Fußballverein zu schaden? Dann wäre ihre Recherche überhaupt nicht umsonst gewesen, und die Spieler könnten allen Leuten ein für alle Mal klarmachen, dass sie nichts mit Doping zu tun hatten.

Und der Arzneischrank mit den Pflastern drin wäre vielleicht sogar ein ganz schönes Fotomotiv. Zumindest wenn die Jungs danebenstanden.

»Meinst du, die würden wirklich über so was schreiben?«, fragte Robin, als ich ihm das vorschlug. »Das wäre ja super.«

Ich kritzelte Jonas' Telefonnummer auf ein Zuckertütchen und gab es ihm. »Das machen die bestimmt. Aber red am besten selber mit ihnen. Und sag lieber nicht, dass du den Tipp von mir hast. Dann kriegen sie die Krise. Die wollen nämlich, dass ich mich aus ihren Reportagen raushalte.«

»Aber das kann sie nicht.« Paulina grinste. »Das kriegt sie einfach nicht hin.«

Robin stand auf und zog seine Jacke an, weil er gehen musste. »Ich rufe euch an, sobald ich alles mit eurem Tanzkurs geklärt habe. Wem von euch soll ich Bescheid geben?«

»Na, Pauli«, sagte ich. »Ich glaube, ich muss da jetzt nichts mehr machen.«

Noch am selben Abend meldete Robin sich bei Paulina und erzählte, dass er eine Mail an alle Jungs geschrieben hatte, die in der C-Jugend trainierten, um ihnen das mit dem Tanzkurs mitzuteilen. Keine drei Stunden später hatte er alle Antworten beisammen. Und plötzlich sah alles ganz anders aus: Von den einundzwanzig Jungs, die er angemailt hatte, wollten achtzehn unbedingt beim Tanzkurs mitmachen.

»Ich würde es ja ein bisschen anders ausdrücken als Robin«, sagte Paulina, als sie es mir am nächsten Morgen erzählte. »Von den einundzwanzig Jungs wollen achtzehn unbedingt mit der A-Jugend trainieren und nehmen deshalb den Sommertanzkurs in Kauf. Aber weißt du, was? Das ist mir egal. Hauptsache, sie sind dabei. Und das Beste ist, dass wir jetzt achtzehn Jungs zur Auswahl haben.«

»Will Bekir auch mitmachen?«, fragte ich.

»Vielleicht.« Paulina strahlte übers ganze Gesicht. »Er hat Robin geschrieben, dass er nur dann an dem Tanzkurs interessiert wäre, wenn er mit einem Mädchen tanzen dürfte, das Paulina heißt. Sonst will er nicht. Und das muss ich mir jetzt doch mal richtig gut überlegen.«

Aber so wie sie grinste, wusste ich schon, dass sie sich längst für ihn entschieden hatte.

Ende vom Ende

Und jetzt muss ich nur noch berichten, dass Nico Lazlo tatsächlich gefunden hat. In der alten Villa am anderen Ende des Parks. Das ist unser Jugendtreff, aber ich war noch nie drin.

Nico hat genau an dem Abend angerufen, als Paulinas Tanzkurs angefangen hat, deshalb musste ich allein hingehen.

Ich hatte ganz schön Schiss.

Erstens, weil draußen vor dem Jugendtreff immer total komische Gestalten rumstehen, die uralt aussehen und superfinster gucken. Und weil Igor mal behauptet hat, dass das kein Ort für Mädchen wäre, als Valli eine Zeit lang immer dorthin ist. Sie hatten dann auch gleich Streit deshalb, weil Valli gesagt hat, dass die alte Villa ja wohl auch nicht schlimmer wäre als seine illegalen Partys, und Igor hat gemeint, das könnte man nicht vergleichen, weil zu seinen Partys die coolen Leute kämen und in der Villa nur die Opfer abhängen würden.

Mann, war Valli da beleidigt.

Also, wegen der finsteren Opfer dadrin hatte ich erstens Schiss, und zweitens, weil ich nicht wusste, ob Lazlo mich noch hasste.

Aber ich bin trotzdem hingegangen, weil ich nicht aufhören konnte, an ihn zu denken. Ich habe extra ein T-Shirt von Igor angezogen, weil ich dachte, dass ich in seinen Klamotten dort weniger auffalle. Ich habe mir das dunkelgrüne ausgesucht, auf dem eine Dogge aufgedruckt ist, die Fahrrad fährt. Es ging mir fast bis zum Knie, und ich fand, das sah richtig gut aus.

Leider war Nico schon weg, als ich an der alten Villa ankam, dabei hatte ich echt gehofft, er würde mit mir reingehen. Aber er hatte mir am Telefon wenigstens beschrieben, in welchem Zimmer er Lazlo entdeckt hatte.

»Der hockt im hintersten Eck ganz oben unterm Dach mit seinem komischen Pappkarton auf dem Schoß. Hast du gewusst, dass der eine Schildkröte dadrin hat? Wie irre ist das denn?«

»Das ist Krötz«, sagte ich. »Klar kenne ich den.«

»Wie auch immer«, meinte Nico. »Der Typ ist noch verrückter als du. Aber das war's jetzt mit meinem Arbeitseinsatz, okay?«

»Okay«, sagte ich, »oder besser, fast okay. Die Stunden, die bei mir noch übrig sind, kannst du bei Paulina abarbeiten. Die freut sich, wenn du die Gremlins noch ein paarmal öfter hütest.«

Nico hatte irgendwas gegrunzt und dann aufgelegt.

So gesehen war es wahrscheinlich ein bisschen optimistisch gewesen zu denken, er würde an der alten Villa auf mich warten.

Vor dem Eingang hingen nur ein Junge und zwei Mädchen rum. Sie waren mit Rauchen beschäftigt und damit, sich gegenseitig in die Sträucher zu schubsen, die am Wegrand standen. Mich beachteten sie gar nicht groß.

Erst als ich die Eingangstür aufmachte, schaute der Junge zu mir hin.

»Hey, das ist hier aber erst ab vierzehn«, sagte er.

»Weiß ich selber«, rief ich und schlüpfte schnell durch die Tür.

Dahinter lag eine große Eingangshalle, in der jede Menge leere Bierkästen standen. Gegenüber vom Eingang war eine große Flügeltür. Sie stand offen, sodass ich in den Raum dahinter sehen konnte, aus dem laute Musik dröhnte, die so ähnlich klang wie das, was Igor immer hörte. Die Einrichtung sah aus wie in einem richtigen Café, mit Tresen und Tischen und Stühlen, und es gab sogar Sofas. Ein paar Jugendliche saßen in Gruppen zusammen und wischten auf ihren Handys rum oder redeten miteinander.

Es sah richtig schön aus. Ein bisschen wie auf Igors illegalen Partys, nur noch gemütlicher. Und wenn man hier sogar seine Tiere mitbringen durfte, war das doch einfach nur genial.

Ich musste unbedingt noch mal mit Mr Bond herkommen.

Oder mit Paulina.

Von der Eingangshalle führte eine breite Holztreppe in die oberen Stockwerke. Ich stieg sie bis ganz zum Dachboden hoch. Dort war nur ein einziger großer Raum. Er war viel niedriger als die anderen Etagen und die Fenster waren nur noch winzig kleine Höhlen.

Der Raum war fast leer. Nur an der hinteren Wand lagen ein paar Matratzen.

Und dort saß ein Junge und beugte sich über irgendetwas, was er in der Hand hielt.

Langsam ging ich zu ihm hin.

Erst als ich direkt vor ihm stand, schaute er auf.

»Hallo, Lazlo«, sagte ich. »Ich hab dich ewig lang gesucht.«

Ich hockte mich neben ihn auf die Matratze. Er setzte Krötz vorsichtig in seinen Karton zurück und schaute irgendwie komisch an mir vorbei.

»Ich war bei einem Freund«, sagte er leise. »Zu Hause lief es ziemlich schief.«

»Aber das ist doch gar nicht dein Zuhause«, meinte ich. »Da wohnt doch nur dein fieser Onkel.«

»Woher weißt du das denn?«, fragte er alarmiert und sah mich endlich richtig an.

Ich erzählte ihm, dass ich bei seinem Onkel gewesen war. Und dass ich fand, dass er dort auf keinen Fall mehr wohnen bleiben konnte.

»Du kannst zu uns ziehen, bis dein Vater aus dem Gefängnis kommt. Davon hat mir dein blöder Onkel nämlich auch erzählt«, sagte ich. »Bei uns steht zurzeit ein Zimmer leer, und meine Eltern haben garantiert nichts dagegen, wenn du dort einziehst. Das wollte ich dir schon die ganze Zeit vorschlagen. Und für Krötz bauen wir ein super Gehege im Garten.«

Lazlo schüttelte den Kopf.

»Das ist nett, aber ich komme bis zu den Sommerferien bei einem Freund unter«, erklärte er. »Ich will da nur nicht die ganze Zeit rumhängen, damit ich niemandem auf die Nerven gehe. Deshalb bin ich nachmittags immer hier. Und nach den Ferien kriege ich ein Zimmer in einer Jugend-WG, die vom Sozialamt betreut wird. Das ist ziemlich cool. Die haben mir auch versprochen, dass Krötz mitkommen kann.«

Uff.

Damit hatte ich überhaupt nicht gerechnet und komischerweise deprimierte es mich total. Ich meine, ich freute mich schon für Lazlo, auf jeden Fall, weil es ja auch so klang, als ob er wirklich Lust darauf hatte. Aber ich hätte es viel schöner gefunden, wenn er bei mir gewohnt hätte. Ich hätte gerne mit ihm zusammen gefrühstückt und mittags wären wir mit Mr Bond in den Park gegangen und abends hätten wir zusammen ferngesehen oder Musik gehört oder vielleicht sogar gekocht. Und ich hatte in unserem Garten doch sogar schon die Stelle für Krötz' Gehege ausgesucht.

Und jetzt wollte er das alles gar nicht.

»Wie lange bist du denn noch sauer auf mich?«, fragte ich unglücklich und streichelte Krötz, weil ich mich nicht traute, Lazlo anzuschauen. »Weil, wenn das rum ist, könntest du immer noch zu uns ziehen. Ich halte dir das Zimmer frei.«

»Ich bin überhaupt nicht mehr sauer«, sagte Lazlo und fing auch an, Krötz zu streicheln, und immer wieder berührten sich dabei ganz aus Versehen unsere Hände. »Ab nächsten Monat habe ich wieder einen Job. Als Zeitungsausträger. Und ich verstehe ja auch, warum du an den Computer bist. Das war ganz schön mutig von dir. Aber ich bin der Sohn von einem Knacki. Keine Eltern der Welt finden es gut, wenn ihre Tochter mit so jemandem Umgang hat. Und erst recht wollen die so einen nicht bei sich wohnen haben.«

»Du kennst meine Eltern doch gar nicht. Die sind echt hart im Nehmen. Die haben schon Igor, Valli und mich.«

»Trotzdem nicht«, sagte Lazlo.

Und dann nahm er meine Hand und hielt sie fest. »Es reicht, dass du einfach da bist«, flüsterte er, so leise, dass ich es kaum hören konnte.

Und mit einem Mal hatte ich so ein beruhigtes Gefühl ganz tief in meinem Bauch, und gleichzeitig klopfte mein Herz bis zum Hals, und beides zusammen war eine ziemlich seltsame Mischung, und ich wusste überhaupt nicht mehr, was ich sagen sollte.

»Wie geht's eigentlich deinen Läusen?«, fragte Lazlo irgendwann. »Hast du inzwischen welche gefunden?«

Oh. Die Läuse. Die gab's ja auch noch.

»Ich habe gar nicht mehr dran gedacht«, sagte ich.

»Dann hast du auch keine«, erklärte er. »Denn wenn man wirklich Läuse hat, kann man gar nicht anders, als immer dran zu denken. Das ist ungefähr so, wie wenn man verliebt ist. Da kriegt man den anderen auch nicht mehr aus dem Kopf, obwohl man das vielleicht gar nicht will.«

Ich wollte ihn fragen, woher er das wusste, aber weil er immer noch meine Hand festhielt und weil er mich so anlächelte dabei, hab ich's einfach vergessen.

Ich hab nur gedacht, falls ich jemals einen Tanzkurs machen sollte, in ferner Zukunft irgendwann oder auch schon im nächsten Jahr, dann wirklich nur mit diesem Jungen.

Katrin Zipse ist Radio-Redakteurin und lebt mit ihrer Familie in Baden-Baden. Sie ist die Jüngste von vier Geschwistern, aber ihr Zwillingsbruder ist wenigstens nur eine halbe Stunde älter als sie. Für ihren ersten Jugendroman »Glücksdrachenzeit« wurde sie mit dem renommierten Thaddäus-Troll-Preis ausgezeichnet. »Antonia rettet die Welt« ist ihre erste Reihe für jüngere Leserinnen und Leser.

Mehr aus Antonias rasantem Leben:

ISBN 978-3-7348-5016-5

Natürlich magellan©

FSC
www.fsc.org
MIX
Papier aus verantwortungsvollen Quellen
FSC® C083411

Wir pflanzen Bäume
Für unsere Umwelt
www.magellanverlag.de

Säurefreies und chlorfrei gebleichtes FSC®-Papier
Lösungsmittelfreier Klebstoff
Lacke auf Wasserbasis
Zellophanierfolie ohne Weichmacher
Hergestellt in Deutschland

1. Auflage 2017

Lektorat: Marion Perko
Umschlaggestaltung: Christian Keller
unter Verwendung eines Motivs von iStock / Matthew Britton
ISBN 978-3-7348-5017-2

www.magellanverlag.de